明月照我还

杨 蓉◎著

安徽师范大学出版社

·芜湖·

图书在版编目(CIP)数据

明月照我还 / 杨蓉著 .— 芜湖：安徽师范大学出版社，2018.3
ISBN 978-7-5676-3348-3

Ⅰ.①明… Ⅱ.①杨… Ⅲ.①散文集—中国—当代 ②随笔—作品集—中国—当代
Ⅳ.①I267

中国版本图书馆CIP数据核字(2018)第025989号

明月照我还

杨　蓉◎著

责任编辑：郭行洲
装帧设计：桑国磊
出版发行：安徽师范大学出版社
　　　　　芜湖市九华南路189号安徽师范大学花津校区
网　　址：http://www.ahnupress.com/
发 行 部：0553-3883578　5910327　5910310(传真)
印　　刷：浙江新华数码印务有限公司
版　　次：2018年3月第1版
印　　次：2018年3月第1次印刷
规　　格：787 mm×960 mm　1/16
印　　张：21
字　　数：300千字
书　　号：ISBN 978-7-5676-3348-3
定　　价：52.50元

序：书写者的姿态

杨蓉要出一本新散文集，让我写几句话置于前，有点多余。

我与杨蓉仅一面之缘。那是几年前在铜陵市文联举办的一次讲座上，我拉杂闲扯，她却听得仔细。作为一名年轻的散文作家，杨蓉这些年边走边写，走了不少地方，也发表过不少作品。她的观察与书写都是认真的，她的文章如同她本人，总会小心掸饬得很干净。但这不等于说，对她的文章要高看一眼。尽管这本集子中有些文章打动过我，但委实还没有达到能受我夸赞的程度。这话说得有些直了吧？就汉语言写作层面上，现当代散文的高度，在我这里依然是"周氏兄弟"。对待散文的写作，我有点望而却步。多年前我曾写过一篇《怕散文》，其中有这样的理解：

我所说的散文，概念极窄又难以言表，大约是指道理清楚、叙事明白、文笔朴素的文章吧。清楚、朴素，都是大难，都值得怕。

这种"怕"，无疑是一种敬畏。我希望年轻的杨蓉也要怀有这样的一颗心。某种意义上，我欣赏的是杨蓉的写作姿态。比如她在婺源的游记中，就生发出这样的感慨：

陷落在红尘深处，我们常常找不到自己。需要一片山水，来把自己认领，让自己获得暂且的休憩，整装再发。

对于一个愿意写作的人，写作其实就是最好的认领方式，这是宿命。

杨蓉的微信昵称叫"莲花不染尘"，似乎是一种人生立场的宣示。她的第一本散文集也以《莲心》命名。对杨蓉而言，坚持这种带有宗教情怀的立场是一件艰难的事，因此有时不免会抬高些嗓门：

说你妖娆也可，说你清高也罢，你从来不曾在意，这些流短蜚长；说你是红粉佳人，徒有虚表，说你靠特立独行，来标新立异。言辞如风刀霜剑，招招紧逼，叶萎花残，枯枝独立，你依然临水鉴心。

不过我想，任何值得坚持的事，最后都会变得从容。这一点，她尊敬的木心先生是好榜样。

铜陵的那次见面，杨蓉后来和我谈起了张岱。她甚至说：你让我想到张岱。我想她可能看重的并非是我的文章，倒是我的"人生如戏"。现在我知道，原来她案头就搁有一册《陶庵梦忆》，且配有"十竹斋笺谱"的插图。有明一代，后人常常把徐渭与张岱并论，究其原因，窃以为，或许是喜欢他们骨子里有一份精致优雅，且又放浪形骸地活着。这样的活，仅凭银子是堆不出来的。比如：湖心亭看雪。

大雪三日，湖中人鸟声俱绝。……独往湖心亭看雪。雾凇沆砀，天与云与山与水，上下一白。湖上影子，惟长堤一痕、湖心亭一点、与余舟一芥、舟中人两三粒而已。

我已经暂别京城，在故乡安庆的房子装修接近完工。大江一横，水天一色，江南峰峦一带，江面帆樯几点——今后每日在这里读书写字作画喝茶，再走到宽敞的露台上，隔空喊一声：陶庵先生，别来无恙乎？

我喜欢这样的日子，也欢迎杨蓉这样的朋友来做客。

是为序。

潘 军

2017 年 10 月 4 日，中秋，于安庆

目 录

我亦是行人

听,他们在唱歌

人间草木

写给自己的信

明月来相照

我亦是行人

姑苏吟

来到这有着"人间天堂"美誉的姑苏城，虽是匆匆一瞥，却已领略到何为"繁华锦绣地，温柔富贵乡"。时空流转，掩不住它的风情万种。那悠久动人的历史传说，如诗如画的园林建筑，风姿绰约的山容水意，让人一下子跌进它的怀中，目酣神醉，不知归路。

乘一叶小舟沿着古中国文明的源流出发，荡入姑苏城，波光潋滟，两岸色彩斑斓。姑苏城似锦，多少工夫织得成？我徜徉在一幅幅飘扬的锦绣里，不经意间一回眸，被牵回到前世。

看，小桥流水、粉墙黛瓦，那在溪边浣纱的女子楚楚而来。朝为越溪女，暮作吴宫妃。谁解你蹙眉背后的辛酸，谁又懂得你捧着的是怎样一颗柔肠百转的心？身为女子，似乎只能在男人的世界里，为他们扮演你争我夺的牺牲品或者战利品。也许你是幸运的，历史最终给你留下的是忍辱负重以身许国的美名，也替你安排了泛舟湖上的逍遥美梦。

仰望着花神庙的廊壁上你绝世的容颜，我好像听到你在低语：即便集万千宠爱于一身，我也不愿在姑苏台、馆娃宫，脚踏木屐，翩翩起舞。

我多么希望，一直能够浣纱清溪，柔指纤纤，和鱼儿自在嬉戏；或者，春日迟迟，陌上花开，我愿着青裙，采桑养蚕，拈一枚花针，穿起五光十色的丝线，细密地绣出属于自己的青春和爱情。

听，"原来姹紫嫣红开遍，似这般都付与断井颓垣。良辰美景奈何天！赏心乐事谁家院……"华丽柔曼的身姿摇曳着妩媚春色，缠绵婉转的昆曲缭绕过亭台轩榭，迤逦而来，带着空谷幽兰的清芬。情不知所起，一往而深。对个性的呼唤，爱情和自由的追求，让那个叫杜丽娘的小女子，光彩夺目地屹立于苍茫人世，把喑哑的千年寰宇映照得明亮和澄澈。游不完的牡丹亭，惊醒了一个个鲜活的生命。这从姑苏昆山走出来的清曲、小唱，后来成了汉民族的"戏曲之母"，让全世界都为它的活色生香而倾倒。这是曼妙的姑苏城，十指春风，绣出的一幅隽永的传奇。

风乍起，吹皱一池春水，落红成阵。拣起一瓣托在掌心，让人有瞬间恍惚的迟疑，这样鲜妍明媚的花朵，可是从那清逸绝尘的林妹妹的花锄下飞来的？是谁在清唱"如花美眷，似水流年……"让步出潇湘馆的黛玉，木坐石上，心痛神驰。该有怎样的一座城，才能浇灌出这样一棵至情至性的"绛珠仙草"？只有这风流袅娜的姑苏城，只有这么多精致的园林、清幽的流水，才能承载她的美丽和哀愁。质本洁来还洁去。我愿意相信，那盛开在姑苏城任一方水池里的芙蓉，都有她冰清玉洁的魂魄，在一页页诗文里风神摇曳。

在姑苏的山光水色里漫溯，擦拭历史的烟云，我似乎看到那些清亮如湖水的眼睛，夭夭如桃花盛开的笑靥，珍珠一样洁白莹润的心。展开姑苏城灿若云霞的画卷，轻裁一寸丝锦，邂逅这几个倾国倾城的女子；我知道，她们与姑苏城同生，与清风明月、近水远山共存。

温风如酒，波光如绫。远远的，传来寒山寺的钟声，依旧沉郁苍凉。

在这古老而年轻的城市里,我站在如绸一样的湖畔低唱轻吟。姑苏一夜,笛声清越,画舫无眠。我用明月作钩,歌声为饵,想垂钓一份千年流传的风情,把那红尘中牵扯的丝丝缕缕的惆怅织成一块苏锦,渡我今生,寻一轴丰盈祥宁。人间天上,不虚此行!

田子坊的童话世界

这样的小巷，适合一个人，慢慢逛，时光缓慢又悠长……

秋天的阳光洒在绿色的藤蔓上，一缕缕随风飘扬，空气里有清新的醇香。石库门弄堂壮观又窄小，王安忆的小说《长恨歌》，描述这样的弄堂，生动细致繁密，编织着上海人的喜怒哀乐。我的头上悬挂着一条条黑色的电线，把天空划分成一个个蓝色的长方形。店铺紧挨着店铺，但门庭高阔，且植物攀缘，翠色盈目。丝巾、旗袍、雪花膏、陶笛、泥娃娃、书吧、画家工作室、休闲茶馆……穿行在巷弄里，犹如行走在艺术长廊，浓郁的人文气息和静美的自然之味让人融化。

随意推开一间店门，一个精致唯美的世界就展现在你面前。尺幅之间，山水迷离，风物秀美。制作精巧的工艺品，镌刻着中国元素，让人猝不及防地醉倒。古文化面前，我毫无抵抗之力，甘愿沦陷。上海我来过多次，曾走过繁华的南京路，聆听过黄浦江的沧桑诉说；登上东方明珠，瞭望过璀璨的外滩夜景；也曾在清冷的早晨，绕过静安寺的烟火，拜访过心中的圣地——张爱玲故居；裹在人潮汹涌里踏过七宝老街、朱家角镇的石拱桥……却没有料到，在长安里，还隐藏着这么一块绝世之美的清雅之地——田子坊。蓦然想起仓央嘉措的那首《见与不见》：你见／或者不见我／我就在那里／不悲不喜……在这个恬淡的秋日与之相遇，一切正好。

巷弄的半空中撑开着一把把五颜六色的油纸伞，若是在雨天，就是丁香雨巷了。有一长发青年支着画布在专心致志地作画，阳光透过纸伞打在他的脸庞上，泛着柔柔的光泽。而不远处，是带着异域风情的酒吧，店外摆着滚圆的啤酒桶，蓝色的桌布上，竖着铜质的阿拉伯水烟，几个白皮肤蓝眼睛的外国人坐在木椅子上，悠闲地喝着啤酒。每一家店的设计、布置、物品，都显得极有品位和情调，契合我心中潜藏的审美。多数物美价廉，可有的物品，价格也在意料之外。在一家叫"丝语"的店里我兴味盎然地试戴一条淡绿色边镶钻的丝巾，又在一家旗袍店门口被一件宝蓝色旗袍牵扯住脚步。那件旗袍，应该是我至今见过的最美的一件。长款立领短袖，上身绣着十几朵绚丽的牡丹花，犹如一个高贵典雅又冷艳的美人，让人心怀倾慕远远地注视。这样的美真让人欢喜而忧伤呀。丝巾两千多元，旗袍两万多，店主说，她们还有十几万一件的旗袍没有挂出来呢。不过，这样的忧伤，很快就消弭在几句慨叹和笑语之间。于我，物质的美，滋生更多的是欣赏而并非占有。

可是也有令我怅惘的，在这里。走进一间庭院，院落、廊间摆满了各种各样的花草：薄荷、碧玉、君子兰、兰草，小巧玲珑地摆放在长架子上；绿萝、常春藤挂在檐下，拖着长长的藤蔓；桂树、栀子、玉兰栽在硕大的盆子里。花木扶疏，掩映着一间书吧。两层小楼，竹木构造，竹制的藤椅，原木长桌，桌上的玻璃瓶里插着粉红和白色的百合花，鲜妍馥郁。布制的圆形吊灯发出幽幽的光，墙壁的架上插着一本本书，也摆着各色小物品,还挂着老式的书包。一张瓷质美女证,上面刻着"如果美丽是种错误,我岂不是一错再错",我读到,哑然失笑。坐在椅子上,眼前有书、茶壶、笔筒、笔记本,我从笔筒里拿出一支笔,随手摊开一本黑红色的笔记本,里面写着字,不同笔迹,不同的人,连笔墨的颜色也不一样,有的似乎写了好久好久了。想必,是来过这书吧也坐在这里的人,留下的些许感悟吧。如我,此时坐在这里,抬眼望去,一种温暖静静地包裹了我,我拿起笔写道:余生还有一个梦,也开一间这样的书吧吧。

手工皮鞋店里散发着皮革味,"谢馥春"的店里是鸭蛋香粉的味道,每一种气味都在这里传播到很远,让人流连。"摩登女人"店门上方高挂着一排三十年代的美女相片,卷发细眉红腮粉颜,媚眼如丝。店里放着老式唱机,播放着二十世纪三十年代的老上海歌曲,缱绻靡靡;雪花膏,国货美妆;青花瓷器,精雕细刻;玉石首饰,剔透晶莹。幽暗颓灿的氛围,恍然有穿越到老上海的感觉。"十里洋场一朝梦,百年风情永世传"。老上海的气息氤氲而来,旧人旧事的魅惑让眼前的热闹浮华显得虚妄而飘忽。

走出来,一个年轻的男子坐在店门口悠悠地吹着陶笛,旁边店铺用白纸黑字写着"清和自在"四个字,透着古韵雅风。浮生,听香,品茗,看戏……在田子坊,如走进一幅色彩斑斓的画,如品读一首意蕴丰厚的诗,如倾听一首回味悠长的歌。也许,田子坊,更像是老上海的一则童话。当你走近它的时候,你的脚步会慢下来,当你去读它的时候,你的心会静下来,也会净下来。

水木清华：最美的遇见

清晨，微雨，行走于清华园。访水木清华，赏荷塘月色，一身清气萌发。

穿过二校门，来到清华大礼堂区。两旁古木参天，绿草如茵。古典的德国风格的建筑清华学堂，秀雅而庄重。科学馆暗红色的砖墙上，爬满了青翠的藤蔓。花木扶疏，"行胜于言"的校风碑雕，静立在雨中，一种清逸绵醇的感觉漾动在我的心头。

处处是景，步步如画。漫步于宁静的校园，耳畔传来鸟鸣，仰起头，有喜鹊形的鸟儿在枝叶间鸣唱，也有的在草坪上蹦跳着，落到我脚畔，并不离去，好像知道，我们都是自然中的同类。穿着红黄相间制服的清洁工在林间扫动着，那些松针、落红，躺在洁净的地面上，兀自做着湿湿的梦，清洁工像是辛勤的收集梦的使者。我上前，打探"水木清华"的位置，他停下手中的活，指给我看。我朝着那曲径通幽处走去，却被河畔摇曳的绿柳牵扯了脚步，走岔了路。未料想，他骑着车子奔过来喊我"姑娘，往这边走"。在清凉的空气里，我心里一暖。而后来，我更加懂得，这里的每一个人，哪怕再普通，都带着一种与生俱来的诚善。

一阵清幽的二胡声传来，我循声向前，一座小亭，一泓碧水，映入眼帘。岸上堆砌着形状各异的青石块，水里生长着荷，荷散在池水的右一侧。一朵朵的荷花亭亭地绽放在碧叶之间，雨雾中，更显绰约风姿。左边一排古色古香的廊壁，正廊的匾额上书四个大字"水木清华"，笔酣墨饱，气韵生动。正廊的朱柱上悬有两副对联，字迹俊丽，线条流畅。门前一块小广场，沿水两岸砌有白色的栏杆，拾级而下，看到对面松坡下一尊白色人物塑像，端坐在池水之畔，莲荷相依。

沿河而行，穿枝拂叶，来到那汉白玉人像前。其实，看到他的第一眼，我已经知道他是谁了。多年来，只是从书本中，从文字里，揣摩过他。和他相对的时候，却发现他和我想象中的竟是那样相似。相貌清秀，朗润中有刚毅，身材颀长，端严里藏飘逸。圆形的眼镜下一双炯炯的眼睛，目光悠远，注视着前方，汉白玉的质料体现出他超拔俊逸的风骨。静静端详着他，不会为何，我觉得我们相识已有多年，亲切有加。禁不住伸出手去，轻抚他的脸颊，他的眉骨、耳郭、紧闭的双唇，他关节突出的手，他长衫上的衣褶，油然而生一种疼惜。依在他身边留下一张合影。先生，你用文字注入一缕荷香，驰荡在整个清华园，也给旧中国的阴霾里袭来了醉人的清香。喜爱着你清隽灵秀的文字，离你这么近，沾沾你的灵气，你的诗意和美，是我的私心；而我简单的心，对你是又爱又敬。你一身清气，清气里是骨气和正气。刚柔并济的你，昂然屹立在现代文学史的高峰。作为后来者，我要沿着你走过的这条荷塘小径，用心去走一遍。

为我拍照的面容敦厚的中年人告诉我，这里并不是《荷塘月色》里出现的地方，他指点我向远处树木葱茏处行。他微笑着，用悦耳的北京话说:"你想啊,这么小的圆池怎么能对应他文中所描述的'曲曲折折的荷塘'呢?"

雨意渐浓。我朝着远处走去。我的心中,溢满了渴慕和愉悦,似乎去赴一场约会,心里装满了秘密的欢喜。我在想,路旁这棵粗壮的古树,你或许曾从它身边走过,面前这座小桥,你的目光或许曾为它停留。而我,会不会,在一棵古木,一弯小桥,一支红莲上,接住你的目光,或者,听闻到你的叹息,你的清寂落寞,傲岸高洁?

游廊回转,藤萝缠绕,穿过一片牡丹园,曲曲折折的荷塘出现在我面前。荷塘中心,有一个郁郁苍苍的小山丘,像一座岛屿。两岸绿柳婆娑,水域宽阔,波光潋滟,荷叶田田,有人坐在岸边的石板上悠闲地垂钓,这样的古意与雅逸。

踏过一座弯弯的石拱桥,如有什么牵引着我朝着茂林深处走去。我钻进丛林,"近春园"三个大字镌刻在一方竖起的石碑上,赫然挺立在眼前;碑侧有两棵巨树,像忠诚的卫士守护着。穿过林间小径,一间浑朴的六角小凉亭立在坡上,我轻轻地走进亭中,一仰头,瞥见了四个葫芦黄色泽的字"荷塘月色",字旁又附有三个赭红色的小字"朱自清"。朴拙雅致。那么可以确定,你就在这里。我们不期而遇,一种仓促的惊喜让我瞬间有些恍惚。坐在这凉亭之中,风吹过树叶,簌簌作响,带来了袅袅的荷香,似乎还带来,你殷殷的叮咛。突然想起李白《渌水曲》里的句子,"荷花娇欲语,愁杀荡舟人"。我多想,那一夜的月光里,我也在这里,在你身边。

荷塘和你,都生长在我心里。在这个细雨蒙蒙的清晨,水木清华,濯洗了我一身的尘埃和疲惫,成全了一场最美的遇见。

千年一问

河南一日，穿越千年。

细雨中的嵩山少林寺，多了静穆庄严。我去看它，是为了还年少时的一个愿。

直奔塔林。层层古塔下，卧着世代高僧。风拂过道旁的松柏，一粒粒亮晶晶的水珠，落入洁净的沙土。塔林静默着，凛凛然中似有历史的回声。我的眼前，仿佛出现一个矫健的英姿，腾挪跳跃，与恶人打斗着，那是我少时的偶像——李连杰。武艺高强，英气勃勃，俨然正义的化身。

远远的，传来古刹禅音，悠长沉静的声音，回旋在空中，顿觉人世轻飘，渺若尘埃。任尔风流俊杰，一代英豪，都会随风而逝。区别仅在，是否赢得生前身后名。

几棵粗壮的古银杏葱郁参天，枝繁叶茂，阅览了千年的风雨，人间的烟火，枝枝关情，叶叶通灵。树中间的青石板甬道上，镌刻着一圈圈的莲花图案，我的绣花鞋踏上去，步步生莲。向着香烟袅绕中走去，轻盈而肃穆。

雨霁天晴，天蓝云白，来到洛阳龙门。伊河水从龙门石窟中间劈开，两山夹河对峙，岸上绿柳飘扬，一道龙桥横跨两端。沿山开凿的石窟里，一尊尊佛像即便面残身缺，却岿然不动。四方朝拜的脚步声纷至沓来，伊河水潮来潮往，沉淀了多少兴亡更替。

我在莲花佛洞前驻足。摩崖佛龛的天顶上雕刻着朵朵莲花，色泽鲜艳，围成一团。佛像合目端坐，嘴角弯成弧形，笑容可掬。那是大唐时的哪一个能工巧匠，怀着怎样无尽的爱和慈悲，凿出这样喜悦的容颜，让千年后遇见的我，无端地感到来自肺腑的温暖。环顾四周，那么多千姿百态的佛像，被砍削，被损毁，有的还被劫掠，辗转流徙至异国他乡。强盗和愚氓们不懂，掠毁的只是躯体，它们的魂魄永远驻守在这里。

爬过栈道，越过青石阶梯，来到奉先寺——大卢舍那像龛。这是龙门石窟中开凿规模最大的摩崖像龛，傍山面水，场地开阔，阳光纷披而下，仰面望去，卢舍那佛像沐浴在道道光线里，又似佛光普照。据说"大卢舍那佛"坐像是依据武则天的相貌雕刻而成，面相丰腴圆润，方额广颐，秀眉长目，眼神深邃，宁静端庄地坐在那里。典雅的微笑，流露着智慧的光芒和对众生的关怀。眼前的大佛，应该比威仪万方的武则天本人增添了亲和力和慈悲心吧，但是谁知道呢？这样一个横绝千古的女皇，俯瞰古今，功过待谁言。她给自己立下的是无字碑，后来者却愿把这正大仙容的"卢舍那"当成她来拜。

在她脚下，或坐或立。她的目光无处不及，让人思接千古，捕捉到一缕大唐风神。遥想大唐气象，泱泱汤汤，思想多元，兼容并蓄，让人心驰神往。是的，每个人心里，都住着一个自己的大唐，只是很多时候，都在沉睡着。当人潮散尽的夜，这些成千上万美轮美奂的佛像们可曾交谈，可曾感慨。繁华易散，天闲云淡，古今多少，都付笑谈。

河对面是香山，山上有白园。跨进园中，一池碧水汪然盈目，清流从挂满绿藤的石隙中泻出，清清泠泠。沿着小径上山，茂林修竹，叶稠阴翠。四角白亭傍着游廊壁上竹刻的《琵琶记》，在风里两厢吟诵。相比较奉先寺这边的人潮涌动，摩肩接踵，香山居士是寂寞的。人世的悲欢离合，个体的荣辱浮沉，都过去了，而他信手挥洒，或是呕心沥血所作的，那些老妪能解的诗文却一路传唱下来。平易，自有其不朽的存在。

回顾来时路，生命的价值何在？古老的问题，在不同的时空中不断闪现。人都是历史的人质，你是你历史的书写者。古人言：立德立功立言，为三不朽。而他们：得道高僧、无上帝王、文人墨客，都书写并确立了自我的价值，以自己的方式完成了自己的使命，也创造了自己的存在。

蓦然又想起，那个功成名就的李连杰，在跨过世俗的名利之后，这些年来，却在安静地做着自己一直想做的事：创办壹基金，推行太极拳，为大众做事。是的，当我们走在莽莽苍苍的人生路上，做了自己能做的事，做了想做的事，并为大众带来了福音。于己有趣，于人有益，这就是大慈悲和大境界了。

活在当下，做好自己。而不必去追问，千年之后，可曾留名。

婺源，我和前世遇见

一生痴绝处，无梦到徽州。有梦，有痴，有华年……

癸巳年，暮春时节，到婺源。

敲下"婺源"百度的时候，跳出来的先是"无缘"。心下一凛，是否昭示或者预言着什么。

我是个唯心的人。我信万物有灵，我信玄奥的因果，我信冥冥中自有定数。我信，生命里遇到什么人，走过什么路，是早有安排的。而现世，依然懵懵懂懂地沿着既定的路径，小心翼翼地往前走，去迎接一个个乍逢的悲喜，在陌生的风雨里经受洗礼。

我当然不信，和婺源无缘。这不是天机泄露，只是不值一提的谐音。在我现代的身体里，住着一个古典的灵魂。那么，在这个水墨乡村现代版的桃花源，我该是如鱼得水才对。

果不其然。

第一站是晓起，一个简洁明快的地名。婺源的每一处地名都毫无悬念地浸染着文化的气息。而婺源的一砖一石、一草一木，又会让人一跤跌倒在远古的诗情画意里。

像是行走在古代的艺术长廊。古色古香的徽派建筑，琳琅满目的手工艺品，让我们目不暇接。一边走一边感叹，恨不能把这里的一切据为己有。原谅我这小女子，耽溺于美，会生出大盗的贪心。檀木手链，木梳折扇，玲珑玉石，精雕木柜，还有许多说不出名字的古玩，就这么随意地摆放在墙面斑驳的屋檐下，后面坐着姿容闲淡的老人。有人，不紧不慢地在一口铁锅里用手炒着茶叶。路过一个卖香樟木的摊位前，我情不自禁地赞叹一声，好香啊！年轻的摊主一激动，抡起斧子，劈下一块木头，大声道："送给你，就冲你这么识货。"一女友眼馋，一路见到就嚷着好香，一摊主听了，抡起斧子，劈下一块递过来，女友大喜，仰面问："可是送我？"答："给钱！"一行人笑倒！初相见，婺源就给了我扑面的率性和亲切。

抵达江湾，暴雨如注，陷入车中。忽而雨住天晴，碧空如洗，山峦滴翠，让人诧异上天如此的厚爱和美意。一路游目骋怀，触摸历史和人文的痕迹，穿越于画里人家，感受自然的和谐静美，历史的幽奇深邃。深幽典雅的旧时光，雕刻在木纹上，镶嵌在砖石里，让告别了喧嚣都市的我们，好像隔离了红尘，在此沉沦。

却欢寡而愁殷。越往里走，越感到无能无力。面对美，我时常有这样绝望的感觉。眼前契合灵魂的古老佳色，竟化为心里的凄迷山水。毕竟是凡夫俗子，哪怕在这片天籁之地，依然放不下一些痴心杂念。

忽然很想，停下来问一问：

能否，我们留下来，不辞长作婺源人？

恍惚听到一声轻笑：

你们只是看景人。过客的眼光是审美的，把面前的一切染上诗意的色彩，走马观花地打量一下，在视觉的冲击和叛逆城市的想象下，去描绘这就是世外桃源，臆断其不食人间烟火。连那与世隔绝的孤寂，都可以拿来构建成美。如若朝夕相处，是不会把这地方当成景观的。看到的，不一定是景，也许是苦，是闷。就像流泻的清泉，埋伏着浑浊的泥石流，茫茫的林海，潜藏着毒蛇，连那青葱的茶树，也勾连着劳累的身影。

可是这里，拥有被你们源源不断来游览观赏的资源，能够用来安放疲惫不堪的身躯，抚慰千疮百孔的心灵。但一切只是暂时，因为即使有这样天人合一的灵秀之地，也无法承担你们长久的荒芜和寂寞。浸淫在尘世里的你们，像个无家可归的孤儿。你们太容易构建和想象美好，要知道很多美好，只能用来远观；美好，有时靠贫瘠的想象，来维持生存……

从哪里来，回哪里去吧……

缓缓打量着古村落、古民居，居民脸上漠然的神色，让人多么艳羡。他们，和这里才是真正地生长为一体的。风景都在外人的眼光里。而就是这样的云淡风轻、从容淡泊，才让人心飞意驰。

许是宽慰一下我凌乱的心思，婺源，很快赐予我幸运和祥宁。思溪延村，一间深宅大院，堂屋中间放一大水缸，满满一缸水，缸底置一圆口小壶。围观人向水里投掷硬币，投中壶里，即奖励一枚银元。众人摩拳擦掌，纷纷投之，未中。我取出一枚硬币，随手放入水中，缓缓落入壶心。四下哗然，一片艳羡。我展颜一笑，暗忖：发乎真性情，投之无机心，自然者，天成。爱怨贪嗔，在这里逐渐融解，获得自然的感应。

宿在李坑。茶馆酒肆，粉墙黛瓦，马头墙下，红灯笼悬挂，野渡无人舟自横。在李坑，一杯粉红的杨梅酒，让人动了赴醉之念。远山沉静，云气苍茫，在木格楼上，几个有缘人，卸下所有的包裹，坦然相见，薄醉浅吟。让人无端感怀：一切遇见，都是机缘凑泊，一切机缘，都是天时地利人和的成全。门前花木,纷纷开落。

夜雨叮咚,在窗外不倦地弹奏。从宋朝一路迤逦而来,越过云岚、松涛,落到这红灯笼摇晃的小镇。小桥流水人家,流水潺潺,廊木桥头,我是哪一朝的女子呢?撑着纸伞,茕茕而过?怀着清愁,轻弹箜篌,还是守着青灯古卷,书香里流连。

"客官,可要住宿?""温一壶状元红,几两银子?"这样的情境里,我们的对白也该自然而然,随着时空置换。

黄村百柱宗祠。细雨从天井中落下,我站在构架宏丽的庭院间。在霏霏细雨中,在大山深处,在这栋大院落里,流光碎影里,我忽然看到了,听到了什么,像一种召唤,又像是温柔的絮语。让我的心莫名地战栗,细微地疼痛,还有隐隐的敬畏。似乎,我进过此门,这里,有我留下的痕迹。这雨,带来了连接时空的气味,让我倏忽之间,有确切的前世今生之感。周围很静,空无人声。木雕的高敞的门楼,廊壁,静静地注视着我,带着凛凛然的金石之气。

好似看到前世的我,款款而来。梳着发髻,斜插玉簪,着青袄素裙,从木质的窗下走来,和颜侍立在一边,和我素颜相对。在这间巍峨的祠堂里,一个清幽的女子怀着深情、美意和忧伤,温和地、悲悯地望着我。还传来轻轻的叹息,如烟如雾,笼罩着我。我确信,我来过这里,走过两边的回廊,站在这高堂广厦间,回眸过,叹息过,透过这丝丝洒落的雨,我在那一瞬迷离,迟疑,甚至有异样的恐惧。一种神秘的飘忽的感觉,在那一刻恍惚又强烈地注入我的心中,冥冥中,我应该感应到了什么,这种感应里埋藏着启示和发现。在这一刻,在这间祠堂里,我应该碰触到了自己生命中的一页密码,一种来自生命深远处,灵性的呼唤。

婺源,我和前世遇见。我来过,又将离去,继续在红尘里漂浮……

归途,女友询问"婺源"名称的来历。大家怔忡,一时无语。有人打开手机,索性上网查个究竟。他轻声念道:婺源,婺女之源。婺女星座,为二十八宿之一。"婺"字的上半部由"矛"字和"文"组成,下半部是个"女"字,合起来的意思是"文武双全的女子"。唐开元二十八年正月初八婺源置县时,恰好婺女星座在唐朝京城长安的东南方向出现,唐玄宗钦定此地地名为婺源,其意为婺女之源,用现在的话来说,就是美丽勤劳勇敢坚强的婺女的家乡。又笑问:说的可是你们?

哦,莫笑我痴情。一次相遇,便知与婺源不是无缘,而是缘定三生。我把婺源,认作我的原乡了。

陷落在红尘深处,我们常常找不到自己。需要一片山水,来把自己认领,让自己获得暂且的休憩,整装再发。明天,继续在尘烟里接受熏烤,面目全非。

可是,婺源,我希望,再去时,你依然能一眼把我认出。我不是过客,我是你前世今生的归人。

梦里，有你千年的注视

一连多日，阴雨连绵。雨下得忘记了身世，淋漓着不眠的夜，不断闪现在梦里的，是那些木雕，廊柱，剥蚀的墙面，颓毁的屋檐，沉沉的院落……

我知道，婺源的那间祠堂，是走进我的心里了。可是，放不下的，又岂是那一间被誉为"深藏民间的金銮殿"的黄村百柱宗祠？

在婺源，似乎穿越到了远古。古文明的气息，历来会让人在时空中沦陷，在无涯中翱翔。在那饱经沧桑的院落里流连，抚摸着美轮美奂的雕梁画栋，我的心，被一层一层的感动和迷离所席卷。这些古老的建筑，精致典雅，含蓄蕴藉，是智慧的结晶和不朽的奇迹啊！怎样去保护它们，让它们得以流传永久呢？岁月更迭，风雨侵蚀，它们的姿容走向了衰朽和颓败，掩不住的幽邃悄怆。我怀着隐隐的担忧而去。

上网查看了一些我国各处古建筑的现状，令人触目心惊。有些珍贵的古建筑正在颓圮，消失，无人过问，或无力修缮，或是在别有用心的重建中，面目全非。保护古建筑已是刻不容缓。

看到成龙，把收藏的四间徽派古建筑捐赠给了新加坡，只因为那里，具备能够永久保存这些古建筑的诚意和条件。可是我在想，失去了本国的水土，在异域，那些亭台轩榭还会散发出迷人的中华气息吗？但是起码，它们能得以科学规范地保存下来，这就是人类的幸运了。《面对面》的访谈里，看到他为这些古建筑所付出的心血，我对这位一向无甚特殊好感的艺人，产生了深深的敬意。

那些巧夺天工精美绝伦的古建筑，一砖一木里都深藏着历史的底蕴和人文的传说。巧妙的构造让人叹为观止，深厚的内蕴更让人心飞意驰。历经千年风雨，传承华夏文明。这些凝聚着才智情韵的古老建筑，庇佑过我们祖先的身体，到今天，继续庇佑着我们心灵的家园，源源不竭地传递着智慧的因子和创造力。面对祖先留给我们的这份瑰宝和记忆，我们能够心醉神迷地徜徉在文明的世界，能够气定神闲地寻根问祖，踏上前行的路。我们像从一棵枝繁叶茂的大树上发出的新枝，尽情享用大树提供的养分，可有没有想过：大树会老，根会朽烂，我们该用心去保护它，让它青春焕发，永葆生机。

而不是，眼睁睁地看着它们，落入一种尴尬窘迫、自生自灭的处境，更不能在利益的驱使下，愚昧无知地去破坏它们。我们要把这些古建筑，当作祖先留下来的最珍贵的遗产来尊重和保护，而不是用作出售的商品，只和利益挂钩。当然，如果有利的开发是为了更好地保护，也未尝不可。但绝不能为了抚慰一下看客的眼睛，抒发一下思古幽情，就任其在无节制的参观中走向毁灭。走得太快的我们，不能一边走一路丢，丢了灵魂，丢了根。一个不会善待和保护自己文明的国家是悲哀的，这种悲哀抵得上国土的丧失。后者是看得见的侵略，前者是更深层次上精神的沦丧。一个文明的国度，如果对于文明的载体集体失忆，无异于精神自戕。

几年前,读到余秋雨的《道士塔》。残阳如血,心生悲怆。他说"我好恨",我也恨,那样一个落后屈辱的时代,让那么多本属于中华的灿烂文物流离在外,无家可归。

而今,我们以什么来树立起华夏民族的气象和风骨?我想,不仅是经济的增长,科技的发达;泱泱中华之大国风范,还应该体现在,保护好那些古老的文物,有效地传承文化和文明的记忆,让后来者有路可寻,有根可依。在继承和发扬优秀传统上,再创新和前进。若把这些无价之宝弃之如敝屣,不是我们富有,而是无知冷漠到麻木不仁。一个不知道珍惜昨天的民族,岂能把握好今天,开创明天?

淫雨霏霏,有风来袭,那些寂寞的祠堂、深院、廊柱、木窗,它们感到冷吗?面对匆忙喧哗的脚步,走马观花的眼光,它们感到疼吗?雨滴落在斑驳的木石上,仿佛下了千年,陷落了世事荣枯,红尘悲欢。

在一间间古老的深宅大院里徘徊,触摸历史的痕迹,探索传奇的印记。我们不仅是放飞心情,寻找抚慰和启迪的游客,更应是能用心去倾听它声音的主人。听它温柔的絮语,殷切的叮咛,深情的呼唤,抑或,无声胜有声。爱它就要用心去倾听,再慢慢去靠近,温暖它沧桑的容颜,还它不朽的明媚。如果允许,我多么愿意,留在那间百柱宗祠边,守护它的寂寞、它流传千古的美。

爱,从来不是心血来潮的观望,不是春风得意马蹄疾,而是发自心底的疼和惜。

也许它,一直都懂。用它深沉的目光,穿越千年的古朴身躯,默默注视着我们。它的恬静深邃的胸怀里,依然收藏着温柔和悲悯。

它一直都在,看着我们。在梦里。

秋日的行走

在黄山脚下的歙县醒来，晨曦穿过林木从山那边透过来，预示着美好的一天已然开启。

从江之北来到江之南，在市民主党派大楼，接受新盟员培训。听芜湖盟史专题讲座，明确盟员职责和使命，再向皖南山林腹地进发。一车民盟人，一路欢歌情。中午时分，抵达太平湖。还在车上，就见白云敷在蓝天上，绿岛环绕着湖，天映水中，山倒湖中，太平湖好一派波光潋滟。待到走近，清澈的湖水一层层涌来，轻拍着湖岸。秋日的风吹过对岸欲与蓝天亲近的绿的山尖，姗姗而来，拂过松枝、绿水。穿过山腰木栈道，踏上金黄的银杏叶，朝水源近处走去。站在临水栈道上，风鼓起裙裾，把一片片秋阳绽放在脸颊。从哪里能找到这么美意的湖水作背景，从哪里能找到这样温柔的秋天作伴侣啊！

一路走一走，看一看，坐一坐，听风、看云，白云生处有人家……在岩寺新四军军部旧址，观看到展馆里的枪支、服装、用具，好似看到了当年枪林弹雨热血沸腾的战斗场面，身临其境接受了一次爱国主义教育。今日和平的幸福生活来之不易,除了珍惜,我们还应该去做些什么呢? 在向徽州老城出发的车上,我不由地陷入沉思。

听导游娓娓道来徽州的历史传说,很多并不陌生。正如我早已不止一次切身领略过皖南的古韵,但还是多了一层感动和钦佩。粉墙黛瓦马头墙,古老的徽州奇山异水,闻名中外的黄山,流光溢彩的新安江,都让人心醉神迷。从这里走出去了许多人,走出家乡父老的视野:徽商、硕儒、高官……在各个领域走成了传奇。他们走在理想的路上,实现了自己人生的价值,也为世界奉献了丰厚的财富和灿烂的文明。

眼前庭院深深深几许的老建筑,精美绝伦的雕刻,巍峨矗立的石牌坊,古色古香的墨与砚……一座桥、一间阁楼、一方古砚、一棵茶树……铭刻着艰辛血泪,记载了坚韧和智慧,书写了文明奇迹。曾经贫穷闭塞落后的徽州,反而造就了那么多的传奇,并把它们保留在这块神秘的土地上。正如"陶行知纪念馆"馆长所说,徽商创造了经济,经济又反哺于文化,崇文重教,兴旺发达。

坐在徽州府衙里的芙蓉桥上,我仰望对面的假山亭阁,有瞬间的恍惚。仿佛听见琅琅的书声,看到古人精致的生活……这是古老的徽州,沉淀了自然和人文,糅合成的独一无二的风水宝地。我祈愿,不要有过度的旅游开发打扰它的宁静,破坏它绵延千年的气韵。

在"陶行知纪念馆",听馆长一番介绍,更觉不虚此行。这位生在徽州大地上的人民教育家,不愧是民盟先驱,万世师表! 他短暂而伟大的一生,敢于探索新天地,纵身实践真理,为国为民奉献了一切,"捧着一颗心来,不带半根草去",爱满天下。他的诸多教育理念和教育实践,是自然的朴素的,而又是正确和以人为本的。实践出真知,这位深受儒学熏染又接受西方教育,中西合璧的教育家,知行合一。他所做的探索和实践,给我们这些当代的教育者们,以永不过时的思考和启发。他写的那些诗,貌似大白话,却有着"绚烂之极归于平淡"的陶氏哲学精髓,闪耀着跨越时代的光芒。是的,千教万教教人求真,千学万学学做真人。作为一个教师的民盟人,看到前路,有亮光闪烁。

归途,车过太平湖,我看到窗外,湖光山色,天高云淡。有山有水的地方总有诗情、画意,有悠远,有沉思,有理想在猎猎招展……

走进一个温暖的家庭,结识一群有趣的人,开启一段快乐的学习之旅,收获一种美好的信念。我们将风雨兼程,脚步坚定,行走在理想的路上,去诠释奉献的人生。

相遇天津卫

秦皇岛有海浪淘不去的王气，而天津，有风云化不掉的江湖气。但它们的节奏都是悠悠的、沉静的。

导游干脆利落的言辞流露出一种天津作派，那像是一种见过大世面之后的爽朗洒脱。她带领着我们游览了天津的三环路，一条文化街上名校林立，天津大学、南开大学……匆匆一瞥而过，然后进入租界。过目难忘的是，这些上百年的建筑展示了不同国家的建筑特色和风格。

赭红的方块水磨砖，尖顶教堂样的房屋，洋溢着浓郁的异域风情，苍翠的林木藤蔓掩映着众多记录历史的老房子。我们一边拍照，一边听讲，当年那些赫赫有名的人物，他们的功过是非趣闻轶事。天津中外合璧，兼容并蓄，自有其历尽沧桑的大气和沉着。意大利风情街，街道是楔子一样的坚固砖块铺成的，那些砖块是钉在地里的，它们的上面记载着百年风云。路两边是各式各样的西餐厅，店门口摆放着桌台，和圆鼓鼓的啤酒桶。有的桌台边还撑着遮阳伞，有满头银丝的老人坐在伞下悠闲地用着餐点。那些老房子多用来出租作办公场所，极少作民居，很多空置。导游说是因为价格高昂，且维修费用惊人，有价无市。我倒认为不作民居，是因为人喜欢听故事，但不一定喜欢"住"在故事里。

路两边的行人步态悠闲，姿容清淡。导游说，在天津你看不到闯红灯的人，看不到多少豪车，也没有什么豪宅，天津人不攀比，消费接地气。这一点我后来倒是深有体会，在住宿的"如家酒店"旁一家服装店里，我花了不到百元，竟然买到了一条飘逸的长裙和一件白色针织衫。土生土长的天津人，安居乐业，不愿外出打拼，早睡晚起，生活节奏慢，这种知足常乐的后面似乎沉淀着一座城市的雍容气度。是不是，这座城见识了太多的变幻莫测，历尽了太多的天灾人祸，所以有了对寻常生活踏实而饱满的爱？

铭记的是"瓷房子"。莫说它天文数字般的造价，莫说它美轮美奂的造型，单就眼前的每一块瓷片就让人叹为观止。这些瓷片都是从海河里打捞出的，它们粘住了历史，构成了传奇，展现了中华瓷器的精美绝伦。瓷房子里收藏着古代的旧家具，有古人背的竹制书箱，像一个小型书柜。金丝楠木桌上古琴悬放，雕花梳妆台嵌着古镜，似乎看到当年对镜的红装，雅致的生活。阳台上的藻井是由大大小小的几十张瓷盘拼成的一个实心圆，台柱上竖着一盏青花瓷碟，碟上的裂痕用钉子铆牢，据说这项工艺快要失传了。再好的东西，一旦有了裂痕，就很难恢复初心了，我想。

"一生梦幻俱是流水行云，百年戏局无非春花秋月"，这是天津石家大院戏楼正堂的楹柱上贴的一副对联。大院里除了木雕的门面因年深日久而油漆剥落，其他的家具器物，特别是石雕，都保存完好。踏进院里，就走进了一百年前一个中层官员的家中，长长的甬道两旁，砌着高高的青砖围墙，廊院，会客厅，卧室，内账房，闺房，还有戏楼。衣食住行，持家待客，在这个保存完好的大院里，以旧物的形式默默地诉说着。一座戏台，一面屏风，一张铜床，一把木梳，都曾花费了那么多的细致功夫，精挑细选的木料，精雕细刻的做工。我抚摸着那些家具，总疑惑上面附着古人的精魂。门两旁的青石砖雕，守护着红面木雕的门楣，两开大门上精雕细刻着寓意"吉祥如意"的花鸟纹饰，门正中一面木雕屏风，上面雕刻着象征"福寿喜"的莲花仙鹤等。从一砖一石、一花一鸟、一描一画中，我们感受到了古人生活的方式和理念。人生如戏，世事无常，这是国人最常有的人生感慨，交织着虚幻和及时行乐的思想。而时光流转，对吉祥如意、福禄双全的朴素愿望从来没有从我们中国人的观念里离开过。

在天津，一切都是慢的。空气是安静的，置身其中，我一时不知所措，一直习惯赶路的我，好像不适应这样悠悠的节奏。可是，人间的好风景是看不完的，贪多求快，是欲望在作怪。所以我们，才活得好累。

一座城有一座城的气质、个性与命运。天津卫，如同一个大户子弟，赏阅了太多繁华美景，又经历了沧桑巨变。天灾人祸的锤炼，中西交织的蓄积，让他在血雨腥风里成长和沉淀，抵达平和淡然，甘守一院的风景。曾载着珠玉瓷器的海河上的船远逝了，两岸是从清晨坐到日落的垂钓者，垂钓着一年四季的闲情，谁又能否认，这不是一种智慧和境界的体现？这种悠然的背后是大起大落至乐至恸后的雍容沉静。它没有厚重悠久的历史，却有着光怪陆离的现代。一座城，它的气质来自昨天的酝酿，独特的地理位置和经历铸就了今天的神采。而明天，沧海桑田，大浪淘沙，谁又会把谁记起？

在天津南站，摊开的日记本上，记下这些零乱的文字，然后离开这座过渡性的城市。有一天，我们都活在历史里，化成沙，化成风，在茫茫时空的某一点上，我们相遇。

十万春花如梦里

　　三月，千里迢迢从亳州赶回，去赴一场春天的盛会。从辽阔坦荡的皖北平原来到起伏连绵的皖南山岭，我惊诧于造化的神奇、自然的瑰丽多姿。皖北人文荟萃，厚重的历史，让人沉醉；皖南奇山丽水，秀美的风光，让人流连。而石台县——这"中国原生态最美山乡"，却集合了人文和山水之美。借助于便捷的交通工具，在这之间穿梭的我，此刻坐在归途摇晃的车厢里，虽然感到疲惫，可是精神却仍在作不倦的游历，如同行走在一场繁花烂漫的梦里。

　　蓬莱仙洞里走一圈，让人觉得，洞中一刻，世上千年。曾经的汪洋大海在亿万年的地壳运动中，化为眼前一座宏大绮丽的钟乳石窟。美妙绝伦的钟乳石，让人感叹大自然的鬼斧神工。细雨飘洒，给洞口接了一道珠帘，出洞的我一时恍惚，这雨雾，可曾带来了远古海洋的消息？

　　探洞时微雨，漂流时薄晴，天公亦作美。在秋浦河上漂流，不知今夕何夕。时而波平如镜，需要我们荡桨前行；时而滩险水急，冲激着窄小的皮筏顺流而下。浪花翻腾，欢声挥洒。两岸青山倒映在水中，雾霭如纱抹在山尖。人生鲜欢，世路凄迷，在这条流淌着诗的河流里，好似漂走了沉重的肉身。洒几粒笑语，留几许天真，诗仙或可闻？

这样想着，已经来到他的身边。一块隆起的岩石上，诗仙正斜倚着酒壶，昂首向天，把酒临风，放浪在山水之间，风神飘逸，潇洒不羁。但我知道，这秋浦河的水，即使冲圆了千万块巨石，也洗不褪他那三千丈的愁！虽说"自然是医治心灵的最好良药"，却医治不了一个天才灵魂的悲哀。

当然，他钟情这一块古朴美丽的土地，漫游于此，他写下了那么多优美的诗句。"人行明镜中，鸟度屏风里"，风光旖旎，一条清溪曾经流过他的心田，洗涤了忧伤，给了他澄静。"君莫向秋浦，猿声碎客心"，年老力衰，壮志难酬，怕秋霜刺伤眼眸，不再揽镜自照；放眼山水，嘉木葱翠，白鹭横飞，可是声声猿啼又碎了他那客居的心。"炉火照天地，红星乱紫烟"，透过熊熊的炉火，蒸腾的紫烟，他看到了劳动的美和力，看到了大地的壮观和激情。他用生花妙笔点染这里的风物，而这里又给了他寄托和慰藉，互为知己。现实与理想的矛盾和痛苦，让山水成了他梦的投影和折射。徜徉在此，我们忘了诗仙破碎的梦，只认可他们美丽的相遇。相遇成全了传说，成全了无数后来者慕名的心情和追随的脚步。我们来此看风景，更是来看和这片风景化为一体的你。那么，从你的眼中看到的我们，是什么模样呢？在一条河上放逐诗情，我悠然想象着，如何去亲近诗仙。

山光物态弄春晖。走在牯牛降风景区曲折陡峭的山径上，我在想：好山水给古人写活了，好文字也给古人写尽了。不仅面对眼前的山水，我的表达如此无力，哪怕对着一棵几百年的樟树，飒飒风吹叶落时，我所想到的也是"山山红叶飞"。落叶飘拂，宛转间多少流年，它们翻飞着，一一飘入清流，或是落在石壁上，我只能拿出相机一一摄取。悬泉瀑布，飞漱于清荣峻茂间,如一条白龙,又如一条溅珠碎玉的长练。除了摆出姿势留个影,我不让撞在心扉的诗句再从口里蹦出去。我是吟不出类似"飞流直下三千尺"的诗的,莫论文字技巧,我们欠缺古人的真意和气魄。好鸟枝头亦朋友,落花水面皆文章,古人胸中有丘壑,诗是自然的摹本。他们不仅是自然的代言人,还是点化者,让一地一物皆有灵,一瞬成永恒。石台的山水遇见了诗仙,流宕出不朽的诗情。而诗仙在此,一梦千年。

阳光在车窗外,有着敲锣打鼓的意味。映山红开在皖南的山岭,千娇百媚,桃花灼灼,梨花胜雪,紫藤萝摇晃着满身的铃铛,散播出如烟的粉紫。山间梯田上的茶树如一块块绿补丁,缝补着白墙黑瓦的古村落里山民们高贵的困窘。遍野的油菜花开得磅礴,堆砌成人世的浩荡和寂寞。花事烂漫里,我梦见和诗仙把酒论诗,击鼓吹箫,听他啸歌,一同踏月归去……

种种有名皆入眼

我记不住人名，却爱记地名，特别是一些有意思的地名，能让人玩味再三，浮想联翩。前段时间，在去华西村的路上看到几处地名：高淳、句容、芙蓉、溧水……

"高淳"让人想到伟岸谦和的男子。有一个我比较喜欢的中年男明星就叫高淳，有淳厚而精悍的笑容，让人觉得那是个极有内涵的所在。"句容"，让我联想到古代温婉的女子，宛然端凝之中又带几分机灵轻倩，适合男子温柔的低唤。"芙蓉"拿来用作地名，清逸脱俗，带着仙气，能激发太多美好的想象；如天宫瑶池，有碧叶红荷的锦绣堂皇。"溧水"一定是水波荡漾的地方，"溧"字还让人想起植物，如栗般素朴敦实。

没有上网去深究这些地名的来历。有时候，见面不如闻名，距离是最好的美容师。对人如此，对地方亦然。

正如，来到久已闻名的"天下第一村"。看到久闻其名的高三百多米的"龙西国际大酒店"，如一块圆柱形的蓝宝石高耸地面，直插云霄，气势非凡。其内部装修得金碧辉煌，雄奇瑰丽，到处弥漫着浓郁的艺术氛围，让人叹为观止。高楼外，是巍峨的金塔、气派的别墅群，好一处灯火璀璨歌声嘹亮的幸福乐园……这里的一切都是在具体化形象化着"富裕繁荣昌盛"这一概念。

然而最让我念念不忘的,是旅途中的一处停靠点,名为常合高速公路边的茅山服务区。虽然叫"茅",却非茅檐低矮,粗陋不堪,此地依山傍水,悠悠湖泊环绕着如黛青山,翠竹蓊郁,白鹭翔集,茅山湖畔的典雅小楼,如同世外桃源。"茅"这一字,立刻唤起许多和草木有关的亲切记忆。"鸡鸣茅店月,人迹板桥霜",晨曦微露,晓风清凉,人在路上,更添一分独闯天涯的沧桑。

有个好名字,是不是就能抢占美的先机?起码在我,觉得是。

"美女樱""玉簪",是我在"华西实验小学"散步时看到的两种花,形态色泽并无特别之处,和许多普通的木本科植物一样,遍布于土堆之上。吸引我的是这古典而俏媚的名字,带给人绮思丽想。把这两种花名连在一起,脑中就浮现出美人斜插玉簪的柔美意境。还有那"垂丝海棠",真的是在一蓬翠绿的叶子里垂下了千万条丝绦,随风袅袅,如玉人闺房的珠帘。拂开来看,一簇簇的红花,惊艳夺目。"碰碰香"则是一种灌木状草本植物,卵圆形的肉质叶交互对生,若论相貌,平淡无奇,像出身寒门的婢女。可是只要念起这名字,相信你就有用手去触碰的冲动,鼻翼间也真的捕捉到了喷喷的香气。好名字的确能点石成金,让这婢女在姹紫嫣红的百花丛中脱颖而出。

张爱玲在《必也正名乎》里,用她惯有的讥诮,深刻分析了人名的种种趣味。她还提到"文坛登龙术的第一步是取一个炜丽触目的名字",而她自认为有一个俗不可耐的名字,她却没有改,也依然阻挡不住她的风华绝代。

种种有名。如此看来,只有人名,似乎是最应该慎重却又往往最不知轻重的。它对应的是一个个鲜活的生命,可这名字背后所赋予和承载着的,却又是另一个充满想象的空间了。

风啊水啊一顶桥

去乌镇，带着朝拜的心情。

进入西栅景区，穿枝拂叶，走过一弯小石桥，眼前湖面开阔，对岸坐落着一个风琴式的椭圆形建筑"乌镇大剧院"，墨雕般的轩敞宏丽。与之隔河相望的一派建筑，位于水中央，简约如几何图形，又像积木搭建而成，向外伸出长长的木质栈桥。心中一凛，有似曾相识之感，待到走近，印证了心中所念——木心美术馆。

进入馆中，燥热隐去，清凉无限。馆不算太大，两层主楼加一侧副楼和地下一层，内部简洁阔朗。迎面前厅墙上悬挂着一张巨型条幅"风啊水啊一顶桥"。一行字边，独行着一个戴着礼帽穿着大衣拄着手杖的人。就是这个样子的：黑白灰的色调，平面线条的布局，木质纹理般的构造，简练而沉静，应该契合木心的心性和美学观念吧？展馆里摆放了木心的手稿、画作、绘画的工具，还有他喜欢的大师雕像、读过的书本等。每间展馆的墙壁上都刻着一些字，那是他的学生、馆主陈丹青从他的作品里找出来的句子。那些句子，拉近了我们的距离。"我知道有许多隐性的读者，我们是永远见书不见面的"，那么，我们可算是见书又见面了呢？

馆中人寥寥，且多是年轻人。带着肃穆的表情，连脚步都是轻轻的，有一种清寂的安静，怕是扰了先生的清梦吧？而先生的梦，是怎样的辽阔丰饶和浩渺啊！赤了脚，来到阶梯图书馆。墙壁上，挂满了世界大师的照片，尼采、卡夫卡、达·芬奇、贝多芬……还有他读过的书和他写的书。目光掠过这些大师，我按了手机静音拍照，不要惊扰了这里的一丝风，这里的空气很静、很慢，如那首广为传唱的诗《从前慢》。据说，很多人慕名而来，却又不敢靠近。相见恨晚，晚也不敢相见。而此处，提供了一个亲近之点。

百叶窗外，风拂过丛丛芦苇，夹竹桃的白花落在水面上，缓缓流去，似乎那风里，水里，传来先生清晰平正的话语。眼前，这些手稿上密密麻麻的文字，这些曾在欧美各大博物馆里展出的画作……这个传奇而寂寞的"绍兴希腊人""文学鲁滨孙"，他的人，他的文学艺术，他的美学流亡的人生，直观地显现在这里。这个从乌镇出走的有着寒星一样漆黑眼眸的少年，负笈去国，辗转半生，最后叶落归根，依然目光灼灼地坐在这里，平视着古今东西的贤哲大师们，与他们娓娓而谈，心怀澹泊，意态优雅。

看他小如米粒的《狱中手稿》，66页稿纸，65万字，无法解读，也无需解读。艺术在于直观，观者有一种无言的感动和敬畏，以及悲悯和崇敬。端坐在这些放大的手稿照片前的台阶上，我对着窗外的流水、泊在岸边的渔船发呆。这是怎样的一个人，他挚爱文学到了罪孽的地步，文学信仰又让他渡过劫难。他说，岁月未曾饶过我，我亦未曾饶过岁月。这个执拗幽默的智者，深受艺术的教养，反哺于艺术。他在文学、美术、音乐等方面造诣深厚，打通了古往今来东西方艺术的各处关节，却又甘于追求"无名度"。上帝虐待天才，世界虐待天才，他亦曾命不聊生。"生于任何时代我都是痛苦的,不怪时代,不怪我",这是他的自白。可是,他最终还是完成了"自我完成"。

读了《文学回忆录》的人,想必都会获得一种目光,一种平视一切的目光。如他的学生陈丹青所说,"这本书,不是世界文学史,而是那么多那么多的文学家,渐次围拢,照亮了那个照亮他们的人。"我想,这本书会照亮和超越时代,会滋养和照亮无数个如我一样的后来者。遇见木心,是遇见一种智学识的深度和高度,有了度量文学和艺术乃至人生的标杆;遇见木心,是遇见了一种平静和从容。他温和徐缓地与古往今来的贤哲对话,融中国风骨和世界观念于一身,骨子里漫溢着贵族气质。没有指点激扬的豪迈,没有枯燥繁琐的玄奥。温厚通透,娴熟典雅,度己及人,一针见血。他小心翼翼地缝补和连接着文化断层,他的文字,他的人生,值得我们深深品味,以体察一种文脉气韵延续的大平静;他走过的路,涉过的河,值得我们细细打量,以进一步拓宽我们的精神疆域。

"生命是什么呢?生命是时时刻刻不知如何是好。"你以不死来殉道。风啊水啊一顶桥,你亦如一座桥梁,融汇东西方文化与美学的艺术实践,引渡着文学和艺术人生。在乌镇,你在这里,听风、听水、听音乐,矜矜浅笑,仪容逍遥。我在这秋雨飒飒里,再读木心,网上寻觅关于你的种种信息,看到那么多名人的敬辞与赞誉,惊你为天外飞仙,赞你为智勇仁者。而在我心里,你还是一个智慧而温暖的老人,让我知道生命是什么样子的,生命里什么是好的。虽不能至,心向往之。

我亦是行人

在一座陌生的城市,像一朵自由行走的花,徜徉在一条条古老的街巷。没有起点,没有终点,只遵循着内心的指引,或者是,由一种熟悉的气息引领着,漫行。

如同走进幽邃的历史:浑朴的青石路,雕龙刻凤的石栏杆,镂花的红木门窗旁斜挂着古旧的壁灯,青砖瓦木阁楼里飘出老戏曲,手写的毛笔匾额……姿容闲淡的老人,摆一张老竹藤椅,坐着,抑或,横在竹竿长的巷弄里,躺在椅子上,在暖阳下恬然酣眠。

那些古老的店铺,粗陋的外表,走进去,却发现,里面时尚雅致。就像你走近了一个人,却发现,原来他粗犷的形体里,藏着一颗温柔心。一个人,背着包,且行,且停,且恍惚。岁月深处的味道,从幽深的木门里弥漫开来。时光像个蹒跚的老人,老得迈不动步子,停顿在这里。这样的古旧,这样的悠然,这样的慢。真好啊,是心心相印地老天荒的感觉!

紫陌红尘拂面来,遇见一座城,跌进它的怀抱,贴近它的肺腑,深情地缠绵,温柔地缱绻。然后,挥一挥衣袖,不带走一片云彩。是的,能带走什么呢？

在洛阳，伫立在龙桥上，看着浩渺的伊河水，流过蔼蔼香山和万千座石像，怀想曾在这座古城里来来往往的人。叱咤风云的，怀才不遇的，牡丹倾城的……帝王将相，才子佳人，都已化为历史的烟云。如那些断壁颓垣处，谁还会记得往昔的雕栏玉砌、笙歌燕舞。繁华绮丽，过眼皆空，只有那些诗词歌赋千古飘香，一路传唱下来。天地如逆旅，我亦是行人。太白早就慨叹过：夫天地者，万物之逆旅也，光阴者，百代之过客也，而浮生若梦，为欢几何？或许，只有那些能留下自己声音的人，才获得了不朽的快乐。

"也信美人终作土，不堪幽梦太匆匆。"在连云港博物馆，凝视着一张复原的汉代美女图，我惊诧于图中人的绝世之美。旁边的玻璃柜里，摆放着一具出土的两千多年前的干尸，正是墙上挂着的美丽女子。曾经，那么水灵、羞涩，看过月亮，扑过流萤，有被追求的浪漫……如今，枯干地躺在这里。站在大厅里，凉意浸体，我不觉打了一个寒颤。迢迢渺渺的光阴倏然变得具体可感。平素的我们，在庸常的岁月里，其实并没有认真地想过明天，好像我们能够千年万年地活下去，活得一成不变，却原来，鲜活明艳不过几十年，甚至不到几十年。我们亦会死去，当然只是化成了一缕烟灰，不会成为供后人参观的这个奇迹。苍茫天地，我们是以过客之身，暂居在这人世。可我们往往缺少自察自觉的警醒和温雅从容的行走，活得满面尘灰，走得身心俱疲。

犹记得在异乡支教时，一日坐在公车站牌下等车。车来车往，望着对面的亳州九中，和我隔着一条马路，恍然又觉得是隔着千山万水。这条马路拉开了我和它的距离，让我沉思：我和九中，有一年之期，对于它，我只是一个过客而已，很多时候我持有一种潜意识的自由，与世无争，与自然相亲,专注于事,达观于心。我也明白,人沉溺于生活久了,会被环境拘囿,拉不开和现实的距离,以物喜以己悲,思想不够客观超脱,而支教,提供了一个我以"过客"身份打量环境和审视自我的观察角度,并让"过去"和"未来"在这一个点上得到连接、碰撞和升华,从而具备了未曾有过的平和深刻,蓄养了沉静豁达的气度。当时在想,等回到我耳鬓厮磨的小城,天长日久,我是否依然能如此洒脱地行走,一程山水一程歌?

在午后柔软的阳光下,一个人走在小城的街道上。这样的行走,遥远如梦,足音轻叩着记忆的心扉。青春和爱情,收藏在小城渐行渐远的角落,成长的离合悲欢,和时光一去不复返。人会在走过许多路之后,方才明白,所有的跋涉,不过是在寻找和抵达"家"。我和小城,或将厮守终身,可是有一个灵魂,总在行走的路上,在远方。

"如果我们不出去走走,会以为这就是全世界。"在微信朋友圈里看到有朋友发的这句话,还配有一些色调安详的图片:冬阳下青山绿水,鳞次栉比的白墙灰瓦,晾晒在马头墙下,圆竹筐里尖尖的红辣椒,挂在雕花木窗旁的黄玉米,把人仿佛拉进了皖南的深宅大院,时空一下子倒退了百年。对于每一座城市,每一片山水来说,匆匆行走的我们,只是走马观花的行人而已。可是,你不知道哪一座古城,哪一片山水,就契合了你的心灵,抚慰了你的灵魂,成就着一个过客的永恒。生为行人,夫复何幸?

火车站的夜晚

火车站最见众生相。

灯火通明,人潮涌动。人们或站或坐。有拖着箱子的,拎着尼龙口袋的,抱着小孩尿尿的。小孩子手拿着倒三角形的纸杯,里面装着爆米花,走来走去的,却走不出旁边父母的视线。也有捧着一沓报纸在人群里穿梭叫卖的。熙熙攘攘,如同菜市场。想到刚刚站在学校门口的寂寥冷落,我一时恍惚。这相同的夜晚,不同的人间啊!

芸芸众生,背负着各种各样的生活。有出门奔波的,有归心似箭的,如我。有人笑,有人哭,有人生,有人死……不由地想起迟子建的一部中篇小说《世界上所有的夜晚》。小说中那个死了丈夫却不能说出真相的女人,在一个醉酒的夜晚,反复唱着同一句歌词:这世上的夜晚啊……哀愁的旋律,听到的人内心仿佛奔涌着苍茫而清幽的河水。世界上所有的夜晚啊,上演着人间一幕幕的悲喜剧。

卖报女人穿着花睡裤,上身是鲜红的棉衣,斜挎一只黑色皮包,怀里抱着一叠报纸。她一只手举着一本《故事会》,在座位间来回走动着,眼睛活泼热切地转动着。多数人坐在铁制的长椅上专心致志地玩手机。

对面一个年轻的面容姣好的女子端着绿色塑料杯喝水，喝完后，递给身边的男人，一脸甜蜜。脚边堆着箱包和鼓鼓的尼龙袋，满满当当的，看上去是一对出门打工的小夫妻。坐在我左边的中年男人环抱着双臂，盯着眼前放在铁架子上的两只帆布箱子，一声不吭。右边是个戴着红帽子的少女，戴着耳塞在听歌，年少时就有这样岿然的气概，似乎整个世界都可以拒之门外。

墙上的电视上播放着各种药品广告，让人觉得身边有很多人生病了。隔一段时间屏幕上又出现了衣着暴露的模特在台上走步，就有很多人伸长脖颈看着，这能很快打发候车的时间。广告墙也是隔一会儿就掀开过来翻新一次，可翻来翻去就两三个地产广告。

响起悦耳的播音声：到杭州K1395次列车开始检票，请各位旅客从2号台开始检票上车……几条高低不同颜色不一的长龙迅速排列起来，虽然队形并不规则。奇怪的是，过了检票口，人在栅栏里面就开始往前跑，总是一副赶不上车的样子，好像忘了后面还有一大群人。事实上，每一个过了检票口的人都能上车。中国人不仅性子急，而且做事谨小慎微，追求保险。我们是一个四平八稳的民族，从车站上下客的人流的匆匆步伐里可见一斑。

车厢门口堵住了。人太多，又带着太多行李。列车员吹起尖利的哨音，可惜不能把人像阵风一样吹进车厢里去。我好不容易在人群稍微疏散了后挤进去——应该是被挤上去的。好在有票，被推行到座位前，还好，座位靠窗。一个操一口温州腔的胖男人纹丝不动地坐在上面。我向他出示了车票，他大喇喇地把屁股向外面挪了挪，示意我挤进去。我对着狭窄的空间瞠目结舌。他极不情愿地站起身，让我坐过去。过道里人贴着人，有人把箱子举在头顶上，像蹚水一样向前移动着。我看着，有些发呆，想起丰子恺写的散文《车厢社会》。箱子拖着社会在前进，我被装了进去。

窗外

喜欢坐在火车卧铺车厢的窗边，一个人对着一张台子，看窗外。

看着窗外的原野、村庄、丛林、湖泊、天空、一一远去，又一一归来，连绵不绝的样子。

平原上，经冬的油菜绿汪汪的，也有一块块苍黄的稻茬，参差不齐地排列着。田畴里积攒着水，水边摇曳着瑟瑟的芦苇。偶尔，有大片相连的湖泊扑入眼帘，让人有乍逢的惊艳。

在天空和大地之间，有硕大的鸟巢架在萧疏的树上，错落有致，像一个个重重的墨点。那是风经过村庄时，写的那首古老的诗里的韵脚吧？醒目，又孤单。可是悬挂着一种疏朗的安详，总让我向往。

鸟巢边的阡陌，村庄和湖水，都有平和之美，让人在暮色里渐生归意。竟还有炊烟，真美得让人心碎！举目凝注，哦，烟是远处工厂竖立的大烟囱里飘过来的。炊烟，和许多古旧的事物一样消逝了，如今只在我的记忆里，袅绕。

经过的每一个村庄都那么安静。老人牵着小孩的手，在长长的巷弄里蹒跚着。老人的白发，小孩的红棉袄，对比鲜明。经过的每一个村庄都好像住着我的童年,可是,每一个村庄都让我觉得永远回不去。生命如同列车,只能向前,向前,开向不可测的明天。在摇晃的车厢里,一种特别清晰的荒诞感浮动着。

火车是前行的,我就是运动的了。从滞涩的思绪和刻板的生活里跳出来,空间的运动拉开了时间的距离。眼前的一切,如此之近,又那么远。它们井然有序,岿然不动,我们都不属于对方的世界,只是刹那交接。我所留给它们的,仅是一瞥——即使再深情。我是看风景的人,站在生命这列列车的窗边,我可也有看风景的心情?

火车经过城市的上空,天桥下,行人如织,车辆如梭。俯瞰过去,拥挤,匆促,流动的沉重——那是城市特有的表情。远处高楼广厦拔地而起,闪烁着霓虹。我所抵达的地方,也是这样。在滚滚的车水马龙中,我有时候会看到自己,看到脚下和心中背道而驰。心中的家园黑白分明,却不发一语,任由步履牵扯着,扑向劳碌僵硬的神情和气味。

长长的桥,望不到两头,桥两旁以苍茫林木为烘托,无尽地伸展着,桥上的路灯亮起来了,桥像是伸展到无垠的夜空中一样。桥,一直在努力寻找沟通乡村和城市的语言吧?

偶尔我停止凝望和遐想,翻几页书,写几个字,捕捉我经过的每一个地方的痕迹,我徒劳而又乐此不疲去这样做。那时候,我忘记了身边的喧嚣:嗑瓜子、打牌的声音,过道里推车的叫卖,轻重不一的脚步,南腔北调……我并不刻意,然而隔离了周围,似乎拥持了与众不同的姿势。但是我明白,不管我们呈现出怎样的千姿百态,不过都是在完成同样的事情:等待到达终点。没有什么两样,从来没有。

我看过的这些地方,也许看到了我,但不会记得我,来来往往的人太多。到站了,下车,有人会坐上我的位置,窗外的风景一划而过。我没有回头,各自给彼此留一个怅惘的背影。

熟悉的地方有风景

是误闯入九卿山山头的。

经过巍峨的石门牌坊,沿着一条水泥坡路往上走。山顶簇着一排狮子形状的石头,最靠边上的像一张男人的侧脸,皱着眉头,张着嘴巴,仰望着高爽的天空,惟妙惟肖,形神兼备。路两旁草木葱茏,不知名的野花缀在枝头,引得蝴蝶飞来绕去。不愿再做摘花客,却兀地想当一回扑蝶人。跟着一只斑斓的彩蝶来到一丛花间,一朵朵烂漫的小黄花,在秋阳下舒展它们天真的脸。我不顾脚下石块凹凸,向那敛着翅膀立在花上的蝴蝶伸出手去,却赫然看到一只肥硕的蜜蜂趴在花心。不由地缩回身体,我怎能扰了它们相聚的兴致呢?

山腰平坦处,坐落着一座碧云寺。佛门清寂,佛音悠扬,敬了檀香,静立一旁。默诵着眼前的一副楹联"看破放下自在随缘念佛,真诚清净平等正觉慈悲"。红尘扰攘,心疲神倦,芸芸众生,自在清净的时候,能有多少呢? 更多的时候,是看不破也放不下,修行的路走得坎坷而低迷。下山的路上,再回首,望向那张石脸,蓦然觉得那是屈原,还在问天。

竹丝湖，早闻其名未见其面，乘兴，驱车直去。

在镇上问路，有人指着前方，说穿过一条巷子走几百米就到了，于是下车步行。很多年没这么徜徉在小镇的街巷了，窄小悠长的巷弄里，摆设着各种物品，它们熟悉又陌生，好像多年前就这样摆放着，一直没有变，可是行走在其间的人，再也没有了那样天真好奇的眼神。

也有很多年，没看见过稻子。车子在乡野小路上颠簸，想要绕到湖近处。窗外是星星点点精致的楼房，大片铺展的稻田。稻子熟了，顶着金黄的稻穗平整地袒露在湖光山色之外。长脚的白鹭掠过老牛的脊背，几个孩子洒下一串笑语，骑着车风一样地过去。风一样过去的，流金岁月。一种熟稔的气息里，散发出很多生命原初的信号。在路上，莫忘初心啊，那是来自泥土的叮咛。

是第几次来万年台了呢？只觉得她越来越美了。从"养在深闺人未识"到芳名远播游人如织，于我，她依然是初相见时的秀美澄澈。人生若只如初见，何事秋风悲画扇。人与人之间，若亦能如是，该有多好。就像，很多年过去了，依然只记得的是，那低首弄青梅的羞涩，骑竹马而来的昂扬。那年那月，在水帘悬挂的洞口，一枝生在绝壁上的映山红，开得多么惊艳。我在帘下接水珠渍面，你坐在石上望着，笑意盈盈。

竹海苍苍，倒映在湖心；群山连绵，起伏在霞晖里。深远，静美，自然的笔墨，书写着清幽和恒久。山川之美，古来共谈，人生苦短，不必再叹。也许，眼前的她，是等了一万年，才等来了我和她的相遇。

孩子在前面跳跃着，我们并肩缓缓地走在林木深处，阳光的细屑洒在层层落叶上，踩上去，松软有声。我听到了光阴的声音，有了褶皱和苍凉，也有了厚度和温度。

莫忘记，熟悉的地方，有风景。光阴的美，藏在这里。

无城，让我看看你的眼

如果说无城是一位娟秀的女子，墨池和绣溪就是她的一对明眸。轻轻一眨，芳名远播。

"绣溪边，墨池旁，双狮守黉门，满园桃李香……"这是《无为师范校歌》里描述的美丽校园；我在她的怀抱里度过了飞扬的青春，墨池和绣溪也是我最常亲近的地方。

从古色古香的黉门出发，往右拐进一条叫鞍子巷的青石板小巷。民间流传无城有"九街十八巷"，那些曲折的街巷和错落的楼房织成了无城的衣袂，鞍子巷无疑是其最绚丽的一条飘带。再穿过嘈杂的中心菜市场，走上几百步就到了米公祠。

记忆中的米公祠饱经沧桑，隐退在滚滚红尘之外，咀嚼着寂寞。一个小园子，占地不到十亩，断壁颓垣下几间幽暗的砖瓦房。有一间门前竖着块木牌，上面用黑字写着"无为县图书馆"。最醒目的是园子中心，一方小小的池塘上耸立着一座四角飞翘的亭子。那时的我常常坐在亭子里读书，有时望着亭下的池水发呆：这水虽泛着混沌的苍绿，但并不黑，为什么要叫"墨池"呢？后来知道了米芾"投砚止蛙"的典故，原来这不起眼的园子,曾经住着北宋大书法家米芾。米芾知军无为时,为官清廉,勤政爱民,留下了许多不朽的杰作和神奇的传说。站在他泼墨挥毫的投砚亭中,我陡然生起了敬意。这一汪池水,沉淀了米公多少风采神韵!墨池旁直立着一块怪石,想到他为这"石兄"免冠下拜,我放下了瞻仰的姿态,只觉得那米颠是多么的率真可爱!

从图书馆借了一本厚厚的《罗摩衍那》,坐在亭子里读到暮色四合,云深不知处。之所以记得如此清楚,是因为在那个宁静的傍晚,掩卷之余,写了一首叫《夜色正浓》的诗,后来这首诗收录在《南国诗报》社出版的《九十年代短诗选》上。许是墨池的气韵,氤氲在柔软的夜色里,开启了一个懵懂女孩的灵感之门。

喜欢去的另一个地方就是绣溪。《无为地方志》载:绣溪筑于南宋,初名锦绣溪,新中国成立后更名绣溪公园。绣溪公园在师范对面约一千米处,南环城路下。仍是要穿过几条小巷,从小巷里走出来,眼前豁然开朗:碧水荡漾,绿柳披拂。一条长堤把椭圆形的溪水一分为二,堤上一座石拱桥,桥下有亭,亭前百米就是城中唯一的公园——绣溪公园。无为籍宋代诗人杨杰写道:"十里喧阗锦绣溪,秋千人健趁飞鸢。花明柳暗丹青国,日薄云浓水墨天。"诗中赞过的绣溪美景,盛日不再。眼前的绣溪公园素朴无华,大致分前后两区,前区有几株盘曲的古藤萝,一座堆砌的假山,山边一间"洗心亭";后区矗立着一座人民英雄纪念碑,散布着一些烈士墓。除此之外,就是蜿蜒曲折的青砖小径,葱郁的树木和繁茂的杂草。

无为一中紧依绣溪之畔,绣溪的水声里流淌着琅琅的书声。周末,来园子里的多是学生,或三五成群,或成双成对,或独自一人,来游玩散心,谈天说地,唱歌读书等等。平时园里则较冷清。有时候,公园的铁门还上了锁,让兴冲冲赶来的我,只能站在石桥边凝望着溪水,思绪随着水波上的烟岚飘荡。几条斑驳的木船泊在岸旁。

绣溪是黉门学子，甚至无为学子照相留影的必选之地。翻开那时的相册，绣溪定是不变的背景。它收藏了我们太多美好的回忆，装帧成青春的扉页，在时光的纪念册里永不褪色。

黉门在我离开后不久改头换面，无为师范变成了"无为县教师进修学校"，让路过它身边的我，不由地生起淡淡的怅惘。随着无城城区的建设规划和快速发展，墨池和绣溪，明眸善睐，变得流光溢彩，令我逸兴遄飞，沉醉流连……

是前年参加市作协"走进无为"的采风活动，才在十年后再次走进米公祠。新扩建的米公祠好似返老还童，容光焕发，让我陌生又熟悉。推开赭色厚重的木门，"米公祠"三个鎏金大字镶嵌在雕梁画栋之间。跨入祠堂，诗书字画，阵容齐整；宝晋斋里，碑帖刻石，古朴安详。登上巍峨的聚山阁，鸟瞰四方；碑廊、拜石、投砚亭等景观层次清晰，格调大气。在这道新构筑的风景线里，墨池的面积和园区一样扩大了几倍，米公若在，定能够书写出更加酣畅淋漓的人生！历经千年，我似乎看到他潇洒的身影，听到他清越的吟哦。

重新整修的县图书馆独成一体，深秀清幽，静静地守候在米公祠背后。在如雨后春笋般冒起的鳞次栉比的高楼广厦间，精心扩建的米公祠，让我们看到了执政者的高瞻远瞩和宏伟气魄。这一块书法圣地，彰显出这座城市独特的传统魅力和丰厚的文化积淀，它雅致超逸的情怀散发出华夏文明悠久迷人的气息。无城，闪动着墨池这深邃而辽阔的眸子，迎接来自四面八方的脚步。不知为何，墨池上的投砚亭，竟让我想起离这不远的醉翁亭，我从中读到了某一种类似的意趣。

掬一捧米公的清梦，向着那波光潋滟处走去。环城河像一串晶莹的蓝宝石项链挂在无城的脖颈，把这佳人衬托得熠熠生辉，脉脉含情。南环城河上新架设了一座桥，命名"绣溪桥"，和绣溪长堤的古石桥两相呼应,双桥卧波,把绣溪公园和环城景区连成一个完美的整体。

绣溪公园经过一番大刀阔斧的改造后,更加开放而具有时代风范。拆除了大门和围墙,全园以水景为中心,兴建了亭台轩榭,增添了游乐设施。整个园区布局活泼,因地制宜,融休闲健身娱乐于一体。看,有划着船在水上自在徜徉的,有在健身器材上积极锻炼的,有在球场腾挪跳跃的,有在亭下吹拉弹唱的……更多的人,是伴着歌声在翩翩起舞。1999年去杭州,在一个傍晚逛西湖,我第一次看到很多老人在荷花池边的亭子里唱歌跳舞,那样优雅的老年曾让我心驰神往。曾几何时,这种场景已在无城遍地开花。连那绣溪岸边漫步的行人,亭中听风的过客,也显得风雅在胸,气度雍容。绣溪之于无城,犹如西湖之于杭州。

现在,常和孩子来绣溪公园。他自去打球下棋或者嬉戏玩耍,我捧本书选一荫浓处坐下;阳光细细地把光屑从参天的枝柯间筛到书页上,落叶籁籁,不知今夕何夕。园中闲步,透过轻歌曼舞的人群,粉墙黛瓦的廊壁上一行字映入眼帘:"清以自廉,勤以爱民,淡以明志。"我往园后一一看去,新建的庄严肃穆的烈士陵园里,坐落着人民英雄纪念碑、革命烈士事迹陈列馆、忠魂亭等。这里早已成了爱国主义教育基地。有时候我想,长眠于此的英雄儿女,定是微笑着的。他们的鲜血注入绣溪,一同汇入浩荡的长江,滋润着这块钟灵毓秀的土地。而在这土地上生长的一百二十多万无为人,他们汲取了勤劳和智慧,挥洒着开拓和进取,谱写出一页页的锦绣篇章,创造了一个个的神话传奇。

从不敢言,一个生于斯长于斯的简单的我,与水相亲,浸润了一缕灵光,撷取了一瓣神采。而只是,沿着无城的经脉回溯,如鸣佩环里,读懂了和她的血脉相连。我在寻找最美的彩笔,绘出她灿烂的笑颜。

且看,她衣袂飘飘,眼波盈盈,正风姿绰约地走向,那"无为而治"的明天!

小镇

小镇

去运漕，看赛龙舟。

一别有二十多年了，这收藏我童年的小镇。汽车行驶在高高的堤坝上，两边是平整的田畴、逶迤的河流，村庄点缀其间。漠漠水田，阴阴翠色，碧波荡漾起一串串儿时的记忆。

一大片荷塘，田田荷叶随风摇曳，荷叶下面，有鼓着腮吐泡泡的螃蟹，在晨曦里乘凉。小时候，我和大弟捉到螃蟹，如获至宝，装在小网兜里。待到靠近小镇，我们上了堤坝，又下到河沿，把颠簸一路却一声不吭的螃蟹浸到水中，让它喝饱再拎去集市。往往没走到市场，就有收购鱼虾的小贩迎来，接过我们手中的网兜，也不用秤称，在手上轻轻掂几下说，一两，伸手递来五元钱。我们接过钱，去一间木板拼成的早点铺，各自花掉五角钱买一块煎饼，再走回家。来回十多里，似乎也不是为了这煎饼，更像是完成了一桩伟大的事业，带着冒险的自由和快乐。有时候，我们就坐在河沿边，看河里来来往往的船只。远方，烟波浩瀚，有一个神奇广大的世界，我们都很神往。大弟说，长大了就带我们开大轮船去远方。

这条叫裕溪河的大河把小镇一分为二,对岸是河北,我们这边是河南。河南没有河北繁华热闹,多是工厂,但有一家出产"运漕粮液"的酒厂很出名。记得那时候逢年过节或者举办活动招待来客等,餐桌上都摆着这种酒。去河北要乘渡船,没有爸爸妈妈在身边,我和大弟不敢贸然过去。一般看一会儿船,吃完了煎饼就走回家。

收割了稻子舂好米,爸爸妈妈会把米运到木船上,去河北米坊卖。爸爸站在船尾撑篙,妈妈坐在船沿划桨,我和两个弟弟坐在船头的舱里。欢歌笑语溅落到清亮的河面,碧浪层层,两岸绿树环合,如在画中穿行。船抵达河北,等爸妈把米送进米坊,拿回一叠厚厚的钱票,会带我们上街。期待已久的河北街,有许多曲折悠长的青石板小巷,巷弄两旁,是木质的古色古香的店铺,出售各种各样的物品,空气里飘荡着食物煎炸烹饪的香甜。店铺里的人,倚在门旁,或是闲逸地坐在店门前的竹椅上,面前放一只茶壶,还开着收录机,"咿咿呀呀"地唱着庐剧。也有挑着担子、推着车子一边走,一边叫卖的:芝麻饼子,五香蚕豆,豆腐脑……父母脸上洋溢着笑,在摊贩或店铺前止步,满足我们提出的各项要求。

小镇最热闹的时候是端午节赛龙舟,我在自己的文字里多有记录。在小说《青笛》里,我塑造了两个为爱决斗的青年,化身为龙舟上的两个擂鼓手。那里面也描写了赛龙舟的场景:在那清亮的河面上,端午节这天,锣鼓喧天,龙舟竞渡。两岸是沸腾的人群,水里是你追我赶的船只。安村那两条油光可鉴的龙舟,口含硕大的龙珠,载着整齐划一的桨手们,披荆斩棘,奋勇争先。龙旗挥舞,浪花飞溅。一锤锤鼓点,一声声号子,越来越急促;一条条船桨深深地扎进水中、旋起,挥动得越来越迅疾。最前面的两只龙舟紧紧地咬住不放,东头的船如离弦之箭,西头的舟如出水蛟龙。两个擂鼓手高高地抡起鼓槌,重重地擂下,身子向上抬起,再猛力向前倾，两只船好似要腾云驾雾了一般，激起两岸一片欢腾……这是土地的节日、全民的狂欢，也是小镇烙在我心上最华丽的背景。

　　站在人群中，看到身边黝黑的脸膛上饱满的笑容，像汗水一样肆意地流淌，鞭炮齐鸣，粗犷的号子声响彻天地，获胜的船队披红挂彩。一切宛如回到从前。妈妈踏着台阶上桥，她手扶着梯旁的栏杆，一步一步小心翼翼地爬上去。她背后是无际的天空，浩渺的水面，安详的小镇，我扬着长发，裙角飞起，站在桥上，看到这一幕，忽然莫名的心酸。妈妈老了。我挽着妈妈走在人流中，没有去河北了。就让那些小巷都留在记忆里，我的小镇，无需寻，无需藏，不管我离去多久，它都在那里，和裕溪河水一样润泽在我的生命里。

千年的月光

　　月亮挂在天上。在偌大的塑胶操场上,一个人,走着,有时候停下来望望月亮。它照着我,照着宁静的校园,照着不远处两尊"孔子问礼于老子"的雕像。不知道千年前的那一夜,他们相对畅言时,是否也是这样的月光? 这里的月亮,照过金戈铁马的磅礴,也照过思想碰撞的辉煌。怀想起那样百家争鸣,群雄并起的年代。想起那个文韬武略叫曹操的男人,他睥睨天下的雄心和霸气;想起妙手回春的华佗,他背上的那只药篓,散发出迷人的香气;想起清晨有人在这里练《五禽戏》;想起貂蝉,为何要周旋在男人的世界;想起英姿飒爽的花木兰,卸下佩剑对镜贴花黄……觉得脚下这块土地,生长着太多的传奇。

　　操场院墙左边是一条公路,到了夜间两边就摆起了各种小摊,足有两里路长。人影晃动,来来往往。我有时候也去那里转。木板车上摆放着水果、蔬菜,红彤彤的大萝卜颇为瞩目;简易的红房子下面铺一张塑料皮,上面摆放着被单、鞋袜、帽子、皮包,还有指甲钳之类的小物件;支起的铁架上挂满着衣服,迷彩裤子上贴着一张黄纸板,上面用黑字写着"15

元/条,不还价"。还有来自天南海北各个地方的特色小吃,被一辆辆篷车里挂着的昏黄的电灯烘亮着。包子馒头垒得高高的,色味浓重的鸭脖、牛肉静静躺在玻璃柜里;铁板上的煎饼"咝咝"地响着,肥硕的肉在一口大铁锅里腾腾地冒着热气,让人不由想起梁山好汉大口吃肉大碗喝酒的场景。此地倒是出产名酒,对应任侠之风。我站在一墙之隔的操场上看着,那浓郁的人间烟火缭绕过来。不远处那两位尊者,如果也在打量这月光下的世界,他们是用什么样的目光看我这个旁观者的呢?

当我的双脚踏上这辽阔坦荡的北方的土地,就如同踏入了悠远深邃的历史,触摸到传奇的气息无处不在。神游八端,思接千载,这种古老的气息让我迷恋。是让人开阔胸襟,树建功立业的壮志,还是领略道家的天人合一、顺其自然?抑或一介布衣,也不妨有大济苍生的愿景?亳州,有太多让我沉醉的联翩浮想,如同那古井里源源不竭的香醇的美酒。

酒酿的豪侠,药染的典雅,辈出的英雄,璀璨的文化,在这里神奇地交融。我不知道,命运让我来到亳州,冥冥中藏着怎样的玄机。但我相信,这是上苍善意的安排,让我和亳州有如此深的因缘际会。我不能辜负,这让我自由徜徉的月光和土地,当以美回报之。

夜深人静,坐在二楼的窗前对着键盘敲打。偶尔停下,和映在玻璃窗里的我,那个熟悉又陌生的女子,相视无言。楼前是一支花苞一样的路灯,远处点点的灯光安静地亮在楼群里。属于我的那一盏灯,此刻在远方。推开窗,仰望空旷的天宇,清辉纷披而下。莫问今夕何夕,我们共赏着一轮千年的月亮。

望月怀远

　　作为一个土生土长的安徽无为人，向来在我的印象里，皖北辽阔厚重，文化深邃，皖南精致典雅，奇山丽水。深秋之时，来到淮河中游、淮北平原南端的怀远县，身临其境，我才发现，怀远——这夏兴之地、淮畔明珠，却是融汇了南北之长，集合了人文与山水之美。

　　"荆山为城，义在怀远。"宋理宗的御答道出了县名的来历。记得初次听到"怀远"，心里浮起一片月光，真是一个诗意而深情的名字。后来从一位相识多年德高望重的文友那里，听说过怀远：那是他大学毕业后分配工作的地方，那里还有他的初恋。和许多常见的故事一样，在那个通讯、交通极不发达的年代，随着他的工作调动返乡，这场爱情无疾而终。这次一行三人，因公来到这里，我们问他，近在咫尺可邀相见？

　　一朵荷花开在"长久饭店"门前的池子里，绕过大禹广场，爬上堤坝，走在怀远城横跨两岸的涡阳河桥上，他指点着两岸如数家珍。他告诉我们，眼前两座夹淮并峙的山就是涂山和荆山，位于涡、淮两河汇流之处，双山双水绕双城的怀远，地势险要，历来是兵家必争之地，自古为交通要道商贸重镇。三十年前,他和初恋曾爬上山顶,那里有禹王宫、启母石……夕阳西下,浮光跃金,有风从河面上吹来,他的目光苍茫而寥远,我仿佛听到四千多年前的歌声传来:候人兮猗……

晚上观看花鼓灯表演。一群着红穿绿的演员在台上腾挪翻跳、敲锣打鼓,锣鼓铿锵,场景活泼热烈而喜庆。花鼓灯表演的服装道具舞蹈设计具有鲜明的民族特色,有歌有舞有戏剧,表现力和震撼力很强,不愧被誉为"东方芭蕾"!我看到每个表演者,不论男女老少,不论"鼓架子"还是"伞把子",他们脸上的笑容都特别"草根",那种浓郁的乡土气息,洋溢着民间的喜气。其中有一段《抢手巾》表演,女主角一身红装,一根独角辫,头戴花冠,手舞绿娟扇;男主角着黄裤白褂,饰以红绣,腰缠红带,色彩艳丽,后面并排站着一群敲锣打鼓的人,中间是一柄转动的大黄伞。在舞台上,男女主角玩耍嬉戏,谈起情说起爱,舞姿轻捷优美,情感细腻真挚。高潮部分男主角把女主角擎在肩上旋舞,女主角手中的方娟和扇子纷纷转动……一种古老质朴的喜悦似乎从淮河漫溯而来,那里有土地的节日、先民的狂欢,从血液里迸发而出。走出剧场,一轮圆月挂在涂山顶上。我想,月亮,它见证着这片土地上的人对爱和美的追求,源远流长,生生不息。

去往蚌埠市博物馆的途中,文友指着窗外一处说,那是她工作的地方。我们明白,说的是他的初恋。在馆里,"霸王别姬"的雕塑竟然撞击了我的心扉。这件作品不知出自谁之手,但确系大师手笔。霸王垂首,虞姬仰面,两两相对生离死别的那一刻凝住在这里,道不尽的悲壮凄美。看了壁上的图文介绍,才知道这里曾有过楚汉之争,垓下之战延绵于此。耳边仿佛传来战鼓擂、马嘶鸣,沉郁的楚歌响起,虞姬倒在霸王的怀里……多少英雄的传奇,都随雨打风吹去,而人世的悲欢离合,却不曾停歇。

在石榴园，看到一个个硕大的石榴挂在矮小的树上，我疑心这些树都是嫁接生成的。文友赶忙证实，怀远的石榴树都是自然生长且有些年头的树，这里的石榴树漫山遍野，如同我们无为桃花坞的桃树。石榴皮薄易剥，汁丰味甜，一个个石榴籽如玉石玛瑙，晶莹悦目。从没见过这么大这么美这么好吃的石榴，实在改变了我多年来对石榴的偏见。有一根树枝上挂着三颗紧紧依偎在一起的石榴，如同相亲相爱的一家人。我举起相机对着这"一家亲"，镜头里，背景是隐隐的青山，绿水环绕，这种平民的烟火，让人无端的亲切。

文友说，每当春末夏初，荆涂二山，红花似火，芳香流溢。我没有见过那云蒸霞蔚的盛景，如同苏辙在写给哥哥的和诗中疑惑那美丽的传说，发出"古人辛苦今谁信，只见清淮入海流"的喟叹。但我却相信，在那一片烂漫里，一定有一张如月般妖媚的脸庞，点亮过无数脉脉不得语的夜晚，盈盈地流过清淮。

不是吗？在怀远，有你年轻时爱过的人。也有你，永远怀想的诗和远方。

吃错药的女人

站在西湖断桥，想到两个神话传说中的女人。

一个是痴痴想做人的蛇妖白素贞。为了报答那前世的恩，甘愿抛去千年修行。百般周折终成眷属，却没料到爱情经不住现实的考验，端午的一杯雄黄酒，让爱露出狰狞的原形。当看到许仙将钵盂罩在白娘子头上，她抬眼叫道"郎君"。心下惨然。

一个是窃得不死药飞天的嫦娥。想她和那英武有力的后羿，一开始，该是相亲相爱难舍难分的。可是当"长生不死"的巨大诱惑摆在面前时，她还是选择独自吞下，舒展广袖，飘飘然离开了人间，向那琼楼玉宇的天上宫阙奔去。美得决然。

台湾作家张晓风曾慨叹"真正的爱情，好像都嫁给了神话"。看来，无论天上人间，爱情都无法容身。它脆弱而虚幻，爱到深处，悲从中来。我们所追求和迷恋的，往往都是可望而不可即的。

白娘子镇在塔下，嫦娥奔到月上。一个苦苦要做有情人，放弃了修炼成仙。一个念念为成不老仙，丢掉了拥有的家庭。"嫦娥应悔偷灵药，碧海青天夜夜心"，却原来，成仙的代价也如此高昂，必须还能承受永远的孤苦和清寒。起舞弄清影，顾影自怜，嫦娥是否会想念那凡俗的人间烟火？虽然庸常琐碎，却踏实温暖。她所抛弃的，正是白娘子所向往的。

有时候我想，白素贞和嫦娥，其实是同一个女人，分别代表的是婚姻前后的她。

当她站在"围城"之外的时候，葱绿的心灵里编织的是浪漫的憧憬，信奉缘分天注定。"十年修得同船渡，百年修得共枕眠"，茫茫人生路，最紧要的，是找一个心心相印息息相通的人白头偕老。那时候她是白蛇，爱情至上，不顾一切。等到坠入城堡，烟熏火燎，生活强悍地逼迫她脱掉一层层华美的羽衣，沦落市井，匍匐前进，不甘的她终于有了厌倦，开始怀念那自在逍遥的往昔，有了自怨自怜。"飞天"梦忽隐忽现，风吹草动，她的心也跟着蠢蠢欲动。只要时机成熟，哪个女人不想羽化成仙？谁曾想，真到了那时那地，等待的却是高处不胜寒，寂寞无边。

很多时候，在生命的坐标轴上，我们的确找不到、确定不了自己的位置。我们喜欢做些不切实际的梦。有关爱情，有关梦想。

毕飞宇小说《青衣》里塑造了一个演"嫦娥"的青衣筱燕秋，她走不出美轮美奂的舞台，不想做人，就想成仙，分不清戏和人生。"嫦娥"是她的青春、爱情、理想，是她的命，她把自己当成了嫦娥。生活中，只有表演才能让她找到自我，获得快乐，她活在嫦娥的世界，最终只能被现实淘汰出局。小说结尾，筱燕秋身着戏装，拖着病躯，对着茫茫风雪自演自唱，让人看了有道不出的悲怆和凄凉。

《青衣》里有这样一段话："人总是吃错了药，吃错了药的一生经不起回头一看，低头一看。吃错药是嫦娥的命运，女人的命运，人的命运。"

白素贞吃了贪恋人世的药。尘世中的我们，贪恋的是嫦娥吃的药。

人世繁华而落寞，爱恨悲欢，千回百转，我们追逐着高不可攀的美，旅途里不断生长着隐秘的渴望。在地上行走，梦在远空飘荡，是人，都是会吃错药的，爱情，只是其中的一味，即使明知会毒发身亡，也会忍不住去品尝。

雷峰塔在向晚的湖光山色中灯光闪烁，湖面波光潋滟，皓月千年素练不变。如此良辰美景，让人平添珍重之心。我想，生而为人，在白娘子那里是多么幸运的事。吃错药的女人，请珍惜身边相依相伴的缘分。

在那遥远的地方

是第一次乘坐飞机。

之前，觉得飞机是庞然大物，相对时才发觉是自己夸大了想象。也许是已经长大了，不再是那个痴望飞机掠过蓝天就兴奋的小女孩。当然，还是有些激动的。坐在机舱里，望着窗外，天蓝云白，飞机慢慢滑行，一阵轻微的震颤和轰鸣声后冲向天空。渐渐地，房屋越来越小，地面上像是排列着一个个火柴盒。城市、良田如缩小的盆景，在朵朵白云间移动着。

澜翻絮涌，一会儿空中飘出许多支棉花糖，一会儿又是白茫茫的一片，但阳光明媚，天蓝得逼眼。和天离得这么近，却又感觉这么远。透过舷窗向下看，极目千里，心生豪迈，胸怀也为之一振，是所谓的"壮怀"吧。触目所不及的白云之上，还有很多层次吧？平素站在地面仰望到的原来仅是天之一层而已。而现在，在高处俯瞰，绵延的群山如一道道面包圈，棱角峥嵘；蜿蜒的河流像一条条丝线，还有道路，隐约可见，城镇、田园星罗棋布。油然而生一种奇怪的感受，仿佛获得的不只是一种地理高度,而是注入了一种心理高度。天高地阔,心生双翼,才发现这世界有那么多新奇的窗户打开着。

"铜奔马"的雕像矗立在中川机场前方,"兰州"两个字散发着春天的芬芳。来接机的憨憨的导游声音极富磁性,他幽默风趣,出口成章,彰显出这座古都丰厚的文化底蕴。穿行在中山桥熙熙攘攘的人流里,我呼吸到迥于江南的气息。

过了中山桥,走向前方依山而建的白塔寺。迤逦而上,道路并不陡峭,走上去也不吃力,且一层又一层的风景。先是经过一个水帘瀑,然后是白塔寺的文化墙,红白相间的墙体上镂刻着儒道法各家的名言,在红花绿叶的映衬中散发着浓郁的古典气息。作为背景墙留影,倒也鲜艳,众人纷纷上前。山路转角处常有佛寺,禅音悠扬,香雾缭绕,我一一拜谒。一路上,遇到开得烂漫的榆叶梅,腼腆的紫丁香等,有的树初发新叶,有的顶着满身红花,许是浸染了晨钟暮鼓,自有一份清幽之美。伫立风雨亭,鸟瞰兰州城,黄河穿城而过,河上快艇穿梭,两岸人流如织,建构宏丽的中山桥跨河而过连通两岸。水清如天,山脉绵延,阳光下,河水浩浩流去,古老的兰州城在群山的环绕中显得安详而充满生机。

吃了兰州特色拉面,驱车前往西宁。三个多小时的车程,一路既饱眼福,又饱耳福,听导游和同行者们谈地理和文化。车窗外起伏连绵的黄土山脉,千万年风雨的洗礼形成了独特的山体褶皱,西北高原地貌真让人惊艳! 远处山顶露出隐隐的白色,导游说前几天这里下了雪。一面是烈日炎炎,一面是白雪皑皑,气候、地貌完全迥于南方。文化形成于地形地貌,气候也是决定文化特征的因素之一,听同行者侃侃而谈文化之源,俨然一部打开的百科全书。如果说在飞机上领略到一种空间的高度,那么在他身上领略到的是一种思想的高度。

已过傍晚六点，阳光依然灼灼。从进入西部伊始就切身感受到阳光的强烈，日照时间比我们南方要长两个多小时。虽有雪的滋润，但气候依然干燥。生活在这里的人，脸颊上独有"高原红"，男子的皮肤纹理如高原一般，有赭色的质感。走在街上的回族女子，都带着头饰，各色围巾包裹着头部，别具情韵。我们在少数民族店试戴头巾，却怎么也戴不出那种感觉。一方水土养一方人。

祁连山下，邂逅一块美玉。白中带翠，翠色雕琢成一片荷叶。一眼相中，但明显的玉上有瑕疵，四五颗黑点历历在目。"在有情的岁月里，请给我有瑕的真玉，而不是无瑕的伪玉"，我信奉台湾作家张晓风说的这句话，真，是最美好的境界。可是面对能陪我一世的那块玉，我仍改不掉理想主义。我理想中的玉应是"遇"，也许它不够完美，但应是无瑕的。光阴流转，愿浮生也能养我成玉。

参观了西宁东关清真寺，在阿訇的讲解中了解到一点伊斯兰教。后至塔尔寺，佛光普照，感受藏传佛教文化的庄严和浓郁。合掌闭目在静谧的黄顶白塔前，心生敬畏。为那些磕长头朝拜的信徒，匍匐在正大仙容的佛像前，为那精美的刺绣和酥油花，为那绵渺高远而虔诚的信仰。不禁感慨：宗教的力量是多么强大神奇。即使教派不同，但教义相近，都主张真善和仁爱，普度众生。

导游说，佛即人，修己，觉他，圆满。同行者说，王阳明有"你未看此花时，此花与汝心同归于寂；你来看此花时，则此花颜色一时明白起来"的典故，是不是说，心中有佛你即是佛？哲学和宗教的源头都是表述人对世界的认识。从同行者身上，我看到的是遇事顺其自然，心境平和广大。他研究的是哲学，又是一个有佛心的人。在路上，不仅开阔视野扩大胸襟，也能净化心灵升华精神。

翻过日月山,阳光依然站在山上。山上裸露着黄土,还有据说要到七八月份才会泛青的草。在路上,在奔驰的车上,不断撞见一些吉祥的地名:民和、乐都、平安……沿着笔直的青藏公路,驶向茫茫草原。一边是雪域高原,一边是蓝天湖泊,草地上散落着珍珠一样的牛羊。人烟稀少,房屋疏落,在蓝天碧海之间,如入仙境……抵达青海湖。

青海湖,这里的人把它称作圣湖。草原、雪山、牛羊,人与自然的和谐之地,大美青海湖! 立在青海湖畔,一切行动和话语似乎都是多余的。豁然读懂了王阳明所说的"便知此花不在你的心外",在青海湖,人与天地万物化为一体。我想像那云朵,依偎在山脊上,轻抚着湖面,又想变成一条鱼,游进青海湖里,和鹅卵石嬉戏,听波浪阵阵。

转山转水转佛塔,不为来世,只为途中与你相见。在青海湖,怎么会不想到他呢? 六世达赖仓央嘉措,世间最美的情郎。听《那一天》——仓央嘉措的诗谱成的歌曲,在贴近青海湖的黄昏,蓦然泪落。遥想当年,你怀着怎样的悲悯和柔情,为心爱的人,放下了天地。放下成佛的祈愿,写下那些纯净、忧伤、深情的诗歌。我来了,才知道,只有这样辽阔圣洁的雪山、湖泊、草原,才能滋养出你的灵慧与至情。若与君相遇,一夕便是一世。

日落青海湖,仙境入凡尘,我做了一个梦。梦里,我爱的人,纵马驰骋,跨过雪山和草原,翻过闪闪发光的经殿,把我唤醒。我的爱人,唱起那首深情而忧伤的歌谣,乘着歌声的翅膀,我陪他去流浪。青海湖边,水草丰美,他轻轻梳理我的发辫;金银滩上,牛羊成群,我们一起数天上的星星,月光洒满湖面……青海湖,允许我做一个梦,一个唯美圣洁的梦。当然,还是会回到尘世中去的。如同,我们飞翔在空中,但总是会降落在地面。可是,当我在尘世的烟熏火烤中匍匐前行,我会记得,在高处,曾看到那么广那么多,俯视众生陷落的烟火,那里面也有一个我。在疲惫的时候,记得仰望长空;记得在那遥远的地方,有最辽阔圣洁的蓝,最纯净深情的云水谣。不管尘世如何模糊双眼稀释记忆,终不会忘了,那雪山旁,蓝天下,一望无际的湖面……

青海之旅的最后一晚,大家围桌而坐,餐厅里反复播放着王洛宾的《在那遥远的地方》,悠扬的歌声,惆怅的情怀。适逢清明,街道对面的墙角处不时燃起祭奠的青烟。江南或是西北,不同的地域,相同的情思,这是属于民族的精神家园。许又是明天即要离开,年华变迁,知交零落,大家相对畅言,在千里之外,多了一份世事慨叹与岁月感喟。今生相遇,皆起于缘,也许,很多情感只有经回忆澄清才能沉淀,但我深深感恩,为这些美好的缘分。存感恩心,惜眼前人。

景美、情真、至乐、开怀,青海之旅,把快乐、高远、感恩植于心底。并不奢望完满,从不祈求永恒,但一瞬的美好和温暖,足以慰藉长久的寂寥的人生。

一路同行,诗和远方,一直都在。

与湖书

在所有的河流名称里，湖是最有诗情画意的。

海浩渺无垠，有可望而不可即的磅礴；江水源远流长，逶迤着清寂辽远的气息。江和海载着久远的传说，一路奔向远方。河家常亲切，连接着烟火人间，写着红尘故事，却失之于庸常。湖呢，似乎融合了江海河之长而舍去了其之短，只泊着浪漫和诗意的想象。

例如西湖，集万千宠爱于一身，淡妆浓抹总相宜。温风如酒，波纹如绫，才一举头，袁中郎已不觉目酣神醉。而在张岱的《陶庵梦忆》里，既有湖心亭看雪的雅逸，也有虎丘中秋夜赏月的热闹。明人纵情山水，快意人生，湖在他们心中，婉约妩媚，独具性灵。而洞庭湖，亦秀亦豪，既有"浮光跃金，静影沉璧"的明静娟洁，也有"气蒸云梦泽，波撼岳阳城"的澎湃壮美。我所读过的湖，有的一泓汪洋，明瑟可爱；有的波心荡，冷月无声；有的激荡着家国情怀……在古人的笔下，湖光潋滟，气象万千，书写着时代的气质，流淌着千年的风韵。

生在襟江带湖的江北小城，真的是一种福分。枕着八百里巢湖，聆听泠泠淙淙的水声传来,滋润出一身的风雅和诗情。湖光山色,渔舟唱晚,湖泊开启了我的生命旅程。那些我所走过的湖:镜湖、太湖、万佛湖、青海湖……仿佛,经过的每一个湖边,都住着一个自己。

涉江而过,去镜湖边的师大函授,那是十年前的事了。记得每个午后,会先去学校门前的旧书摊淘宝,然后绕着镜湖漫步,听风、看云霞倒映在湖面,也去逛步行街、买板栗、吃千里香馄饨……有书香的典雅,有俗世的温暖,镜湖把一脉清香深植在我的记忆里。在这个秋日的黄昏,漫步在镜湖之畔,与彼时的我遇见,深情相拥,复苏一种美好的感动。行走于岁月的尘沙里,那个怀着单纯的信仰,孜孜求学的女子,面目清晰,并不曾老去。

于我,游名山大川豪情壮怀,观湖则生隐逸情怀。曾在西湖,欣赏过"平湖秋月"的美景,觉得湖与月、与秋,最是相宜。月夜,独钓一湖秋,会有超然出尘的意态。小舟从此逝,江湖寄余生。在太湖,站在鼋头渚,风里带来些尘封的往事,太湖水荡漾着英雄和美人的踪迹。不由想起金庸写的武侠小说里的侠客,少年逍遥江湖,岛中指点日月。那些世外高人往往隐于湖上,树木丛生,山岛竦峙,洪波涌起,惊涛拍岸,畅享独在天涯的自由。人生行胸臆,宇宙若须弥。当然,最好是两个人,在湖上,就是一对神仙眷侣。如万佛湖,清碧如玉的湖面上,那双双翩舞的孔雀。

白云生处有人家。有一熟知的文友,定居于湖畔,寂静呼吸,从容作文。她的诗文里透出一股清寂、寥廓、深远,我深深迷恋那种味道。有几次车过湖边,离她很近,稍作踟蹰,有意探访,却收敛心思离开,绝不打扰她的红尘。有的人,有的文,孤高、自然、恬淡,能远远地欣赏,足矣。没有江湖需要相忘,却因文字交浅言深。

独在异乡支教的日子,有书本和文字的忠贞陪伴,我并不孤单。看了许多书,可却总读不完随身带去的《瓦尔登湖》。翻开异乡的画册,我努力却终是无法走进梭罗那一页蓝色的湖。是远离了家园,还是无法找到一片心中的湖泊呢?一马平川的中原大地,驰骋着灿烂的历史和文化,却找不到我所熟悉的湖天相接天光云影,只能任由丰沛的欢乐和面容一同枯萎。所以,轻轻地离开,不带走一片云彩。也懂得了,有的书,如同有的爱,勉强不来。

而在暮春时节,来到青海湖,这一定是前世许下的一个美丽约定。大美无言,是浸在骨子里的。每一个走在尘世里的人,都应该去看一次青海湖的吧?看群鸟翔集,雪山给蓝天镶上一道银边,听风里传来那纯净的天籁之音,任由清澈的湖水濯洗一身的尘埃和疲惫,把所有瑰丽的想象统统放飞……赤脚走在青海湖里,带不走湖水,拣了几颗石子,随我一路迢迢而归。我把它们养在水缸里,摆在书桌上,便觉得离那片湖很近。美,并不遥远。

在我的意识里,湖总是圆的,走得再远,又回到原点。在皖南的太平湖畔,一间徽风古韵的博物馆里,看到镜框里陈列的一幅幅《十竹斋版画》。想到多年前在镜湖之畔淘到的那本《陶庵梦忆》,里面配得插图即是《十竹斋笺谱》。当时遇到,如获至宝,一直是我的案头书,滋养着无数个梦境。站在馆里,一时惘然,有梦幻之感。你所走过的路,经过的湖,读过的书,看过的风景,藏着怎样的玄机,会遇见一个怎样的自己呢?

与湖相亲,情深缘重。那么,和湖一样的人同行吧。他既有海一样的胸襟,也有江河般的温情。有许多许多故事说与你听,有许多许多图画绘给你看。能填充你所有的浪漫和诗意,引领你走向更美好的自己。

听，他们在唱歌

去远方

很久前看过一幅画。苍茫的色调上，一个着风衣的女子，拉着一只皮箱，衣袂在风里翩飞，长长的围巾向后扬起。长发旁露出半边侧脸，凝视着前方隐约的海洋。落寞的风尘，孤绝的神情，流浪的气息，从画里浸出来，一点一点，将我濡湿。

向晚的暮色，霞光迷离。我开着车，疾驰在空阔的道路上。两旁萧疏的梧桐树，黄叶飘摇，清淡若画。那一刻，突然爱上了开车。原来，这样的疾驰里有着放纵的狂野，肆意的飞翔，还潜藏着新奇的冒险。前尘渺渺，来路茫茫。如果说生命是一场旅行，最为享受的就是这种酣畅淋漓。

蓦然明白，每个人的灵魂里，都住着一个流浪的自己，会在远方的召唤中，风声鹤唳般颤栗。

静夜里读三毛。读她的《梦里花落知多少》，读到潸然。多年前就知道这样一个奇女子，一生都在流浪。她的撒哈拉大沙漠，凄美的爱情，漂泊不定的生活。彼时，读到她的文字，却总是走不进去。仿佛中间隔着一道银河，晶莹的河流里，流淌着我无法触碰到的清冽和沧桑，那里有异域风情,有梦幻一样的自由天堂。可是现在,却在泛黄的纸页间,看到一个真实率性的她,她的沉郁和坚强,看到她那不羁而悲伤的灵魂。漫游世界,只为了寻一处安顿身心的地方。而她想要的天堂,不过就是红尘深处的与子偕老、烟火人间的平常。

心安处,即故乡。可是对于一个流浪的灵魂来说,是找不到真正的故乡的。因为她,永远在路上。清醒地、孤独地行走着,是为了成全一个理想的自己,还是为了追寻并不存在的美?抑或,只是一种宿命。

还有张爱玲。想到她,总是那副站在高高的露台上,不屑红尘、孤高绝世的模样。她像一个传奇,永远保持着高处不胜寒的优雅和神秘。年少时翻到她的文字,那些新鲜的比喻,奇崛的想象,织得像精巧瑰丽的蜘蛛网,丝丝缕缕的奢靡里挂满着凛冽和苍凉,压得我无法迈步。轻率掷于一旁。一颗少年心里,装的都是明媚、轻狂、昂扬,怎么会靠近那如金粉堆砌的腐朽里漫溢的荒凉?

很多懂得,真的需要置换情境才能明了;需要时光耐心的点化,才能体会那份苍凉。她爱了,形容自己低到尘埃里,从尘埃里开出花,那样一个小女人的欢喜情怀,最是寻常。不爱了,决然离去,悄然枯萎。多情却似无情。情到深处,是孤独。这些特立独行个性鲜明的女子,洞穿了时光的灰烬里生命的真相,注定有着不一样的情感体验和生命历程。无疑,她们是聪明的,深刻的,清醒的,她们站在幕布旁,看着众生在台上,倾情表演,自己也在其中,想要拉出,却无能为力。泪流满面,冷静无比地看着,写着,行走着。无论在文字里,营造的是怎样一个恣肆、荒凉的世界,其实背后都站着一个悲天悯人的灵魂。观照生命,贴近众生,抚摸人性里的软弱和幽邃。内心深处,她们藏着怎样强大的力量啊,包裹着隐秘的光芒!

读她们，需要繁华褪尽，洗净铅华，平心静气，才能读出华丽里的质朴，犀利里的真实，寒凉里的温暖。读她们，懂得生命里有不能承受之重，却有一个灵魂，在远方，寻找回家的方向。

　　听蔡琴，唱《远方》。她的声音"有大河的深沉，黄昏的惆怅，又有宿醉难醒的缠绵"，她的人生里，亦歌唱着忧伤。而《远方》，是那么温柔、深情而悲悯的一首歌。适合在细细的雨夜里，一个人，一遍遍去听，最好窗外，还有羽毛一样的合欢花，轻轻地落着，像一些凄艳的旧伤。雨会把旧伤牵扯，开一道小口子，在歌声的怂恿下，呈泛滥之势。合欢花落了一夜，清晨，雨过天晴。前尘往事，悲欣交集，沉溺过，然后背道而驰，决绝遗忘。去远方。

　　寒意森森的夜晚，拖着行囊，我独自去异乡。在塞得满满的车厢里，座位上都坐着同样的倦怠和漠然，一成不变的表情。火车，"哐当哐当"地行驶着，不再年轻的脚步，还能浪迹天涯。是因为远方，总守候着梦想。

黄昏

　　每到黄昏,我的心中都会注入一种安然的宁静和丰盈。

　　夕阳柔和的光芒下,我的疲倦里有了一种慵懒的亲切。街道上那些匆匆的行人,衣袂间翻飞着归意,摊贩面前摆设的瓜果蔬菜,散发着恬淡的清香。穿过汹涌的人流和车声,我的目光时常会回到童年。我确信一点,一个人无论来到什么疆域,都抹不掉童年刻下的烙印。

　　一个人站在暮色沉浸的田间小路,不知该往何方。四野空旷,草木的气息在血液里流淌,晚风清凉,梳理着我的迷茫。远处点点黄晕的光次第亮起,像声声温情的呼唤。光影朦胧里,母亲挑着水桶,"吱吱呀呀"地一路走来,牵着我的手回家。那样安静而柔软的黄昏呀,我的手心里攥着的欢悦,像一个明媚的世界。

　　黄昏以温存浸染着我的童年。在那里,生长着一块永恒的梦的家园,藏着我行走的所有秘密,深植在我的灵魂深处,以文字的方式,断断续续地呈现。

　　也许选择写字的人,内心深处都有一块暗伤,或者痼疾。以文字为药,细烹慢熬,用一生的时光来医治那隐秘的疼痛。而我,是以文字这种最安全最温暖的方式,在寻找丢失的自我,还是在找一条回归的道路?

总在黄昏里,童年会倏然苏醒,灵魂一次次还乡。而还乡,是为了更好地远行。

走过了很多路,遇到过很多人,慢慢走进一则故事中的黄昏。那眼角生起的皱纹,像一条越过高川险滩抵达平坦舒缓的河流,开始练习风平浪静。

"依然记得从你眼中滑落的泪伤心欲绝,混乱中有种热泪烧伤的错觉,黄昏的地平线,割断幸福喜悦,相爱已经幻灭……"曾经,听小刚用嘶哑的嗓音唱这首《黄昏》,泪水纷飞里,似乎真的看到了一个血色残阳的黄昏。山盟海誓总是赊,那疼痛和不甘,成了岁月布设在生命里的一道刺痛的纠缠。

黄昏会消释浓情烈意,会湮灭爱恨痴狂。当耳边再滑过这首歌时,却发觉,心中竟已荡不起一丝涟漪。如果仍有思慕的情怀,那么更像是,在暮光里写字,无端地微微笑起来。窗外的风敛着裙裾和合欢的叶子擦肩而过,一阵细微的脉动,是那样清浅的想念。

黄昏让人顿生家园之思。霞光由绚烂走向黯淡,云岚由片状化成条状,丝丝缕缕地拖过低空,给大地抹上一层壮丽的凄美。夕阳歇在远处的山林上,一点点地低垂。暮气苍凉。路两旁,绿色的林木,空荡的田野,安详的村庄,一一掠过,人在车上,人在路上,那种漂泊的沧桑感会凸显得那么明朗。此时,有一盏叫"家"的灯火,捻亮了疲惫的眼神,召唤着也温暖着前行的脚步。

黄昏是大地母亲沉睡前打的哈欠声,层层弥漫的暮色里有一种温柔辽阔的寂静,那寂静让人身心安宁,沉入一种苍茫幽远的境界。

冬阳

钢琴曲《冬阳》在耳边响起的时候，冬阳正赶来赴约，明亮的轻灵的音符跳跃在呼应着的光线上。

我立在三楼的走廊上，看到白雾笼罩着田野和村庄，阳光就在一团白茫茫中跃出来，那么迫不及待地一跃，似乎能听到"咣"的一记声响。

雾气里的一些树，以为自己是在琼台仙阁，忘了前世今生。几棵背阴的树下还圈着一层白霜，固执地不肯接受阳光的招安。露水还未收尽，兀自搂着苍黄的草做着温湿的梦。

一群白鸟儿赶着排练一场盛大的宴会，便从枝头冲向高空，又掠过田野，冷不丁地，它已立在池塘边向阳的柳枝头鸣唱起来了。冬阳里，它们放纵着自己的烂漫。

两只小麻雀在走廊的栏杆上蹦蹦跳跳，停在我身旁，转动着黑眼珠，打量着我，我愿它以我为同类，都是柔软的冬阳怀里的孩子。这样想着的时候，才觉得脸颊热热的了。

那太阳，初时无力，亮而不烈，渐渐地蒸融了雾气，跃上中天，散出万丈光芒——没有什么能阻止它发光的。像一首曲子,奏响了高亢的主旋律。

冬天的大地,删除了太多的点缀和装饰,裸露出本来面目。简洁,硬朗,安详。落叶萧萧,天涯路望尽,眸子里,浸染了郁郁苍苍。极目荒凉,触手冷冽。一些事,一些人,从芜杂走向明晰,渐渐的懂得要学会放下。我知道,一个人的一生,是没有什么秘密可言的,心事过重,只会让脚步走不动。岁月冷寂处,要给年华寻找温暖的色泽,妥帖地行走着。我喜欢这样隐秘的力量,有着温柔又坚韧的冷艳。

我转过身,教室里,一双双晶亮的眼睛望向我,里面盛满了信任和期待,太阳的光芒在身后发散过来。一瞬间,小小的心里莫名地充溢了神圣与庄严。

第二节课铃声响起的时候,太阳正对着我三楼的办公桌。这是块宝地,同事们常挤在我桌前来坐。她们搬来椅子靠在门前,扭过头冲我说:"来和你抢阳光。"我笑,偶尔兴起,起身来轰她们,她们却嬉笑着围成一团,霸占了我全部的光线。慷慨爽朗的阳光,洒在我们或年轻或沧桑的脸上。

我们贪恋每一寸的阳光,冬天尤甚。

阳光一寸一寸地探向我的脚,我的伏案的脸颊,我握在手里晃动的笔。我眯着眼,全身融融。偶尔我们对视,它不疾不徐淡定自若,像个饱经风霜的老人,把他咀嚼了一生的经验和感悟制成了智慧锦囊,慈悯地摊在我面前,静待我一一翻阅。有一刻,我想对他说:我的心中也有一轮太阳,那是自己的灵魂之阳,沉入隆冬深谷,每一点挣扎,也只为疼痛地发光。

我享受着这样的时刻,安定地写着文字,便觉得它也在我身旁书写着时光。而耳边,是水一般的琴音在流淌,带我流到那最温柔和最初的地方。

活泼的钢琴和厚重的大提琴交替进行，流光碎影。一边是清脆的温暖的回忆，一边是咿咿呀呀走着的叹息的光阴。我似乎看到冬日的屋檐下，老外婆抱着小孙子，晒太阳，阳光陪伴着她，亲吻着小孙子粉嘟嘟的脸庞。老外婆的絮絮，把时光拉得好长好长。

冬阳，慈悲而家常，和老外婆温情的絮絮一样。阳光一片片地舔舐着冻结的记忆，仿佛小时候，偎着火炉，贪婪地听外婆一遍一遍地讲故事。她弓着腰搬出厚重的胡桃色木柜，翻出压得齐整整的棉袄，在阳光下晾晒，旧年的灰尘在扑打中扬起，在阳光下散去。

阳光照到楼下的一间院子里，那里晾着一床"龙凤呈祥"的棉被，敞着久违的熟稔和华丽，晒着几双端端正正的棉鞋。屋檐旁，丝瓜的藤蔓顺着墙角攀缘，几只鸡晃来晃去，几朵黄色的小花站在墙头上，无辜地仰望着蓝天。不经意间的一瞥，眼眶忽然温热。我看到这幅画面里消失的一个小女孩，转过身朝我一笑，倏然不见了。

冬阳也照在河滩边芦苇旁母亲的那一片菜园子里。此刻，她挽着篮子，正对着一畦矮墩墩绿汪汪的青菜思考吧。到底选哪一棵放在中午的餐桌上呢？日子少不了这平常的青菜，这青菜一样平常的日子，在阳光下舒展的那么坦然和瓷实。

儿子呢，在一排排白杨一样昂首挺胸的孩子里，是安坐在课堂，眼里眨动着穿过窗的一缕阳光，还是，插着一片阳光的翅膀，奔走在操场上？如歌如诗的冬阳，温暖着我的心房。

天阳底下无新事，谁说过的？但我相信，用心去听，太阳每天都有新意。

思乡是一种忧伤

在清夜,听李健唱《故乡山川》,听到潮气漫上双眼。

忧郁的王子,拥有湖水一样的声音。那是青海湖——天空流的一滴蓝色的泪,濯洗出来的声音。

水一样的声音,哀而不伤,忧郁是清澈的,圆润的。比清愁重一些,比悲伤轻一点,如落花拂过水面,燕子在梁间呢喃。

亦如,迁客骚人的行吟,天涯羁旅,芳踪难觅。听他的歌,不能在雨夜。曾经,一个人坐在车厢里,听到微醺,那雨一点点打湿了车窗,夜色寂寞到颓唐。

总有一些这样的歌声,像一棵开花的树,开在你必经的路上。和文字一样,能替代人流泪,一样的优雅,一样的深情。泪落在歌声里,碎裂了,亦带着暗香。

在路上,慢慢学着层层包裹,不动声色。看看身边的人们,脚步匆匆,神情疲惫,你有什么理由,任意晾晒自己的忧伤?何况,还有文字和音乐,能够让你挣脱生活的围剿和淹没。

可是,在无人的角落,仍不停地和另一个自己交战,惊心动魄。一次次把自己打得遍体鳞伤,再一次次地站立。卑微如尘,却孤芳自赏。也许是生来一副傲骨，天地间无从寄托。在求真求善求美的路上，我还能走多远呢？

每个人都是，孤独地行走着。带着越来越漠然的表情，越来越坚硬。而如果还有什么，能让你流泪，那是不是一种幸福？是在提醒你：心依然干净、柔软。

那天的阳光明亮得像一根根银针，一种巨大而疼痛的温暖穿透了我。我终于无法掩饰自己的悲怆，泣不成声，那么多久违的泪水肆意纵横在脸上。自此，放逐异乡。也等于，甘愿，去远方。

走在异乡的街头，看到梧桐叶飘落，嶙峋的枝干指向天空，会莫名地湿了眼眶；裹在人潮汹涌里，会忽然恍惚该去何方。我很想投入去爱一场，爱每一天，用掉全部的力气和热情，消灭潮湿的自己，笑靥如花，沐雪而开。

君自故乡来，应知故乡事。来日绮窗前，寒梅著花未？

却原来，并不曾真正懂得，那些少时就熟稔的诗词里怀乡的惆怅。曾在课堂上条分缕析地诠释，也不过是蜻蜓点水一样的肤浅。离乡，方知思乡。

望月不是思乡的专利，于寂夜，在歌声中融化，才是。

故乡的湿润的空气里飘荡着蜡梅的清香，碧水鼓荡起芦苇一层层的绿意，山上的竹林榛榛莽莽，炊烟袅绕着，江水日夜流淌，流淌进不眠的梦境。哦，那是我魂牵梦萦的地方，我记忆中的故乡。

老屋，昏黄的灯下。父亲放下手中的书，检查我和弟弟的作业，母亲坐在一边纳着鞋底。那样温情的画面，和脚步一起逐渐远去，却历历在目。

才明白，无论走得多远，走得多久，我们都是故乡的孩子。那永不可寻的亲切和童真，彻骨难忘。原来思乡，就是怀念回归母亲怀里的温馨，遮风挡雨的舐犊之情。故乡的孩子，思念母亲的体温。

有没有一首歌，在深夜，听到落泪。夜气弥漫，那些旧时光啊，终于慢慢老去……

亲爱的路人

"最初以为只是路人,没有想到变成亲爱的,曾经以为最亲爱的,最后原来也只是路人……"

这是刘若英的歌《亲爱的路人》MV的片头语。过尽千帆皆不是,也无风雨也无晴。天高地阔,岁月静好,一颗心,缓缓沉浸于温柔的感恩。

最初喜欢奶茶,是因为听了她唱的《后来》。对往昔的追忆,对青春和爱情的哀悼,淡淡而明媚的忧伤,就像"栀子花,白花瓣,落在蓝色百褶裙上"一样。那时候的爱情,就是那么简单。那时候,我们那么年轻,爱情可以那么真,那么美,有一天,会沉淀为生命里最柔软最干净的回忆。如果,我们真的爱过,在年轻的岁月里,无论我们得到还是失去什么,都是无悔的,那是一段最无瑕的美丽。我们爱过,全心全意,全力以赴,爱得明亮,彻底,饱满,酣畅,此后,我们再也寻不到那样的勇敢和激情。

因为爱情,所以真的想,寂寞的时候有个伴,和你享受细水长流的日子。多想你能在我身边,我们一起看海,一起去草原。把我的手放在你掌心里,让你牵着,去海角天边。这是所有深陷爱情中的人,最天真烂漫的憧憬。

可是,却是在错的时间,遇到对的人。这是一种怎样的不甘心。为了爱一场,可以不管不顾地付出一切。爱到深处,悲从中来。像昙花,在静夜炫然绽放,以绝美的姿势奔赴死亡。只为了轰轰烈烈与你爱一场。你兀自唱着《为爱痴狂》。在节目现场,你见到那个为之痴狂的男人,瞬间轰塌,泣不成声。而那个男人还是转身而去,深情款款地唱着《把我的悲伤留给自己》。我相信,所有的女人,都会为所爱的男人中毒,失去所有的理智和矜持,特别是,在无望的时候表现得更痴狂。知性若你,在爱情面前,泪水决堤,一样丢掉了所有的伪装,让人看到了自己的痛苦和绝望。每个女人内心深处,都住着一个为了爱不顾一切的小孩。

心的山河,是一片凄风苦雨。明知是一段可望而不可即的情缘,于是你试着说服自己,接受现实的招安。试着洒脱豪迈,试着遗忘,试着不羁地想象,却始终难掩苦涩和忧伤。"听说你身边有新面孔,听说你不再寂寞,听说你……"有过挣扎,有过太多患得患失纷纷扰扰的纠缠,自己和自己不停地交战,遍体鳞伤。后来,你云淡风轻地唱,"我们没有在一起还是一样,不是情侣还是朋友,还可以问候……"不能为爱燃烧,就把爱藏在心里,化成温暖的碳。我们看到了你的努力,你的心一路走过的山山水水,不再做无谓的努力和幻想,只是默默地祝福和守望。可是,你依然苍凉。

直到你遇到一个平常的男子,却收获了从未有过的踏实和安宁。你穿布鞋,自带水杯喝开水,洗尽铅华,享受为人细致妥帖去宠爱的温存,你流浪太久的心终于找到了适合你的港湾。原来,结束心的流浪,可以拥有一个温馨的家。蓦然回首,原来被爱的感觉是如此幸福。你终于品尝到爱情的甘甜,如花一样绽放出甜蜜。所有过去的跋涉,原来都是为了这一刻的抵达。你终于明白什么才是最好的。回眸一笑,谢谢曾经的爱,是你的爱,是他们的爱,成全了你,成全了,我们的生命。这个世界也好,爱情也好,都没有把我们抛弃。而我们,都会找到属于自己的爱情。

在人海中相遇,没有早一步,也没有晚一步,是我们的缘分。有缘相伴,无缘相离。一转身即为天涯,仍然记得要说感谢,感谢那些爱和痛带来的成长,感谢,亲爱的路人。

曲未央

音乐是一尾鱼，能够游动在文字的清水里。人徜徉其间，鱼水相亲，于我，常会彻底地沦陷！

有一种歌声是自头顶覆盖全身，浸透细胞，颤栗灵魂的。像黄河之水天上来，像满坡的桃花一夜盛开，像滚烫的岩浆迸溅，像竞技场上的射门……你闭上眼，可心里万马奔腾、波涛汹涌、电闪雷鸣。你或许还会看到：孙悟空石破天惊的一跃，农人雪亮的镰刀、饱满的汗滴，奔驰的身影撞上红绳，雄鹰俯冲下万丈悬崖，猎猎羽箭射碎白鸟之心……在那浑厚、高亢、狂野甚至声嘶力竭的歇斯底里，你听到生命在呐喊、在释放、在燃烧，原始纯粹，荡气回肠。是一口喝干一瓶65度二锅头，站在黄土高坡上吼的信天游，是赶着羊群在茫茫草原上抖出的雪莲花，是赤脚光身丈量着河流的纤夫口中勒紧的号子；是雪崩，是海啸，是荆棘鸟；是屈原，是荆轲，是项羽，是李白，是杰克逊、史泰龙、施瓦辛格；是金戈铁马，笑谈渴饮匈奴血；是大江东去，酒逢知己千杯少；是壮士断腕，英雄末路，美人迟暮……

歌声还会带你到月色下波平如镜的湖面，落花小桥，情人在耳边低语，相见时难别亦难，忧伤如雾如烟，一点点溶解、吞没了你的容颜。落叶萧萧，望尽天涯路，纵使相逢却不识。那马头墙上的一缕目光，那青衫遮不住的泪痕，是宋词里的浅吟低唱，有脂粉和鸦片的缱绻的香。还有更古老的，那《诗经》里的一见钟情，辗转反侧，忧思难忘，千年的缠绵悱恻顺流而下，酝酿发酵，愈加浓酽。

这种混合着美与力的声音，美的绝望，力的悲壮，还带着原始的粗犷与纯净，直达人的心灵，如同天籁之音。常让我怀想，我是那走在天蓝云白风轻云淡中的牧羊女，在纵情放牧岁月；或者，就是一棵水草，油油地在水底招摇。

生活中的你，既不能总像骏马飘散着鬃毛驰骋于万里疆场，也不能随意剖开胸膛晾晒忧伤，而是常常在两者之间寻求平衡，于万千人中，戴一张万千人都熟悉的面具行走，找不到自我或者想要和自我对话的时候，听一首歌吧！

必须还要，带一点悲剧情结的，才能让人崩溃、匍匐、升腾、感谢。就像月光下的狐狸，围着篝火作最后的一舞，那舞姿疯狂，绝望，哀伤，一曲未央，已妖娆地死去，真是摄人心魄的美。

中年心情

为自己泡一壶茶,青花瓷杯,放在一盆茉莉花前。小小的,白白的花蕾,像婴儿的笑靥。有一朵落在桌上,幽幽地梦着。我敲着键盘。俄而,靠在椅子上,闭着眼。花,静静地绽放,茶香袅绕。在随风拂动的湖蓝色窗帘下,我们都把自己安放得如此妥帖。

在夜色里开车,他坐在旁边,轻声指点,我的心缓缓沉入安定的湖底。手握着方向盘,向着茫茫的远方开去。歌声在耳畔响起,流淌在夜色里,弥漫着一种苍茫的温柔。就这样,人在车里,车在深沉的夜色里,我们相伴相依,行驶在地久天长的承诺里。

一圈灯光下,执书一卷,随意翻阅。梦倦,刚想抛书一边,却遇到心领神会的句子,忍不住欢喜,拿出笔记本摘抄起来。一字一句,抄在上面,就觉得是自己的了。这些落户自家田地的种子,有一天气候适宜,会发芽绽枝,染绿心情。梦想,不近也不远。

人到中年,渐渐觉得这样波澜不惊的日子里,实在是隐藏了细水长流的惊喜。

花开花落,书香氤氲。夜色驰骋里有人相陪,朝着同一个方向前进,生命像首歌谣一样美丽。

人生最得意的事

人生最得意的事，是回家吃现成的饭。饭毕，筷子一放，歪在沙发里听歌，听得天昏地暗无人来管。或者闲闲地翻书。俄而，书斜倒在枕边，发丝散乱。空山松子落，幽人应未眠。

人生最得意的事，是掏出几年前的旧衣怯怯地套在身上，去上班。忽被人拦停，艳羡地追问："在哪儿买的，如此好看？"在心中窃笑数十声，仍是诚恳告知："三年前在万鸿买的，几十块钱。"然后像一只蝴蝶翩跹走远。

人生最得意的事，就在于换了新单位也换了好身材。你从没有去减肥，可是却自自然然轻轻巧巧地瘦了下来。下巴尖，腰身细，胆气豪！像一朵野菊，秋风一抚慰，就摇头晃脑地明媚了。

人生最得意的事，是能一觉睡到自然醒。是过了十二点半，关了电脑，上床睡觉，还能在早晨六点准时醒来。早睡虽然遥遥无期，早起却又不容置疑。你却能在两者之间平衡着跳起钢丝舞。

对于简单人来说，人生最得意的事总绕不过衣食住行，琐碎又凌乱。

是车胎爆裂，刚好经过修车摊前；正准备远行，快递员送来网上订购的化妆品;是一觉醒来,看到床头养在水里的香玉兰竟同时醒了;是正忧思难遣,有故人邀你把酒言欢;是念起一个人,却在人群中猝不及防地出现他的脸……

人生最得意的事,是想去看山,就去看山;想去读水,就去读水,山水相亲,歌诗相伴!

当然,人生最最得意的事,莫过于:听到别人面赞"此人只应天上有"(这是最正宗地往死里夸),你却尚未"乘风归去",还如临风玉树屹立人间,看好景,结妙缘!

听，他们在唱歌

我们的很多心情，都可以交给歌声，在歌声里得到回应、融化和升腾。

午后散淡的时光，我喜欢，把慵懒的自己扔在沙发上，看演唱会。

听王菲。她的声线空灵、妖娆，还带一缕颓废的暗香。

于万千人的红馆，她独自舞着、歌着。是完全活在自己世界里的曼妙的精灵，晶莹剔透，有高处不胜寒的清寂，可是周身弥漫着的气场充盈着每一个角落。

每个人都有一个独立的世界。屏幕里，她是孤独的，屏幕外，我也是。孤独相对，在歌声里，凛然共醉。

"来也如风，离也如风，世事通通不过是场梦"，"情像雨点，似断非断"……在一首首熟悉的老歌里，忽然就热泪盈眶了。心被击中，被放逐，在无垠的天空。

前半场孤绝。疑似要"乘风而去"，眼神薄凉，清逸出尘。

后半场缠绵。留恋处，还是"起舞在人间"。情意翩翩。

过渡的一段里，有挣扎的疼痛，有狂野的呼喊，词写得血腥，唱得诡异,听了心惊。后来是,踏遍了山水沟壑,也无风雨也无晴。一个容易受伤的女人,带你一路走来,穿越一场场生命的盛宴,最后温柔地"陪你一起看细水长流"。

她在台上美轮美奂。每一个女子都是戏子吧。为心爱的人百变,绽放出不羁的美丽。"百变女郎"实在是对女子最高的嘉奖。我忽然想。

这个不食人间烟火的精灵,用歌声诠释着爱情和生命。后来,她还是回到了温暖的人间,同悲共欢。温柔尚在,寂寞永生。

歌能疗伤,疗治那些自己都没有察觉到的角落,那么熨帖和安详。开大音响,反反复复,在一首歌里,把自己听化掉、安息。再复活时,轻盈如风,自由飞翔。

"那些唱过的歌,做过的梦,爱过的人,留在淡淡岁月不可再续……"

雨天,听两个不再年轻的男人,童安格和周治平。一个抱着吉他,一个吹着口琴,在舞台上,掀起一层层迷离而温暖的感伤。

《寂寞的眼》《那一场风花雪月的故事》,让我记住了周治平,这个有着淡淡酒窝的微胖的男子,他有着羞涩天真的笑容。他唱自己作词作曲的《苏三起解》:"繁华是一场梦,一场云烟一场空……"淡蓝的舞台一下子空漠了。

童安格,一个瘦削忧郁的男人。爱皱着眉闭着眼唱歌,他的声音有金属的暗哑低沉和明亮。一件灰西服闲散地套在身上,却掩不住他贵族的气质。他拘谨善感,因泪水的濡润,眼睛里有晶亮的光芒。他一张口,就是灵魂在歌唱,他是灵魂的歌者。

这些有故事的有味道的男人,历经沧桑,经过岁月,眼神中却过滤出干净和温暖。歌声里,也有着直指人心的纯粹和明净,让人平静。"太迂回,太忐忑,还知道你的心是暖的,很清澈……"

词曲淡漠,那些朴实无华的旧时光一一重现。青春,真情,风尘,这两个男人"童周共济",在台上如话家常一般,本色出演。

而台下,屏幕外的人,自然地回到了那抱着吉他,横着长笛,在窗外唱歌的年代。重温过往,风过无痕。

"英雄骑马壮,骑马荣归故乡"。两个宁静的男人,带你从梦幻的湖面上飞到辽阔的草原;娓娓地弹唱,一轮蓝月亮下,把根留住是不变的背景。

听蔡琴,泪水纷飞了她苍凉的歌声。听张国荣,"心迷路",分不清戏梦人生;他仰天长啸,眉梢销魂。听梅艳芳,把人世缠绵凄恻地缅怀,永别前,实现自己的承诺:和舞台白头偕老。

舞台上的实力,舞台外的魅力,在一台演唱会上,会全面展示出来。有一瞬,在他们动情的泪水里,我捕捉了一小块,噙在眼角的泪光,那是一瓣最美的歌声。

时间在此

一首名为《时间都去哪儿了》的歌，直抵人心中最柔软的地方。

一句简单的话，从古问到今，触发的怅惘不断轮回。我们不是那个写《道德经》的老子，捋着长髯淡然地说"生老病死，自然之道也"。时间面前，我们缺乏顺其自然的从容和豁达。

网上有人列出，一个人一生约等于3万天——假设活到83岁。不知怎么立刻就想起3万元，在物价飙升的今天，这一小沓票子太禁不起花了。可是，倒好像觉得这3万天是有得花的。日复一日的庸常，给了我们一种富足的错觉。多数时候，我们其实就是这样，一面会念着"一寸光阴一寸金"，一面轻慢着每一天。身体与时间并驾齐驱，心却背道而驰，一副允许自己横冲直撞一掷千金的倔强样子。

"当你老了，头发白了，睡意昏沉，炉灶旁打盹……"一幅简笔勾勒的素描画，画着老时的衰颓。终于有一天，我们突然察觉到，时间深处那些潜藏的沧桑和不堪，可是却已经蹉跎了太多。仿佛明白，过去的生活都像是别人的故事，而流着的却是自己的泪。

有一次听人论起现代女人面对婚姻的态度，有人慷慨陈词独立、自由等观点，申明现代婚姻中绝不该再有委曲求全的女人。只闻旁边一人轻叹一声说，那是因为你还年轻啊。我在一旁惘然。想起自己曾在一篇文章中写过的一句话"女人，越往后走越没底气，青春和爱情一道走远，苍凉和皱纹一道光临"。如果说，时间可以为女人赢得捍卫婚姻的底气，那么时间，岂不都是为我们每一个人赢得从容生活的底气吗？时间，能创造一切，也能，消化一切。

也听过一个家庭美满事业成功的男士感慨：回首大半生，像是从没有为自己活过，而自己却老了。很多人都有过这种感受，当把孩子送进大学后，坐在宽敞的家里，心里常常变得空落落的。他不是那个用一年拍一次相片记载女儿成长时间脚印的父亲，可是，翻看时光的纪念册，光阴的流逝触目惊心。是啊，时间都去哪儿了呢？

当这首歌响起时，我们会湿了眼眶，润了心房。岁月静好，现世安稳，就不必再苦苦追问，时间都去哪儿了吧。我们不说，可是知道，时间在四季交替的草木荣枯人事变化里，时间在柴米油盐生儿育女的琐碎劳碌里，时间在你的白发似银我的笑靥如花里，时间在一条温暖博大的河里奔腾不息……

时间一直，都在这里。

穿堂而过的岁月
带来温暖的你

郑钧的歌声，曾经响彻在大街小巷的每一个角落。每每听到，我总是能在那声嘶力竭的呼喊声中，身心自由纵情驰骋，解脱了所有的束缚，面对所有。在我眼里，郑钧一直是叛逆不羁、桀骜不驯、特立独行的摇滚歌王。在中国的流行乐坛上，他的出现，像一阵狂野、血性、纯粹的风。

不知何时，不知是谁抛弃了谁，个性鲜明的郑钧好像成了时代的弃儿。独自行走在苍凉的沙漠，像是挥舞着长矛和风车作战的唐吉坷德。

再次见到郑钧，是在《中国最强音》的舞台上，他的角色已换成了导师。夹在两个当红的明星里面，他显得有些格格不入。这个过去流行歌坛的领军人物，我第一眼看到时便觉得似曾相识，直到看字幕介绍才认出他。微卷的发下是一张写满沧桑的脸，他的眼神里，藏着深深的忧郁，甚至还有愁苦的味道。这样的眼神，无言地诉说着太多令人沉醉或者沉痛的故事。

他在点评参赛歌手时，吐字发音平和，即使内容犀利。一个处变不惊、淡看风云的男人，由内而外，散发出属于中年男人的醇厚和深沉。他依然是帅气的。那是岁月的沉淀,当他微笑时,每一道皱纹里都泛起了温暖。

这个唱着《私奔》的狂野男子,如今也会轻轻弹唱柔软的爱情。那首《灰姑娘》,像月光下的凤尾竹里传出的旋律,有月光如水水如天的浪漫,也有塞下秋来风景异的苍凉。歌声里的郑钧,应该是个卸下盔甲的将军,在月色里袒露他水草一样的柔顺,缠绵的嗓音,梦幻般缱绻,能融化人心。那个扬着长发,弹着吉他,演唱青春,演唱梦想,点燃热血沸腾的歌手已经远去。

用心聆听他的歌声,还是哀伤做底子。但他已经不是勇猛的斗士,也不是忧伤的抒情诗人。走过千山万水,历经风云变幻,不知为何,却带来让人流泪的温暖。

守候一种美好

　　看了一部美国电影《忠犬八公的故事》，影片取材于日本一个真实的故事，一条叫小八的狗在车站忠诚地等候已经过世的主人十年，直到死亡。影片中多次出现人和狗相依相伴嬉戏的画片，平凡而温馨。特别喜欢男主角的笑容，每一道皱纹里都写着温暖。在车站，他穿着黑色长大衣，系着红格子围巾，温柔地俯下身来，抚摸着小八的脑袋，对着小八湿润灵气的眼睛，说再见。回首时那依依不舍的眷念，如同情人间的离别，有性感的依恋，却那么朴素干净。

　　有一个场景，他拎着黑皮包，和小八一起走在落满金黄叶子的林间，若有若无的钢琴声缓缓地流淌着，画面柔软得让人想落泪。小八蹲在车站对面广场的老位置上，孜孜不倦地等待着，背后叶子绿了，黄了，行人来来往往。小八睁着眼睛盯着车厢的门，门打开，关闭，却再也没等到那熟悉的身影。小八老了，在一个雪花纷飞的夜晚，阖上了双眼。它苦苦等待的主人绽放在最后一刻的光芒里，依然是从前一样温暖的笑容，他俯下身来，朝着小八伸出手，喊他的名字，把它的脑袋搂在怀中。一人一狗,一起欢快地奔跑在河边。影片就那么缓缓地、平静地叙述着,却有一层一层久违的美好和感动慢慢地,慢慢地涌过来,淹没了我。

不由得想起多年前看过的《人鬼情未了》,最后一场的画面,借助于巫术,男女主角终于突破了生死得以相见。他们深情相拥,在催人泪下的歌声里跳起舞。她把头甜蜜地贴在他的胸前,宛若生前。她找得他好辛苦啊,一路寻觅,都是无声地诠释着真爱。他都懂得,疼惜地拥她入怀。在含泪的微笑中,释怀,她终于放手,目送他踏上了天堂。

世间有太多无法预料的生离死别,有的在苦苦寻觅,有的是默默等待,不离不弃,忠贞不渝。动物和人之间,原来也有这样生死相依的情感。小八神秘地到来,忠诚地守候,坦然地离开,或许,正是为了帮助我们回味和寻找,那些失落的美好。

看见

每个人都在老去,无论你有多辉煌炫目的光环,并且,光环越多的人,似乎老得越快。因为他比别人更多思考,更多努力。当然,更多深沉的痛苦,更多丰厚的快乐。同样的人生之旅,他们获得了更多的体验和发现,也创造出更多的体验和发现。

李安和周星驰,中年都已发白。"看见"的镜头里:同样温和地带着羞涩的笑容,同样安静纯真又带着迷茫和忧郁的眼神,同样的勤勉和认真——对于梦想的执着追求。我相信对于他们而言,自己就等于电影本身。从电影中,见自我,见天地,见众生。

李安说,每个人心中都有一头卧虎。卧虎的存在,让人始终保持生存的警觉,从而最大限度地激发生命的能量。他通过电影来使它驯服,并让世界不断听到它动听的咆哮。

而那个带来无数欢声笑语的周星驰,帽檐下露出一圈白发,无言地诉说着沧桑流年。忽然鼻端发酸,这是那个落拓不羁的周星星吗?在曾经笑到落泪的记忆里,我以为他永不会老去。

把小人物的悲欢和永不放弃演绎到极致的他,和自己的角色融为一体了吧？星光璀璨里，他并非纵马驰骋，春风得意，相反，依然茕茕独行在通往梦想的苍凉的路上。也许对于他们，梦想永远在下一个站点。

人总是习惯仰望别人的成功，漠视自己的拥有，看待世界缺乏正确的角度。角度有误，方向也就偏离。正如我曾错误地仰望过他们，仰望过我不曾抵达的地方：彼岸，总是春暖花开。心中的卧虎时时苏醒，咬啮着细小的神经。

其实，功成名就并不代表会获得幸福和安宁，登高涉远只会让人更加懂得悲悯和敬畏。

每个人都有不可抗拒的孤独。你从不要去幻想别人的欢乐更多一些，自己的痛苦能少一点。不要拒绝生命里所有的经历和体验，永远要记着，为自己准备一个梦想，用来战胜不断生长的绝望和忧伤，用来作为和时光相伴的成长。

他们用电影记录人生，我用文字保鲜自我。我希望有一天，同他们一样，能够让生命获得一种贴切的表达和呈现——仅此而已。世间文字，多的是吟风弄月、伤春悲秋的抒怀，启人心智、发人深思的感悟，天上地下、古往今来的穿越刺探，我没有这样的身手和本领，唯有一颗简单明朗的心。那就顺应本心，抒写性灵。

但我明白，一个人的文字，哪怕再小，也要表达人性的关怀，靠近普世的情怀。李安在《少年派的奇幻漂流记》里，对此作出了完美的探寻。捍卫真善美，传播光和热，应是所有艺术义不容辞的使命。

常常在纷纭的尘世里看不见自己，无从寻觅那些朴素的信仰和温暖的情感，却会依托着童年种下的轨迹，回到从前，去书写那时柔软的世态人情，那时湿润的悲欢离合。

如果看见，稚嫩的文字唤起了读到它的人，龟裂的内心，荡漾起一块绿波，哪怕，只是一小块。这是我永恒的期待。

问世间情为何物

凌晨时分，我一遍遍听海子的诗朗诵《姐姐，今夜我在德林哈》。那凄怆的音乐在静寂里回环播放，有一种诡异的气味让我心悸。之所以听，是因为诗人卧夫，昨天于北京怀柔山中自杀。他发的最后一条微博，就是这首诗中的最后一句："姐姐，今夜我不关心人类，我只想你。"

我不认识卧夫，也没有读过他的诗歌。第一次知道他就是他的死讯，这是正在北京鲁院上学的一个文友晚上在群里公布的。我和她聊天，她说，不理解为什么诗人喜欢自杀。我说，诗人是最纯粹的文人，最纯粹所以最孤独。诗人的心里有一个孤独的黑洞，是任何物质都无法填补的。走不出来，就会像烟花一样，拥有一次最奢侈的绽放吧。

据说卧夫的死是为情所困，这句话我相信，也感伤。"情"之一字，古往今来，谁能勘破。《红楼梦》中云"因空见色，由色生情，传情入色，自色悟空"，佛家曰"色即是空，空即是色"，世间种种，皆是幻象。可是红楼的作者，在"色"与"空"之间填了一个"情"字，强调了"情"的魅力和力量。烟火人间，有情天地，一部红楼，说的就是情根情痴。敢问世人，没有情不谈情,人类有多少存在的理由呢?只要是人,就绕不过去情。弘一法师圆寂前手书"悲欣交集",即使是得道高僧,看破红尘,但对这人世,仍情意悯然,只是达到了凡俗不能理解的某种境界罢了。

问世间情为何物,直教人生死相许。世人常言:爱情友情亲情,是我们安身立命的根本。相比较友情和亲情,我们更多地醉心于爱情的浪漫和华美。任何年代,都会诞生出那么多关于爱情的传奇和故事,爱情一路传唱着,从不褪色。而对于某一类人,他们还怀有一种更高的情怀,例如弘一法师、特蕾莎修女等。那也许是对于众生的爱,万物的爱,一种宗教般的情怀。这种情怀旷古达今,穿越时空,能让我们顶礼膜拜。

卧夫走了,那个他称作"姐姐"的人当然应该活下去,"姐姐"不会挽着他死在百花深处,不会化蝶,我们不需要殉情之类的想象来填充我们疲乏的大脑。"姐姐"会痛苦或者慢慢淡忘着生活。而生活,会用它周而复始的细节淹没一切。这不是无情,这才是生活的本质。如果我们看清了生活的本质,就会知道,情所赋予生活的光彩和价值。孤独是人的宿命,可是无论我们走到多么孤独的时候,都不该为情所殛。

我在网上戏问一个诗人朋友,你不会学着去自杀吧?他回了我一个白眼,然后说,我正在养荷,养猫,读诗,临帖……还要去江南旅游,没工夫。我在这边笑了。问世间情为何物,万物有情。

人生如戏

　　楼梯转角处，她擦肩而下，过了两步我还是顿住了，转过身来，轻轻地叫住她，"梅老师，你好。"

　　她是我学生时代的偶像。黑发齐肩，端庄清雅。白皙的面庞，眼镜下遮不住的柔和睿智的光芒，举手投足间，能读出诗歌般的美好和飘逸。最令人倾倒的是她说话，播音员一样标准的发音，婉转悦耳。我常沉醉在她的课堂上，听她轻启朱唇，如山泉潺潺，整个人散发着空谷幽兰般的风神。

　　可眼前的她，却像是一件从废物堆里翻出来的古董。(我真不忍用这个比喻来形容)拖沓的穿着，古板的发式。斑痕点点的脸上写满了沧桑，她的眼神，游移不定地躲闪着。这样的人会淹没在嘈杂的菜市场，怎么会出现在高等学府的课堂上呢？十几年的光阴怎么就让一位气质女性变得如此不堪呢？那样空灵温润的一个人被抽空了精气神。美似昙花一现，烟花易冷。一连几天，她从我的窗前飘过，同样的打扮，木偶一样。我犹疑着，从别的同学口里得到证实，却一直没有勇气走上前去叫她一声。我怕的是什么呢？

　　她站住了，含糊地答应了我一声，匆匆下楼，有落荒而逃的意味。我

102

注视着她的背影,心里发出一点一点碎裂的响声,青瓷一样的碎裂。

原因很俗套:婚姻不幸。

流水落花春去也。这些玉一样的女人啊,也过不了情这一关,永葆不了自身华美的光泽。情能穿金裂石。才华绝代如张爱玲,没有情的滋润,亦兀自萎谢。

不由慨叹:世事无常,人生如戏。

往往,前半场光鲜亮丽的剧情里,竟埋伏着苍凉忧伤的结局。

白先勇笔下《游园惊梦》里的钱夫人蓝田玉,原只是个戏子,只因昆曲唱得好,一步登天成了将军夫人,风华翩跹,享尽荣华。但在将军死后流落台湾,落魄凄凉。当她穿着过时的旗袍辗转去赴宴,孤独地站在别人家华丽的院子里,盛大的宴会上,还怎能唱出"原来姹紫嫣红开遍,似这般都付与断壁颓垣……"青春欢爱富贵,转瞬即空,繁华已歇,春梦无痕。

《红楼梦》里那个精明能干的女强人王熙凤,机关算尽,烜赫一时,最终也没逃得了被裹进一张破席的凄惨命运。想到昔日的荣光,她定死不瞑目吧? 正如歌词里唱的"忽剌剌似大厦倾,昏惨惨似灯将尽。呀! 一场欢喜忽悲辛,叹人世终难定!"花腾日喧的大观园内外,有多少伤心人?

人生原是一场戏,千万不要以为锣鼓喧天里,就通窥了后半场的玄机。我们谁又能料到最后一节的剧情,谁又知道以怎样的姿势走下舞台。

但是大幕已徐徐开启,你方唱罢我登场。前见古人,后有来者,依然会有独怆然而涕下者。

如花美眷,似水流年。歌里也唱"女人如花花似梦"。是不是指,在挣扎中开花,在花开后凋谢,梦一般的缥缈。

生为女人,或许,我们做不到苏轼"人生如梦,一樽还酹江月"的洒脱,也做不到清照"生当为人杰,死亦为鬼雄"的慷慨。且只有握住当下,握住一寸寸的云淡风清,储备些勇气和智慧去应对岁月的冷寂,不至于荒凉罢。

烟花那么烫

他生来是个异数。

无论过去多少年,他的美毫无消减。美到那么销魂的男子,是不食人间烟火的。一身聚集了造物者的所有宠爱。他唱:我喜欢我。是颜色不一样的烟火。

是那个俊美的书生宁采臣,为了一份人鬼殊途的爱情,有不顾一切的痴狂;是那个绝世名伶程蝶衣,不疯魔不成活,分不清戏梦人生;是风流倜傥的十二少,是孤傲不羁的欧阳锋,是夜半歌声的宋丹平,是迷惘绝望的枪王……他是怎样的风情万种。

可是,他拥有了全世界,却找不到自我。孤独是种高贵的病,太优秀的人容易病入膏肓。

影视中的"哥哥"风华绝代,塑造了一幕幕经典的形象;可是人生这场戏里,即使有百万人在后面追捧,上台的永远只是一个人。

通常,我们用世俗的眼光看到的是,他在高处,璀璨、华美,但看不到,那更加辽阔的荒凉和寂寞。高处闪耀着传奇,却无法贴近尘世的温暖。就像我们看烟花，华光漫射，纷披着瑰丽的羽翼，可是烟花知道，绽放的那一刻，就接受了死神的邀约。辉煌的背后暗藏杀机。所以，它被滚烫的光芒灼伤了，闻到了华光里散发的腐朽。

他还说："有一种鸟生来是没有脚的，它一直飞，飞啊飞，一生就落地一次，那就是它死的时候。"他这么说，也这么做了。这只无脚之鸟，飞啊飞，孤独地飞，飞累了就只能坠落。

每到四月的开篇，总会想起"哥哥"张国荣。想他从楼顶跃下的那刻该是畅快的，一只无脚之鸟终于抵达天堂之门。

这种想法的依据来自崔永元，他说，抑郁症患者自杀的那刻心情是一种解脱的愉悦，因为他有过类似的经历。他还在《艺术人生》采访时说，患抑郁症的人多是天才，例如海明威、川端康成、张国荣……因为他们，一直走在追求完美的路上，完美，是他们给自己加冕的桂冠，而他们也明白，这顶桂冠是多么虚幻。抑郁症患者或许都是理想主义者，有的成就了艺术，有的走向了毁灭。

小崔自曝抑郁症，喜剧之王周星驰亦如斯。常人眼中，他们光芒万丈，却无法理解，一个人内心深处的恐惧和迷茫，一旦被打开，竟是潘多拉的魔盒。这种心灵的感冒对于有些人，竟是不治之症。

是的，"抑郁症"仿佛成了一个魔咒，被身边太多太多的悲剧所演绎，艺人、职员、学生……我们自己。人世苍茫，深不可测，总有一些时候，凄神寒骨，悄怆幽邃。而你，拣尽寒枝不肯栖，像一只无脚之鸟，注定了落寞，注定了漂泊。

所谓抑郁，其实是一个人和自己的战争吧。你给自己画了一个圈，在里面绕，没有沧海横流，家国之忧，金戈铁马，天崩地裂，但你就是能把自己生生逼到绝路。失眠、焦虑、抑郁，是三部曲。人在睡不着的时候，是魂不附体的。如果你走不出自我的世界，又找不到心灵的归属，最后，如同烟花，燃烧了所有的光和热，陨落。灼伤了世界，疼痛了爱。

有人说，不晕车的人永不会了解晕车的感受，同样，没有经历过抑郁的人也不能理解这种精神炼狱般的痛苦。人与人之间，距离比视线遥远。而唯一不会更改的是生养你的人，会凭着血缘的牵连急你之所急，痛你之所痛。崔永元说，在那些夜不能寐的日子里，是老父亲日夜陪伴在他身边。是至爱亲情，还有勇气和责任，拯救了濒临崩溃的他。作家迟子建说，能杀死艺术的只能是艺术；而哲学家尼采说，所有不能杀死你的，将会使你更强大。

或者，生已灿烂，死有何憾？例如"哥哥"，选择以决绝的飞翔，成就永恒的优雅。照片上，他依然眉目俊朗，笑容干净，带着羞涩的天真。可是留给亲人和世人的却多是伤痛和叹息：侬本多情，奈何悭命？

其实，我们真的不需要那么多的传奇。寻常人间，芸芸众生，匍匐前进里，不要让头顶上的烟花迷痛了眼睛，不要让心中的烛光被风吹熄。我们需要的是，温暖的情怀和笑容，即便世事沧桑、容颜老去。

烟花那么烫啊，让我们轻轻来唱：我永远都爱这样的我 / 快乐是 / 快乐的方式不止一种 / 最荣幸是 / 谁都是造物者的光荣 / 不用闪躲 / 为我喜欢的生活而活 / 不用粉墨 / 就站在光明的角落……微笑着。

坐火车，去远方

午后的阳光铺在窗外，蓝天白云，青山绿野，不断向后漂移，如同播放着一部 3D 影片，极具立体感，速度造成时空跨越，人也有了飘忽之感。坐在窗前，托腮远望，思维如马，纵横驰骋。流动的画面、变幻的风景，便觉得人生亦如一列火车，正"轰隆隆"向远方开去。

桌前是一本《最好的时光在路上》，翻开了几页，一支笔放在旁边，批注了几行：最好的时光在路上，风在，云在，阳光在，美已启程，爱和希望，正赶来。人生最美好的感受在路上，绽放着新鲜的憧憬、激动和欢悦，没有出发的寂寞、抵达的苍凉……在路上，还代表着去远方。远方，有出走，有逃逸，有梦想。

在火车上，读书，亦读人。座位上满满的都是人，多数是倦怠和漠然，一成不变的神情，到站上车下车，如丰子恺写的车厢社会。却有时，有年轻男女拎着大包小包挤上来，那种飞扬的神采，让陌生人也会受到感染，那是恋爱特有的魔力。有爱相伴去远方，浪迹天涯又何妨？

第一次乘坐夜色里的绿皮火车，有穿越时空回到民国的感觉，我是那个梳齐刘海穿蓝格子旗袍的女学生,正挥着一方粉帕对着窗外送别的情人说再见。而此刻,是一弯上弦月,端庄地挂在天边,陪我去远方。

穿过长长的过道,看到车厢一侧拉着淡蓝色的窗帘。从一个小门进去,两边是上下铺,白色的床铺很整洁,趴在窗口的小桌子上写字,有在家的感觉。温馨的广播声响起,伴着轻柔的音乐,提醒旅客注意安全。随即,"咣咣"的火车启动声,车行驶得很稳。画一样的夜色,苍苍林木,和思绪交错。

穿着蓝制服的乘务员捧着塑料本子过来,让我把纸质车票交给她,换一张铁质车票,原来是为了快到站时再换票提醒,以免旅客睡过站。她不知道,我是不会睡着了,正如我不知道,远方是什么模样。

夜色渐浓,列车员站在长长的车道上,手举小旗子。灯火通明,一种森森的孤独。火车经过不同的城市,霓虹闪烁或灯火沉寂,犹如走过不同的人生路段。我像一条鱼,游走在陌生的城市,在角落里感受时光的气息。

望着椭圆的玻璃窗外面,有疏离的冷漠,想点上一支烟,点起一个人的萧然。还是听音乐。听张镐哲唱《北风》《路太远》,或者《镜子、空瓶、三十年》,那粗犷沧桑的声音,让人沉溺,摧人心折。在一个人的车上,把空气都唱得苍凉:

> 这世界永不会改变
>
> 最爱的梦从不会实现
>
> 想一想真的没有几个三十年
>
> 何必在乎最爱什么人
>
> 看一看自己那张风霜后的脸
>
> 到底值得谁来思念……

风霜得如此性感,沧桑的声音有金属的沉重暗哑和岁月的风尘,听着,听着,泪就会漫出来。任它爬满脸颊,我并不顾及那些来来去去的目光。

一个人,灯火已歇,幕布已落,只对一首歌。在火车里,夜色里的孤寂和狂欢都盛开到荼靡。我是我的唯一,如同我只有这一辆,去远方的火车。

童心佛心

当我们听到纯真的童音响起时,心,会像一阵清风拂过湖面般柔顺。

是因为每个人的心里,都住着一个小孩。有着天真的笑容,柔软的心。

只是走着走着,太匆忙,太疲惫,然后把那个小孩,走丢了,或者,忘记了。

热爱文字的人,保留着一双孩子的眼睛。打量世界,感知人世,固执地活在求真求善求美的梦里。从这点出发,行走于人世,常撞得头破血流,伤痕累累。苟延残喘之际,却从没想过放弃。哪怕,捧出一腔真意,收回一道伤痕。

于己无愧。只多了自嘲,是啊,"孩子"也是幼稚的代名词。何况明明是"大人"了,却偏要存着一颗童心。

于是,生出委屈:为什么我的眼里常含泪水……是不是,一个人性格里种下的,都是宿命的安排,或者是活在理想化了的世界? 文字在滋养身心的同时,也放纵了烂漫的幻想,落下"不切实际"的美名。

纯真的心,如若继续苛求,将会疲惫不堪。有首诗早写道:这世界不是绝对的好,有离别有衰老……那么,除了保持童心,更需要修炼一颗佛心。

必须承认,世间种种,时时在诱惑着心中的怪兽突围出来。所以,始终如一地保存着那些美好的信念,守护心中的光源。即使会灼伤,但更会温暖自己,照亮别人。真善美,是根植在心的信仰。

"智者不惑,勇者不惧,适者有寿,仁者无敌。"老祖宗说的话,总那么朴素,那么温暖。人生就是一场修行,而文字是多么珍贵的引领。写自己的字,走自己的路,苍天厚土,我来过,又离去,一腔真意,两袖清风。

有一天你会明白,所有在你生命里出现的,都是赏赐和伏笔。除了感激,不发一语。与人为善,以诚待人,归根结底,是对自己生命的诚意。即使受伤,也是澄澈的,恬静的。

保持童心,让我时时领略到初遇的惊喜,新鲜的感动。

修炼佛心,让我不断体悟博大和悲悯,柳暗花明,芬芳美景。

童心让我如湖水般清澈,佛心让我领略山的巍峨,天的广阔。

行走在崎岖的人世,要怀揣着这两颗心,风雨兼程。一路播种,也一路收获。

如果,你还为自己持有了童心,而受伤和疼痛至无法解脱,那是因为,你还没有发自内心地去敬畏生命,还没有修炼到一颗佛心。

让住在我们心里的小孩,在烟火深处,都能茁壮成佛!

清欢

烟火人间，几多清欢。

晨曦跑步。穿过树荫，来到河边，忽一抬头，一轮鲜红的朝阳就挂在桥上面，雾气迷蒙的水面投下一道金色粼粼的光圈，晕染出暖暖的喜悦，让你忍不住道一声：早安，小城！

路边的青草上沾着久违的露水，偶有几只蹦跳的小青蛙，生动得触手可及，润泽了眉眼，唤起了童年。俯首自然，生机盎然。

一早亮起的街灯下，搭起的小摊，露天菜市场里，那么多不同颜色与形状的植物们，在亲密交谈一些属于土地的秘密。从它们身边经过，你能闻到浓郁的烟火气。

烟火气能让人接到地气，身在世间就有了定力和底气。那些虚无缥缈的念头和想法，如沙中筑塔分崩离析。

熟悉的街头，晚间唱老戏。唱戏的痴，听戏的醉，也有一瞥作戏看的。芸芸众生，都在大幕下倾情演绎离合悲欢，有情岁月，真实人生。

不远处，有跳着广场舞的，婉转和铿锵，传统和现代，交响绽放。一对白发的夫妇牵着手散步,一个蹒跚的儿童摇摇学步,皆有画意。

店铺前的红房子传来油乎乎的爆炒声,色泽鲜亮的龙虾,堆在敞口的蓝瓷盆里;烟雾缭绕里正在熏烤的羊肉串,躺在通红的炭火之上。四方小木桌围坐着的,是从天南海北相聚的同学,还是刚刚下班的亲友……陌生的脸庞,滔滔的语势,醺醺的笑意,似曾相识的场景里,也许就坐着一个自己。

从十七岁走进的小城,流水潺潺,清风飘送荷香,有些树木不曾老去,替你守住青春的记忆。当你看到少男少女骑着单车呼啸而过,或抱着吉他弹唱夜色,把孔明灯点亮放飞在寥廓夜空,你方惊觉时光老去,激昂与轻狂黯然别离。怅望长空,月色却依然皎洁,一若千年前的春江花月夜,你内心的孤寂稀释了,沉淀出澄澈。

在一个云淡风轻的午后,你独自驾着车,听着音乐,行驶在两边是河流的道路上,天蓝云白,蓦然有驰骋雪域高原之感,顿感时空辽阔而浩渺。这是与另一个自己相遇,一个隐藏在生活种种后面的,深远,清美,宁和的自己,与她相遇。

或者,风驰电掣后,在一个红绿灯前停下,好似翻越了千山万水,刹那之间,你觉得宇宙洪荒,天地苍茫,你是唯一,唯一是你,而你的存在是集造化之神奇万千之宠爱;你是众生,众生是你,与这恋恋红尘情深缘重。

寻常人间,烟火相亲,如水滴融于大海。好风景不在远方,此心安处,即是故乡。你偎在小城的银边上栖息,像一枚茶叶尽情舒展蜷曲的筋脉。

于一件件姹紫嫣红的华衣间徜徉,常让你顿生感慨,生而为女人,有多少美好到奢侈的事。

在烈日下晒谷物,红黄绿黑,丰润灼目。犹喜香菇的香,深深嗅一下，就能想到炖老母鸡的味道，会念起母亲和炊烟，乡间小路上远去的背影。

于小亭听风，光影斑驳，萧萧有声，有前世今生之感。会为一棵树的迁居而幽忧，为一个老友的漂泊而惘然。行走不易，珍惜自己。

播放王菲朗诵的《金刚经》，喜欢她空灵的声线，特立的个性，纯净的笑容。每一个明媚的笑容背后，都曾有一个哭泣的灵魂。都说女人如蛹，翩然化蝶。而我知道女人亦如蛇，层层蜕皮，经受剥离之痛，或可成仙炼精。

心中有爱，笔下有情。当你流淌出一些有力道，也柔软和温暖的文字，经得起琢磨的文字，你会洗好紫砂杯，沏一杯绿茶，对着窗外结荚的合欢和开得蓬蓬勃勃的紫薇花，听汹涌而至的市声，一层层，温柔地淹没你。

雨夜，一圈昏黄下，读"千里江山寒色远，芦花深处泊孤舟"，想象远山出岫，烟波澹远，那是南唐后主李煜梦中的江南。合上书页，深深看向身边熟睡的人，他恬然卧在身边打着鼾，你发自肺腑地庆幸：你和他都是寻常人。能在烟火深处，一起慢慢变老。

寻常人间，几何为欢？

莲花烙

与一知心姐姐微信交流,她说:莫苛求自己,女儿身在这人世已是不易了。我在这边心下一疼,因为慈悲,所以懂得,也因为,生为女人,她懂的,生来不易。

不知何时,时代要求女人,要有貌美如花的优雅,也要有经济独立的潇洒,有相夫教子的贤良,也要有在职场打拼的铿锵……美丽和智慧共存,温柔与刚强齐飞,"女神"呼之欲出。"上得厅堂,下得厨房,入得闺房",被现实版"女神"一再演绎。

而我所看到的是,现代"女神"们貌似活得光彩鲜亮,其实心灵百孔千疮。

曾在一个宴席上,见证过一个女强人,在酒场和商场一样的叱咤风云。其酒量和气场让满桌男人生畏,霍然一杯见底时眼圈发红,瞬间泪落。岁月走到了她这段,也算是见识了严酷和粗粝,摔打摸爬,早练就一身盔甲。还有什么,能让一个中年女子丢掉坚硬的外壳,大庭广众之下袒露自己的悲伤,那一定是有什么戳痛了心扉。

是的，是男人。正如张爱玲在《有女同车》中感慨：女人，一辈子讲的是男人，念的是男人，怨的是男人，永远永远。女人天生是感性动物，情是女人的软肋，她们谋生亦谋爱。才华绝世如她，没有情的滋润兀自萎谢。她还说过，"实际上女人总是低的，气愤也无用，人生不是赌气的事。"那是智者洞穿了人生真相后的无奈之语。

那么，最刀枪不入的女子该是忘情的了。不为情迷，不为情伤，不羁地行走人世，遇魔杀魔，见佛灭佛。也见过这种逢场作戏八面玲珑的女子，在男人丛林里游刃有余地穿梭，目标明确，简捷务实。但再多的春风得意也遮不住她眼圈下的黑影，繁华靡丽稀释不了她暗夜里的彷徨。也许，是什么都有了，还有精神的孤独深植于心。

是啊，当女人们都懂得了，不能只做白娘子，镇于家庭的塔下，她们开始了行走江湖，却发现，天高地阔，江湖险恶，她们的道行远远不够。然而，成不了女神也必须要修炼成妖精。有人说，"妖精"是对职场女性最高的褒奖。只有练就了七十二变，方能应对八十一难。只是，即便修炼成了妖精，在这尔虞我诈的江湖，也未必能吃到理想中的"唐僧肉"吧。

当我在一幅幅类似的场景中，看到甘于为名利为权势所摆弄的或亢奋或卑怯状的女子时，我的内心涌现出一阵阵的凄凉和悲怆。那些场景既突显着生存法则的压榨和诱惑，也包藏着自身的屈服和迎合。红尘滚滚，有情未必久长，无欲并非则刚。

其实，武装再强悍的女人，都有脆弱的死角，会在某一个节点崩塌。而我知道的是，大多数女子，即便遍体鳞伤，也会选择不动声色地封藏，偶尔小心翼翼地开启而已。她们修身养性，参禅悟道，像一株从污泥里生长的莲，努力美丽地活着。

她说，莫苛求，爱自己。例如都会说"女为悦己者容"，而这个悦己者,应该只是自己才对。打扮自己不是为了吸引男人的眼球,不是为了在同类中鹤立鸡群,而只是爱自己,呈现一个美好的自己。我完全理解和赞同她的观点,正如,我写作,不是为了取悦世界,而是为了安顿内心。是的。生为女人,简单生活,也许更接近快乐。我是我,我爱我,我为了我。

在浪漫之都法国,就有两位智慧和理性野蛮生长的女作家:西蒙娜·德·波伏瓦和玛格丽特·杜拉斯。她们以写作捍卫着独立和自由,以文字砌筑了人生和永恒。那么肆意亮烈地活着,那样响亮酣畅的人生。最重要的是,她们成为了自己。

波伏瓦懂得永恒不在男女的欢爱里,与萨特做了一辈子的灵魂伴侣,坚持自我,坚持自我的选择,成为二十世纪法国最美丽的存在主义者。"比起你年轻时的美丽,我更爱你现在饱受摧残的容颜。"七十岁的杜拉斯写这句话时,脸上一定绽放着莲花一样的笑容。那是历经千山万水后的湛然和澹远的笑容,最为迷人。这个用爱情和文字喂养生命和激情的女人,磅礴一生,忘记年龄,超越了时空。

也许,她们都太遥远。做自己不容易,如何去爱也很难,我们都在寻找和积聚一种力量,来得到永远的庇护。也许,还是生长在本国土地上那些卓尔不群的如莲女子,更让我们懂得如何生而为人。

杨绛先生远去,"我们仨"在天堂团圆,一时微信群朋友圈里刷爆。早就品读过她的《百岁感言》,字字珠玑金玉良言。可别人的感悟和体验只能品鉴,无法复制和模仿,更无从替代自己的人生。像杨绛先生那样,走过百年沧桑,笑看风云变幻,修得一身风雅风骨的能有几人? 但是,她本身就已经活成了一束温暖的光芒。靠近她,聆听她,就能照亮我们幽暗的心灵;在崎岖的世路上匍匐前行,有这样仰望的星辰,就不会迷失我们的灵魂。原来，淡定从容的内心源自深厚的学养，更源自爱的积淀。爱自己，爱家人，爱生活。爱化解了所有的坎坷和障碍，对抗了绵渺寂寥的孤独岁月。

一直喜欢杨丽萍。不止一次为她在《云南映象》里《女儿国》的演绎而感动落泪。"太阳歇歇嘛歇得呢，月亮歇歇嘛歇得呢；女人歇歇嘛歇不得，女人歇下来么火塘会熄得呢。冷风吹着老人的头么，女人拿脊背去门缝上抵着；刺棵戳着娃娃的脚么，女人拿心肝去路上垫着……"她用云南方言吟唱着女人的磨难和伟大，没有哀怨没有悲苦，平静中散发着力量。对于人生的磨难，有人悲观，有人乐观，她多数时候是旁观，安之若素。所以，才会有后来的《莲花心》。

圆月当空，绿叶掩映之中，莲花度母从天而降，红莲随舞次第绽开……画面和舞蹈的配合美到极致，让人感受到生命、信仰，至真至美。"心如莲花，一路芬芳"，她说这支舞讲的是祥和、美好和宽容。而我们看到的是，这么多年她一直在竭尽心力打造和呈现一种更加宽广深远的情怀。杨丽萍，这个来自自然的雀之灵，当她真正懂得了爱和悲悯，也就从精成仙了。

雨夜里，一遍遍听着歌曲《问》。"只是女人，爱是她的灵魂，她可以付出一生……"爱自己，爱自然，爱世间万物，我相信，所有修炼成仙的女子，都是闯过了一道道险关，奋力从命运的泥潭里挣脱过，把一道道伤痕雕琢成一朵莲花，烙在自己的胸口。天蓝草碧，云淡风轻。

愿你我，行走在这苍凉的人世，在相遇的刹那，都能确认，是那烙着莲花的女子，默默芬芳着光阴。

一切安好 我亦未老

午后,开着车,驶过落满金黄银杏叶的街头,听《越过山丘》。阳光暖暖的穿过玻璃洒在脸上,像一双温柔的手,抚去岁月的褶皱。越过山丘,越过河流,仿佛看到,十八岁的我,青春的明媚与忧愁……

而今年,已是那个十八岁毕业的我工作的第二十个年头。真是刹那芳华逝,红颜弹指老。可我想,这也是人生最好的年华,仿佛生命树的枝头上挂着的青果,经历了风吹雨打,散发着清香,正逐渐成熟。

一直在路上,与文字纠缠着,是个理想主义者。所以负重前行,有时找不到自己,找不到方向,绝望与期望总不期而至。好似宿命,也是使命。

而现在,更懂的"人"。不再患得患失,找不到自我。不再刻意去剔除身上的某些特质,例如文人的清高自许、孤傲不羁。接受自我,完善自我,接纳和书写生命里更多的可能。走了更远的路,看到更多的风景,视野胸襟开阔了,内心有了格局。

更懂得"生活"。世事和人情永远是学问,需要不断学习和成长。从不去刻意迎合世俗,也不再盲目武断地抵触,懂得大千世界世相纷繁,要学会包容和融合。虽然,我对于生命的思考和领悟,并不能洞若观火,但是行走的姿势多了豁达和从容。

曾经,很长时间,我远离了文字,但后来才发现,书写会是我终生的伴侣——不会是职业。有时我想,当远离了书写的在场,而退到一片更广阔的天地,可能"无心插柳柳成荫",反而会获得一种更从容更自由更深刻的表达。厘清了我和文字的关系,让我获得了一种平静和底气。

当和一棵百年紫薇树相对而坐,会生出许多的感悟。百年前没有她,百年后亦没有我,只是此刻,当下,我们相遇,百年后不知是谁,会路过这里……那些对于生命的深沉的感伤,总是这样不期而遇。

如同那正在消逝的村庄,回不去的童年。那样露水汤汤的清晨,赤着脚踩在田间小路上,绿油油的青草亲吻着脚丫,草木的清气在空气里播撒着,老黄狗摇着尾巴跟在后面,往船码头那边赶。当晨曦初露,泊在岸边的船只,笼在薄雾里的村庄一起显现。远在京城的儿时的伙伴说,不敢去读你那些写从前的文字,读了会想家,可是,都回不去了。回不去的村庄,回不去的我们。偶然的,当我路过一弯池塘,看到几根芦苇白着头在风里摇晃,摇动了内心那块柔软的部分,会蓦地湿了眼眶。

不久前去南京高淳。高淳老街真是老啊,马头墙面剥落,麦芽糖躺在木板上,虎头绣花鞋里都是童年的味道……那些老物件让人不时地撞见从前。还有一个叫"慢城"的地方,原来生活,可以慢一点。慢生活生长在自然里。绿汪汪的油菜地,有农人荷锄;万寿菊开得烂漫,红枫与银杏争艳,竹林茶海层次分明;落英缤纷,空气清新。我们讲话的语速也不由地都慢了下来,心,沉了下来。归来兮田园,人,在自然里最容易回归为人。

想起流放中的苏轼,渐喜不被人识。我想生命到了某一个阶段是会往回收的,平和内敛而笃定。当穿过汹涌的人潮开车去接送孩子,俯身在一摊蔬果前询问价格,牵着外婆的手缓缓走在公园……我在一个个平淡而细小的片段里,怡然地做着本真的自己。没有构思,没有演绎,没有过往的追念,没有来日的期许,我喜欢这样平凡的自己,我安然于一个个当下。畅然一霎欢,安然一觉眠。释然又淡然。

"独立小桥风满袖,平林新月人归后,"读到宋词中的某一句,沉吟不已,会为那优美的句子而无端地愉悦。风月无边的文字,总能召唤出一个诗意的我。

还有那些歌声。穿越了岁月的浩渺风尘,翩然来临,在一个散淡的午后,窗外还飘着几朵松软的白云,击中耳膜,让你被一种熟悉的温暖情怀包裹或者清洁。无法自持,也无需自持。

岁月更迭,时序新年。想要把这一年的日记翻阅下,写一篇年的回顾总结,却没有去做。这一日,上午整理家务,下午去看外婆。没见到她,携着书去了公园。阳光很好,漫步园中,看到老人、小孩都各得其乐,欢腾和安宁和谐共处,一片祥和。感恩和祝福,油然在心底回响。

感谢走过的路,遇见的人,看到的风景,让我拥有继续做梦的权利,让我遇见更好的世界和自己!

新的一年,愿我们身体康健、眉清目朗,行走在理想的路上。有感受的温暖,表达的喜悦,和沉实的奉献。愿我们每一份的努力和付出都能被世界温柔以待、时光所爱!愿我们相遇,道一声:一切安好,我亦未老!

新年你好,一切美好正在路上……

远方有美

"今夜,我怀念那得道的高僧,那么执着地,一路西行……"

幼时,几乎每到暑假,都会看一遍电视连续剧《西游记》。看得情节烂熟于心,依旧兴味盎然。那时候最喜欢的是神通广大的孙悟空,最不喜欢的倒不是神出鬼没的妖怪,而是唐僧。一是觉得他虽为师傅却无能,除了会念紧箍咒没什么本领;二是觉得他肉眼凡胎人妖不分,常常冤枉了老孙。所以最想不通的是:孙悟空为什么不一个筋斗翻到西天取到真经,却非要陪同这唐僧一路历经艰辛。

多年后,在课堂上给学生讲《西游记》。他们眼中闪动着我当年的困惑,而我已经能为他们娓娓道来:《西游记》的主题中,有一"定心猿"之说。唐僧师徒四人,取经路上斩妖除魔,实是人心扫除欲望战胜人性弱点的修行,去芜存菁,最终达到至真至善至美的境界。

西天有真经,远方有想要的美。跋山涉水,风餐露宿,百折不挠一路前行,是信仰的力量,激发了内心的能量。这一路,我们不断舍弃红尘中的万千诱惑,剔除灵魂里的杂质渣滓,趋于澄澈莹润,博大慈悯。可是,也同时舍弃了世俗的温情和快乐。

何必西去万里遥，只愿今生长相依。女儿国里，唐僧唯一一次动情了。但他对着脉脉含情的国王说，只待来世吧，转身离去。为什么江山与美人都挽留不住你前行的脚步？世间的种种都不能打动你磐石一样的心？远方，到底有什么令你如此执着而坚定？也许，从出发的时候就知道，我们是走在不同道路上的人，即使有过交集，却是完全不同的终点。只因今生，我们已是永远的错过，错过一段清澈的年华和爱情。只因选择一条修行的旅程，注定错过世间所有姹紫嫣红的风景。

《西游记》中的个人修行是为了普度众生，而生活，从来都是一场修行。走在这条孤独又苍凉的路上，有乍然的欣悦，油然的悲悯。我想到了弘一法师，前半生繁华绮旎，后半生青灯古卷，临别时手书"悲欣交集"四个大字，他勘破了红尘万象，但对这大千世界仍别有幽怀吧？

清夜里听到《晴空月儿明》，禅音响起，忽然泪湿。在那清寂的深夜，唐僧手执一柄扫帚登上巍峨的古塔，扫去的是内心的尘埃吗？心是明镜台，时时勤拂拭。凉风吹来，星光点点，站在孤绝峭拔的塔顶，可有前不见古人后不见来者的怆然？

红尘的尘埃这么重，裹挟着、叫嚣着，心意的魔障有多深，光怪陆离，万千诱惑。所谓"勇者无忧，智者不惑"，能不为所惧不受所惑，实属难得。世间最难行的路，莫如心路，路漫漫路悠悠……一个人走在漫漫黄沙道上，察觉自己的渺小，却从没有退缩和摇摆，为了一种信仰，抑或理想，勇敢执着、无怨无悔地向前走。不管远方有多远，只因为远方有美，就那么勇敢坚定，风雨兼程，坚持到底！多年后我才发现，《西游记》中，唐僧才是我最佩服的人。

"敢问路在何方，路在脚下……"当那些熟悉的旋律在耳畔响起，竟然会落泪。这在我，是中年之后的事情。少时只看见热闹的打斗场面，新奇的故事情节，行年渐长，看到的越来越多是苍茫，苍凉的底色里闪烁着一道明亮的温暖。红尘万丈里,我们有时把自己活得太小,小到只有眼前的生活,身边的烟火;而忘记了,远方,山高草茂,天蓝海碧。忘记远方,让我们忘记了从哪里来,到何处去,忘记了心路尽处,有莲花朵朵。

在路上,要走得清姿昂扬,因为有美,守候在远方。

人间草木

春光美

三月，这两个字明艳响亮，有说不出的风情。三月是春天的代名词。桃红柳绿，莺歌燕舞。三月三日天气新，长安水边多丽人。我在三月，亦是新的。

春光美，阳光里都有敲锣打鼓的意味。走在湖边，春水涣涣，河面多了层次和生动。虽然水边的柳树还矜持得一动不动，可是枝条上的芽儿，像一个个睡醒的小眼睛，已经按捺不住睁开了。

绿水参差，波光像一片片碎银子闪烁着，水里倒映着杨柳的影子，万千条绿丝绦能荡漾出万千种柔情。都说柔情似水，要我说，柔情似春柳，嫩于金色软于丝，清丽飘逸。

燕子穿过柳丝，掠过水面，憩在对岸的山坡上，那里前几日栽了许多树，很快，就会看到它们抽枝、绽叶、绿荫成阵。到那时，就要和这两岸的绿柳比比高低，是谁染绿了水，染绿了天？

不过这都是我的一厢情愿，草木们不会有这样的争强好胜之心。它们守着自然的节律，守着自己的本心。懂得清风徐来颔首，冷雨滂沱时静默，它们守候风，也不辜负雨，等候鸟，也牵挂云；它们倾听白天和黑夜的交谈，民间和土地的诉说，它们收藏了许多秘密，却不发一语。人们把它栽进土里，它就努力完成作为树的使命。风霜雨雪，本色出演自己的一生。草木是生活在人间的智者。

走过冬的严酷，草木和人一样，对于春天都心怀感激吧。在春天，每个人都像跨着战马的将军，焕发出胆略和豪情，有大展宏图的雄心、生机和活力、如春草盎然在心扉。

我携带的书是不适合打开了，书也只是对自然的摹写，纸页传达不出自然的气韵。春天不是读书天，我们恨不得化在春光里。人在室内是坐不住的，抛了书，搁了笔，推开门，一头扎进无边春色里。每一个脚步踏在地面上，都像是一个响亮的吻。借用一下这个漂亮的比喻来形容春天，我是理直气壮的：春恩浩荡，大赦天下，众生无罪，自在随心。我等此举，或可嘉奖也说不定。

"且慢，一年之计在于春……"你若以此拦我，我必翻脸。再好的文章还好得过春天么，还有比春天更好的书让我发愤苦读么？来吧，让我们一起去阅读春天！天朗气清，春和景明。春天的每一根枝条，都飘拂着柔情蜜意，春天的每一朵花，都绽放着一个传奇。

春光美，想去看山就去看山，想去看水就去看水吧。想一个人走就一个人走，想一群人行就一群人行。孤独有孤独的潇洒，热闹有热闹的欢悦。在春天，怎么样都是好的。

想去放风筝，陪着孩子一起放吧，顺便放飞一下自己的心情；想去挖野菜，牵着老人一起去挖吧，听老人们讲讲土地，讲讲从前，你挖着挖着，说不定还能挖到童年。大好春光，与最亲近的人共度，才不负这匆匆华年。他们的笑脸，会温暖你过往的疲惫，激发你新的希望和激情。在春天,要和身边的人分享生活的乐趣和生命的体验。分享,丰富了我们的感情,沉淀了我们的思考,让日子变得更加妥帖安稳。

"春光美,初试薄罗衣,小桃枝,相看胭脂醉。"在春天,我们都是诗人了。天地之间有一团温柔的喜悦包裹着你,轻盈盈,软绵绵。我们忙着和万物恋爱,处处洋溢着诗情画意。绿意参差的湖水多让人流连,鸟语花香的空气多让人沉醉,草长莺飞的田野多让人振奋……

一切都是新的,一切都是美的。在和煦的清风里,闻花香,听鸟鸣,看水波不兴;春水碧于天,画船听雨眠。良辰、美景、赏心、乐事,各就各位,任你差遣。

春光美,细细的温柔洗涤着我们的心,朗润明媚。一路拾到的,都是"感恩""珍惜""奋进"等等美好温暖的词语。

春无价

"春天"，敲下这两个字，有一种曼妙的芬芳萦绕而来，莺飞草长，鸟语花香。

风是最先给春天捎口信来的吧？吹面不寒，抽去冷硬的骨头，穿上了柔和的新装，轻吟低唱，所到之处，绿意葱茏。春风吹醒了泥土，身体里盎然的能量；吹得农人身姿矫健，荷锄担筐，在土地上殷勤地播种希望。风声清响，我们那虫子一样冬眠的心，悸动着，抖掉了慵懒和疲惫，化为轻快的彩蝶，袅娜着春光。

春风沉醉的夜晚，一弯上弦月挂在西北角淡蓝的天幕。月亮是仁者，更是智者。她在冷寂的冬夜播撒浩荡清辉，而在这温柔的春夜，她只默默地挂在一角，化成一弯淡眉。她懂得，该放时放，该收时收。月色朦胧为背景，花蕾感知到内心的欣喜，浸润着月光绽放。

风月无边。有人说，春天是充满蛊惑的季节，到处是美丽的陷阱；古往今来，直便宜了文人，信手一拈，素材新鲜。一不小心，我就会沦陷在春天里。

随风潜入夜，雨声潺潺。醒来，让人疑是山间，耳边如泉水泠泠，人在水面上浮起来了。那雨,不再润物无声,而是下得极其认真,点点滴滴都那么节奏分明。落寞和惆怅——在雨中舒展,打开。

我想到了那个叫李煜的词人,在这潮湿的夜晚,他是不是回顾了自己,半生如一场春梦了无痕?在幽囚的岁月里,他一定是认真地听了雨的,雨也认真地听了他,互为知己。林花谢了春红,太匆匆,无奈朝来寒雨晚来风,那些剪不断理还乱的哀怨都统统交给雨吧,交付于流水尘土。

于他,花月春风遥无踪。在春夜,雨消灭了时空,跨越了古今,我触摸到了李煜的愁和恨。流水落花春去也,天上人间,春天在永别了李煜的生命后,他只能在梦魂里寻找了。而没有想到的是,春天慈悲,最终从他的诗词里复活,永生。也许,只有真正地领略到失去,才会有深切沉痛的回味和留念,才成就了不朽。

春天来的时候,常躲在风雨后面。当然,地气回升,即使你的感觉再迟钝,你还是听到了莺歌燕语,看到了红紫芳菲,闻到了阳光里泼洒着美酒一样的芳醇。而当你欲展怀一揽尽情拥抱春光的时候,却已经站在夏天的边缘了。而我,好像一直在春天后面心慌意乱地追赶,留下一路斑驳凌乱的脚印。

那个活泼的女孩对我说:"老师,你有没有发现春天太短,她好像太美了,就跑得特别快,我还没把春花看够呢!"谁说好动的他们没有一双善于发现的眼睛呢?是啊,一不留神,春光就流转了。浮生须臾,能够让我们,多折一枝春花,多掬一捧春光,安放在心里吗?

讲台下,那几十张年轻的面庞熠熠生辉。我心里慨叹着,他们可曾知道自己的美好和富有:他们不仅拥有万紫千红的春天,还正处于生命的春天——青春,拥有着勃发的生命力和创造力,拥有着,无价的明天!

被春天拥戴为王的你们,我多希望,你们真的能懂,这春无价呀!

莲之语

莲,你可曾委屈?

当百花退场,酷暑来临,你为何要卓尔不群,顶一身骄阳绽放?

有蜻蜓来舞,你喜悦和感激;无蜂飞蝶绕,你从容而安详。清风吹拂,流水吟唱,你映日连天,红碧无边。

别的花讥笑你故作不同,于水里生长,孤芳自赏;嘲弄你不识时节,自找苦吃;讽刺你城府太深,风骚独领⋯⋯

说你妖娆也可,说你清高也罢,你从来不曾在意,这些流短蜚长;说你是红粉佳人,徒有虚表,说你靠特立独行,来标新立异。言辞如风刀霜剑,招招紧逼,叶萎花残,枯枝独立,你依然临水鉴心。

只有我知道,你的美从不需要谁来认可。

"出淤泥而不染,濯清涟而不妖",古往今来,文人墨客钟情于赞美你,你在一页页诗词里风神摇曳。可他们真的懂你吗?懂你的高洁、正直、生在骨子里的孤傲⋯⋯

"露为风味月为香",你嫩如玉丝的花蕊里裹着一颗洁白的心,苦涩的心,而又是那样坚韧的心,能历尽千年而重生。

只有我知道,他们也未必懂你。

作为一株普普通通的植物,你只是按照本色,出演自己的一生。那些馥郁芳馨的词语来自别人,同样,来自别人的也可能是另一种完全不同的语言。

"低头弄莲子,莲子清如水"。几度轮回,你的心依然苦涩,但依然洁净蓬勃。你的根,深深地扎进淤泥里,过滤出污浊,生长出玲珑。多么灵采通透的根,支撑着一株碧绿挺直的灵魂。你忍受了多少寂寞和黑暗,战胜了多少污浊和阴冷,才把自己化为你想要的模样。不是为谁,只为了做自己。

你如此饱满,嚣张,庄严。风中的摇曳如此张扬,雨中的凋残那般凄惶,其实他们不懂,风雨都是点缀,是必备的衬托,从外形中塑造着不同的你,你依然"中通外直,不蔓不枝。"

莲,我听到你在低语。

你说,真正的美都是孤独的,可望而不可即。一直以来,你不过是一株简单的植物,遵循着内心的指引,亭亭地站立,认真地开放。你说,爱着这流水和月光,浓情到静默。想把诗意的梦和悠远的歌,装进含苞的花朵,沾着月光酝酿。飘逸的身姿,妩媚的沉思,是在体验生命中疼痛的细节,哪怕被切割成一片片白玉,爱依然藕断丝连。俯首端凝成莲花台,这不是在悲悯众生,也不是逃逸自己。只是想,为幽暗的世间,引渡一缕佛光。穿心而过,莲意芬芳。

因为爱着,所以要做美好的自己。仅此,而已!

在人海里漂泊,我若是莲,是否能够,亭亭净植,香远益清?

油菜花开

从前的房子不高，土墙草顶。油菜花开疯了的春天，静悄悄的午后，我举着玻璃瓶，趴在墙上，一心一意地在洞里掏蜜蜂。

至今也不清楚，那粗粝不平的墙面上怎么会蛀有那么多的洞，难道墙也像贪吃的孩子，一嘴的牙齿被虫蛀坏了。深浅不一的圆洞，成了蜜蜂的藏身之所。

午后的村庄安详地打着盹。我仰着头，视线随着蜜蜂来回移动着。看它"嗡嗡"地飞来，围着土墙寻找着，探过来，绕过去，盘旋一会儿，打探好洞口，就贴上前去，慢慢地把圆又肥的身体往洞里缩，一会儿就不见了踪迹。有时候却看见，它刚缩进洞里又爬了出来，根据经验，这洞是早被占领了。这只误闯山头的蜜蜂不甘心，会再去寻找，而有时会像个负气的人，扭头就走了。

我盯着蜜蜂，等它爬进洞，就走上前去，把瓶口摁住洞口，只留一条缝，把一根直直的草芯塞进去，一下一下轻轻地转动着，蜜蜂愣头愣脑地爬出来，落进瓶里。用一片叶子盖住瓶口。一只太孤单，往往又会再添上一只作伴,才罢手。有时没见到蜜蜂进洞,可同一个洞里,却能连续掏出两三只出来。下手要轻巧,莫乱戳一气,挠痒痒一样,蜜蜂是被挠得痒了,才被掏出来的,我想。

蜜蜂扭动着圆圆的屁股,翅膀像鼓风机一样扇动起来,在瓶子里徒劳地东撞一下,西撞一下,总算是瘫软不动了,我打开瓶口,凑上去望,用手摇摇瓶子它也不动,以为死了,用草芯捞到瓶口,它却忽地振翅,夺路而逃,慌不择路的时候,甚至撞到我脸颊,石子一样硌着疼,我以为被它的刺袭中,骇然失色,抛掉瓶子。有时候掏得乏了,瓶子扔在墙角,第二天看到时,蜜蜂冰冷地躺在萎了的叶子上,身子蜷着,小屁股抱得紧紧的,小小的心里顿生起爱怜,觉出自己的残忍来。

多数时候掏到以后,是捧着瓶子,跑到田野里去放飞。阳光下,大片大片的金黄漫山遍野地铺过来,小小的人儿淹没在里面,突然呆立住。如果此刻长上翅膀,在花海里翩跹着,会是多么自由快乐呢? 就这样傻傻地想,瓶子掉到地上也不知道,等回过神来,蜜蜂早已经无影无踪,不等我发号施令,它就和菜花接头去了。空空的瓶子在阳光下晃动着,我拾起来,心里生起了莫名的怅惘。

摘几朵花插在头上,掐两片花瓣塞在瓶子里,我小心翼翼地去看养蜂人。

养蜂人在菜花最烂漫的地方,住的木房子边,摆着许多四四方方的木框。养蜂人戴着帽子和手套,帽子四周垂下长长的纱布,看不清脸,像是电影里的侠客。他在一堆木框子之间俯身摆弄着,蜜蜂"嗡嗡"地围着他飞,有的干脆附在他手掌上,他充耳不闻,兀自忙碌着。他可不就是侠客吗? 来无影去无踪,花开的时候他来了,花没谢完的时候他就不见了。在我的眼里,他太富有和神奇了! 他拥有无边无际的花朵,他还会支配成千上万的蜜蜂为他采花酿蜜。这真是我可望而不可即的梦啊！

我远远地看着，心里充满了思慕。我想陪着养蜂人浪迹天涯，去有花的地方，和成片的花海做伴，喝着清甜的蜂蜜。这是我年少时最浪漫的憧憬，此后的岁月里，所有的憧憬都没有这样诗意的芬芳。

听同事说，小学门口竟然有卖蜜蜂的。小塑料瓶子里装两只蜜蜂，两元钱一瓶，很多小孩子欢天喜地去买。想来蜜蜂是比那动画片、滑滑梯等生动得多了。

可我知道，蜜蜂是当不成宠物的。在油菜花开得磅礴似海的时候，我会恍惚地想起那些安静而专注的午后，那些消失了的土墙，掏蜜蜂的我们，会无端地落下泪来。不知道会不会有一只飞回到从前，或者，飞到那养蜂人的手里。

槐花香 槐花白

　　刚进公园，一股浓郁而素雅的香气扑面而来，我不觉感到诧异：是什么香味这样的沁人心脾？迎面走过一对母子，孩子手里拿着一串鞭炮一样的白花，放在鼻下陶醉地嗅着。我立即恍然：是槐花，槐花竟然已开放了呢！

　　来这个公园这么久，还从未发现里面有如此多的槐树。树上早已缀满了饱满玲珑的花朵，一串串一簇簇开得热烈而奔放，引得蝴蝶在花间舞姿翩翩，路人在树下驻足赞叹。还有一对新人正在拍婚纱照，那穿着洁白婚纱的新娘站在一树槐花下，真像是一朵含笑的槐花。林子里吹来了细碎的风，那些风铃一样的花朵漾动着婀娜的腰肢，似下了一场花瓣雨，地上铺了一层白色的花瓣。一片片一朵朵的柔嫩的花瓣有的散在草丛里，有的和一些不知名的野花夹杂在一起。有人在地上捡着花瓣，该不会是学"黛玉葬花"吧？我想，槐花远比那娇艳的桃花朴实高洁，是不适合拿去葬的。槐花，在我记忆的枝头芬芳如梦。

　　小时候，外婆家的村头就有几棵老槐树。每到槐花开的时候，我和几个小伙伴就会在静悄悄的午后去爬树摘花。我们像猴儿一样，攀缘着斑驳的树干，小心地躲过树身上的硬刺，望顶高处爬。我坐在心仪的枝上，拨开对称秀气的椭圆形叶子，大把大把地摘花扔给下面的伙伴；他们仰着脸，艳羡地看着我高超的表演，快活地接着。槐树是如此的慷慨，满树的花压得枝头沉甸甸的，哪怕是一串也挺有分量。槐花拎在手里，让小小的心充实而欢悦，迷失在阵阵清香中。有时我干脆就折下长长的枝条，连叶带花一起扔下去，一会儿工夫，花就装满了一篦篮，我们轻易就取得了丰硕的成果。坐拥着一篮篮的槐花，我们豪富如大盗。现在想来，那时的我们是不懂得"怜香惜玉"的，也是不懂得怎样去表达爱的。我们迷恋它白玉样的花，梦幻般的香，就去贪婪地采摘。花用来摆在梳妆台上、枕头边、书包里，香气怡人，但萎谢得也快，而盛开在树上的槐花是可以绽放很长一段时间的。

富余的花，我"上缴"一些给外婆。外婆把槐花洗净、晾干，切得细细的，加入面粉、盐、拌匀，一勺勺舀入油锅中。不一会儿，白白的槐花就烙成黄灿灿的槐花饼，令我齿颊生香。后来上刘绍棠的《榆钱饭》，我总是把文中的榆钱固执地认同为槐花，因为我尝过外婆烙的槐花饼子，那香喷喷的味道和他文中描写的一样。吃着槐花饼，靠在外婆的怀中，听她讲《天仙配》，讲老槐树给董永和七仙女做媒。我仰起头问她，那棵老槐树和我们的槐树一样会开花吗？外婆笑得眉眼弯弯。

外婆老了，我离开她出来很久了，这佳肴也只有在回忆中回味了。槐花，我熟悉而亲密的老朋友，我何时竟忘记你已开放了呢！而不管人记得与否，从乡村到城市，看不到你一丝丝的寂寞和忧伤，你一样开得这么热情芳香，你一样开进了我的心房。

想起诗人源林烟的《槐花开》，不由地念出声来：五月槐花开，如雪似蝶徘。微微风簇浪，串串浮阳台。阵阵清芳沁，翩翩天使来。问君为何事？还世一清白。

槐花香啊，槐花白。走到天涯不忘怀。

银
杏
美

冬日暖阳下，我双手抱膝，像一只柔软的猫，蜷靠在银杏树上。

黄灿灿的叶子，散了一地，有豪门公子一掷千金的奢侈。那一枚枚金币，簌簌作响，随风翻卷、叠加，在编织一条不规则的毯子。毯子铺得很厚实了，却没有完全遮住地面，留几朵红花，几簇绿叶伸展着腰肢，点缀其间，煞是好看。银杏是温柔而聪明的。

拈一枚银杏叶，凝目望去，像一把秀气的小宫扇。轻轻转动着细长的叶柄，阳光在如绸的扇面上活泼地跳跃，带来悠远的清香。精巧典雅有古意。

有的叶片宽大，饱经风霜，纹理致密，呈现出有重量的黄色；有的叶片边缘泛青，像性急的孩子，瞅着别人在玩耍，也探头探脑溜出家门，带着隐秘的得意。

顺着灰褐色斑驳的树皮，我朝树上望去，这株褪尽叶子的银杏树，举着遒劲的枝干，庄虔地指向天空。蓝天上抹着丝丝缕缕的白云，疏朗的枝干衬着这宏大的背景，像一幅写在空中的硬笔书法。枝条上缀着一排排交互生长的叶蕾,那里面积攒着春天的力量吧。

风起时,黄叶落。有哪一种树,像银杏,黄得这样高贵,欢悦,安详,谦逊,又从容豪迈地投向大地?它懂得,繁华落尽见真醇,再多的辉煌最终都会化为泥土。化为泥土才会拥有源源不竭的生机。

那么,舍弃这一身昂贵的锦袍,哪怕它付出了毕生的修炼。经过烂漫之春,磅礴之夏,萧索之秋,臻于冬的圆融和慈悯。历经沧桑,笑对风云,匍匐到生命的原点,回归预示着新生。

我怀疑,银杏是个痴情的贵族男子,爱上了泥土这布衣姑娘,甘愿抛弃荣华富贵,俯身低处,去过平凡的烟火生活。其中有真味——这是自己的归宿。银杏是情痴,亦是情圣。

银杏美,美在线条。骨骼清奇,疏密有致,萧散飘逸,有魏晋风度。

银杏美,美在色彩。从碧绿到金黄,纯粹明媚到极致。有小家碧玉的葱郁青翠,也有大家闺秀的雍容华贵。

银杏具备内敛的力和沉静的美。它有果,白果,洁白如玉,性味类似莲子,且赋予了吉祥如意,白头偕老的美好寓意。

忽有所悟。

我的文字,也该这样。所有的过往,是欢喜是悲戚,是荣耀是疮痍,都是生活赠阅的安静,绽放之后就应该让它们飘零、沉淀。我不该总让文字在梳理过去,恋恋不舍曾经的风华璀璨,拘于流年似水的伤感羁绊。负重太多,文字无法轻盈前行,无法抵达内在的澄澈光明。只有勇敢地抖落一身金黄,才有来年的叶绿倾城,才有甘美的果实挂满生命树的枝头……

落了满地的银杏叶,我听到它们在身边呼唤,在轻吟,或者,什么都没有,万籁俱寂。

莲心

秋燥,上火,咽痛。去药店买来一两莲子心,泡茶。

白胚芽,青绿叶,拈一小撮放入白瓷杯,冲上沸水,这些白绿相间的小棒棒慢慢沉入杯底,两片卷曲的叶子像合拢的掌心,虽没尽情舒展,却也渐渐衬绿了水。有几颗浮在水面,像头顶青色方巾的白衣书生,正逍遥江湖。啜饮一口,清寒之气下,苦味绕在舌尖。

"味苦,清心,去热,安神……"药典中如是记载。世人皆知,莲子心是一剂良药。

莲,"怜",心是苦的。这不由地让我想起父母的心——可怜天下父母心。

"无情未必真豪杰,怜子如何不丈夫",峻肃如鲁迅者,也直言宣称一片爱子之心,让人看到一位别样的慈祥温情的父亲。苍凉人世,滚滚红尘。给予我们最初的温暖洁净是父母的怀抱,在匆匆的行旅中,能让我们远尘离垢安之若素的也只有父母的胸怀。"谁言寸草心,报得三春晖。"

莲心即佛心。佛结跏趺坐在莲台上,大慈大悲,普度众生。都说父母之爱如佛，天下间的父母，不也是怀着爱和慈悲，不也是拥有这般的苦心吗？

只是，这样的苦心常隐藏得深包裹得紧。正如那莲，从泥水里站立，在烈日下昂首、开花，熬到秋冬，经割取见籽实，剥青皮除白壳，如此才得见心。一根根小心翼翼，在阳光下晾晒。我们也是要一日日去等，一层层去剥，甚至于当自己有了果实，也经受割裂之痛时，才看得见，才懂得。那苦心，针尖一样让我们刺痛。

莲子，苏东坡说它"露为风味月为香"，不为过。报载，千年古莲子竟能发芽开花。研究发现，是相宜的温度和湿度下，莲子特殊而坚韧的外壳，阻止了水分和空气的侵扰，果实密封下胚芽依然存活，所以古莲子能保持其生命达千年。

我想，莲心不死还有一个原因，是它的苦。

"我苦，故我在。"这是哲学家笛卡尔在四十岁时说出的名言。比他说出"我思，故我在"迟了十年。思想的不倦探索里，他终于发觉，在世间，苦才是最真切的感受；痛苦兵临城下，比思考更能感受到实实在在的存在，苦也是生命的宽恕和赏赐。

佛曰"离苦得乐"。看破了这一层之后，我们才会让灵魂真正飞翔起来。知苦沉思是每个人的必经之途，对自身的怜悯和期待，是我们在学着向生命和解。就像莲出淤泥，日晒风摧；如果我们能修炼这苦心，接受涅槃之苦，学会超越，也能像莲，风神摇曳；开出芳馨的花朵，结出饱满莹白的果实。浮生须臾，人生苦短，而能薪火相传，源远流长，正是怀着这样的爱和悲悯。

当岁月走到疼痛、难耐，不妨，给自己泡一杯莲子茶，茶香氤氲里，细细去品一品莲心。

寒香入梦来

雨淅沥了一天,傍晚在校园里走,忽然看到雨雾中闪着一朵朵小黄花,难道是墙角那株蜡梅开花了吗? 我想,在这样冷寂的季节,也只有蜡梅能傲然开放了。

我站在树下,看到嶙峋疏朗的赭色枝条上缀着一个个花蕾,绽开着轻薄透明的黄色花瓣。就像一个铁骨铮铮的父亲,欣喜地领着一群娇艳的女儿出来看风景。初长成的女儿似乎怕被人识,选择在这个天寒地冻的时刻欣欣然张开眼,她们露出嫩黄的笑脸,有的腮上还染有点点红晕。冰清玉洁,风骨峻奇,芳香馥郁。丝毫不理会飘零的雨中我这个孤立的人。

忍不住取了把剪刀,小心翼翼地剪折了一支,带回家插入瓶中。梅树,莫怪我贪心。我只是个自私的俗人,爱你之极,不仅想深嗅在你的虬枝下,簪你温玉般的花瓣于鬓旁,还想拥你入怀、掬你入口、伴你入梦。如果你真的是一位父亲,就请允许我折一枝你的娇嫣带回我的枕畔吧。当我转身离去,我懂你默默注视的眼睛,你的无奈、不舍、怜惜,你还有些骄傲,对吗? 是的,你应该有骄傲的。因为你的女儿如此之美,美得令古往今来的人都无法抗拒。早在唐代,诗人李德裕在《忆寒梅》中就写道:"寒塘数树梅,常近腊前开。雪映缘岩竹,香侵泛水苔。遥思清景暮,还有野禽来。谁是攀枝客,兹辰醉始回。"多少"攀枝客",都为她陶醉销魂,又怎会多我一个呢?

插你在瓶中,我用一捧清水养你,疏枝微斜,俊逸淡雅,立在我枕畔。梅花,莫怪我浓情。虽然我懂你的孤傲冷艳,我知你的高洁坚忍,但我无法抑制对你的亲爱。你这冬天的向日葵,雪地里的精灵,你可知,只你的清香四溢就足够温暖人彻骨的苦寒。"枝横碧玉天然瘦,恋破黄金分外香",你的芬芳萦绕进我的梦境,让我回到乡村,好像看到我那慈祥的耕耘着的父亲;一朵朵梅花撑开了思维凝结的网尘,芳冽清幽的香气,浸透了每一个暗沉的角落,我似乎在一片片花瓣上飞舞。

梦中,似乎托我到了月宫的庭院。你和桂花是姐妹吧,桂为中秋之冠,你开在百花之首。一样的清寒,一样的色泽,但芳香并不同。你虽淡而幽,却更绵而烈。就像你的花朵,更加大气凌厉一般。而你开放的地点,似乎也更为寻常,甚至落魄。我还记得,你曾在陆游的词中,在驿外断桥边,辗转低语"无意苦争春,一任群芳妒。零落成泥碾作尘,只有香如故"。两相比较,你似乎更为寂寞。

曾经以为,叫"梅香"的,多是平常人家的女子,就像小说中常作丫鬟的,都很谦卑,还带有一点俗气,可现在,我却认为恰恰相反。折一支蜡梅入眠,就能让我沉醉千年。我愿来世,月光下池塘边,润一点蜡梅的风姿神韵,采一把梅香纳入肺腑,风雪中,能化为我归时的魂魄。

行走在乡间的年

以一场大雪打底，续加磅礴的阳光渲染，尊贵的年，在人间落笔了。

年行走在我记忆的乡间，色彩斑斓，步履蹒跚。

小时候，年赋予了乡村种种特权。衰敝萧条的村庄似乎一下子改头换面，精神焕发起来。忙碌的炊烟在村庄上空缭绕出朵朵祥云，大人额上的皱纹在鞭炮声中一一舒展，腰脊挺直，腿脚利索；小孩子们从村头窜到村尾，赶着看杀猪、捕鱼。我那时，对年是盼了又盼念了又念，知道有花衣穿有压岁钱拿，可以自由自在地玩，知道正月里要痛快地走一大圈亲戚，知道自己热闹红火地又长大了一岁……各种古老的习俗守候着乡里人家，把年描摹得浓墨重彩，感情丰沛。

在乡间，年味最浓郁的时候，并不只是欢天喜地吃喝玩乐，而是谁从外面带了新媳妇回家。万众瞩目之下，那个年轻的男子气概非凡而谦逊地不断给人递烟、打火，似乎他带回来一个全新的世界。新媳妇羞涩而甜蜜地站在屋檐下，接受着善意的指点和评论，时而他们牵着手在村头田野里闲散地走一走。这大概是每个乡间男女最耀眼的时候，远胜过新婚时繁琐的热烈。

年里原是有喜气在。喜气洋溢在空气里，让寻常人事都喜气洋洋起来，让清冷的雪天有新春花开的喜悦，乡情像烟花一样集中地燃放，村庄荡漾着桃花的芬芳。让多年后居住在城市里，对年意兴阑珊的我，每一回首，恍然沉醉。

雪意盎然了家园之思，我回来，拜访乡村的年。迎接一些熟悉又陌生的目光的注视，我把儿时走过的地方一一温习，我想找回那最初的惊艳。就像我小时候乘坐夜航船，船窗下一对情侣软语依依，窗外晨曦初露，水声喧哗，忽然觉得世界好大，风烟浩渺，每向前走一步，都会有惴惴的欢喜。

去芦苇滩。诧异小时候，这是一片幽邃神秘，乐趣无穷的天地，而现在，实在是太平常不过。是我们都变了吧，我长大了，它变小了。可它仍然生长在我心里最柔软的地方。

去田野。田埂上，泥泞未干透。一些等待拔掉的棉花枝，孤寂地立在寒风中，多数的排排躺在田畴里，等候堆成垛，再送进灶中燃成灰。有翠绿的油菜，顶着一点点的雪，一声不吭。只有它们，和年一样生生不息。远处，有一片白杨林，叶子落尽，萧然疏朗，像一帧旧画。村庄苍茫，人影稀薄。几声鞭炮炸响，提示我是过年。我似乎看到，烟花绚烂，拖着眷念的尾巴，散落着寂寥。

八十多岁的外公笼着手，坐在大门口晒太阳。阳光时隐时现，风吹动他身后的木门，门上红艳艳的对联有一角摆动着。他目光深远，顺着他的视线，我看到远处的河沿，那里停靠着几只水泥船，长篙斜插在河心。从隔壁传来打牌的喧哗声，外公打起了瞌睡。几只鸡"咯咯哒"地叫着，走来晃去。雪，薄薄地覆在桂花树旁的灰色瓦片上。日子好长。

行走在乡间的年，纯正浓烈的味道，已渐行渐远。可我们这些村庄的远游人，还是会缠缠绵绵，依托尊贵的年，来做一做过客。怅惘，辽远……

人间草木

"茶者,南方之嘉木也"。

对于茶,我不甚精通,更遑论源远流长的茶文化。茶之于我,只是一种寻常可亲的饮品,能解渴、安神、启思、静心。

但我亦知,没有哪一种饮品,可以像茶这样,轻盈曼妙地步入我们的生活,并渗透到精神的领域,唇齿留香,吟哦讽诵。千百年来,滋润着我们的身心,袅绕出浓厚的文化底蕴。

莫说茶经,莫论茶道,单是信手推开任意一间文人的门户,寒窗素瓦也好,钟鸣鼎食也罢,总能寻觅到茶的踪影。或清新,或雅逸,或淡泊,或甘醇……真乃无茶不文人!窃以为:文人是茶做的骨肉,并让茶文化成为中国文化中独树一帜、气韵芬芳的一脉。

我之喜茶,并不是为锦心绣口的华章渲染,也不是为博大精深的茶道氤氲,只因,茶是人间草木。出自天然,而融入人间。喜茶的亲切平和,皇帝也好,平民也罢,都可以一亲芳泽,滋味共享;更喜茶的自然本色,令人返璞归真。

古人认为茶是灵芽，"天涵之，地载之，人育之"。汲天地之精华，蕴山水之灵气。遥想往昔，一枚茶叶随风飘入神农氏的沸水锅中，遂成就人间一种最古老最普遍的饮品，且契合和浸染了华夏民族特有的温雅气质。删掉茶所濡染的所有色彩，茶本身只是人间草木。"茶，人在草木间。"我更愿意，从字形上去领悟茶所赋予人的启示，那就是：人在草木间，天人合一，要活得真实自然。

堪称"一代奇才"的明人张岱，自嘲"茶淫橘虐，书蠹诗魔"。读《陶庵梦忆》里的一篇《闵老子茶》，写他和茶人闵汶水之间的高手相逢，几个回合，识茶断水，让汶水老人由冷淡到为他精深的鉴赏水平折服，遂与之定交。掩卷莞尔。从中窥见张宗子的自赏自得，可爱率真。这样一个"妙"人，集旷世之才学，备生活之奇趣。他在《自为墓志铭》中坦率自白"少为纨绔子弟，极爱繁华……"而后"繁华靡丽，过眼皆空"。但茶香一缕，可抵十年尘梦；且鸡鸣枕上，尚还有梦，可寻、可忆。张岱论人，则谓"人无癖不可与交，以其无深情也；人无疵不可与交，以其无真气也。"一针见血，令人拍案叫绝。真实，乃万物之本色，情深，则万象皆深。私下揣测，如此大智慧的领悟，莫非张岱是从他精通的茶道中参出？至真，至情，是无需用繁文缛节来装饰的。如同茶，只需清水一杯本性自显。如若画蛇添足，形式大于内容，只怕倒弄巧成拙。

《红楼梦》第四十一回，栊翠庵茶品梅花雪，写妙玉煎茶招待贾母各色人等，把妙玉孤高的范儿真是刻画到极致。茶是名茶，茶具是不同凡响的古董，配的水是"旧年蠲的雨水"和"五年前收自梅花上的雪"。妙玉论茶"一杯为品，二杯即是解渴的蠢物，三杯便是饮驴"。读此赧然，按此标准，自己定是俗不可耐。想我，饮到欢处，岂是三杯就可了事？不过如此精致考究来饮茶，多少会败了兴致吧？把日常一个喝茶搞得像古董展览,才艺表演,到底还剩有多少闲情逸致去用心品茶,值得怀疑。我若在场,被妙玉这一番高谈阔论后,想必再好的茶喝到嘴里也是索然无味的。姐喝的不是茶,喝的是姿态情调——难怪有人评价,妙玉是红楼里最小资的女人。可是小资情调也要看天时地利人和,不能不顾情境勉而为之。这样喝茶不能说不好,但一般人肯定学不到。都说人生如茶,一味清寂孤高,往往接不了地气,不易成活,妙玉后来落得个"可怜金玉质,终陷淖泥中"的下场。

在喝茶的态度上,我尤为欣赏鲁迅。他说:"有好茶喝,会喝好茶,是一种清福,不过要享这清福,首先必须有工夫,其次是练出来的特别感觉。"喝茶这回事,无需斤斤于繁琐细腻的所谓"功夫"。真实质朴,享到清福,方为茶饮之最高境界。

两鬓萧萧的李清照道:"豆蔻连梢煎熟水,莫分茶。"这种随意的生活姿态,不失为大家风范。缕缕清香,诗书作伴,哪怕贫病潦倒,也要持有这份从容娴静。"寒夜客来茶当酒,竹炉汤沸火初红",良朋知己不期来访,当下发火煮茶,围炉品茗,笑谈古今,要的就是这种酣畅淋漓。茶饮,当是引导我们,回归自然,以素朴的面目,坦然相见,赤诚相待。如此,才得人生至乐!

白云生处,草木葳蕤。有朋自远方来,清茶一杯,浮生半日,不亦乐哉!

薄荷

　　带着清凉的幽香，浅淡的笑窝，依在木雕的门楣旁，宛然回眸，一低眉，嘴角泛起一抹清隽的笑意。那是我心中的，薄荷的模样。

　　午后寂寂的时光，一个人靠在沙发上看书。一缕清香缭绕过来，循香望去，一盆薄荷素净地立在阳台上，一团青绿，秀逸可人。阳光透过栅栏把淡淡的光阴洒在她身上，我们素颜相对，一时不知身在何处。

　　薄荷若还记得自己的身世，那个千里之外的药都，一个叫华祖庵的地方，会不会怀念，在家乡的土地上，沐浴清风雨露，和满园的伙伴自在摇曳的时光？但却不似，看她枝叶葳蕤，蓬勃在盆中，是全然不像我当初那副郁郁寡欢的思乡模样的。而现在忆起我在亳州的支教生活，恍然间又觉得那是很久远的事了。人比植物多情，却未必比植物的记忆深刻。几棵薄荷告诉我的，就有很多。

　　翻到6月2日的QQ说说，写的是"探运兵道，访华佗庵，横店影城看《归来》，过一个人的端午。"那是我和薄荷的初相遇。在一个人寂寞的节日，在异乡的午后，经过稀稀落落的游客，穿过一棵庞大美艳的合欢树，一丛丛的花圃和草药，最后，我来到她身边。若不是圃中树立的木牌上

150

"薄荷"两个字,我想,我会无视地走过。她相貌普通,和草无异,拥拥簇簇着,一派青葱喜悦,完全迥异于我想象中的那个温柔的名字。但有的气味是隔离不断的,一种清凉的芬芳袭来,我无法抵挡,相遇连着相亲,遂带了几棵离去。

归来插入宿舍里的塑料盆,未料蔫了的叶片很快精神抖擞地伸展开来。盆里还栽着我从家里牵来的吊兰,两种来自不同地域的植物竟于一盆中同生共荣,匪浅的因缘里或藏着不解的玄机吧,如同我从那滨江城市漂到这皖北古都。每每伏案久了,凝视着窗台上的一盆绿色,倒也抵消了不少孤单和萧索。待到支教结束,整理行李,不忍弃了这相伴的小侣,于是,留下吊兰替我守望,带了薄荷千里还乡。几棵薄荷包着一团土窝在一个袋子里,和一大堆东西挤在一起,陪我一道上了火车,从北方来到了南方。我回到家打开看时,茎折叶萎,本以为必死无疑。想到不能辜负了这一段迢迢旅程,白白葬送了她的性命,就把她移栽到阳台上一个花盆里,听天由命。未想到,折弯的茎虽然枯黑,却渐渐在上面发出新的枝叶,一个多月过去了,竟然长得葱郁繁茂。

我一阵恍惚,无论在哪里,只要有一抔土,她就能挺拔生长,她是沾了华佗庵的灵气吗,经过这么多的磨折依然恬淡鲜活。一株植物的身上有多少人类不了解的能量呢?微风拂过,我听到她在细语。并不怨天尤人,怪我带她颠簸到异乡,也不自怨自艾,为拘囿在一方小小阳台而忧伤,它们欢喜地生长着,向着阳光。坦荡豁达,坚强善良。

有时我想,薄荷若是枯萎或死去,除了收获我的怜悯和愧疚,一无所益。哪怕经受再多苦难,颠沛流离,也会浴火重生。她不言不语,迎风自笑。是的,生命,是活给自己看的,流过泪,抑或流过血,仍要做到安然自若,晏然如初。

从薄荷身边经过,很容易就错过。她没有卓越的风姿艳丽的花朵,没有蜂围蝶绕的热闹，她平淡、寡言，还带着一份清高自许。当你驻足停留，或者默然回想，才会品读出那种难忘的芳香，沁人心脾，神清气爽。

就像，曾经轻易把目光挪开的那个少年同窗，你不懂她眼中深藏的青涩的爱恋，多年后，蓦然回首，你却为再也找不到那样纯真的眼神而怅惘；或许还像，当你终于厌倦了外面的花红柳绿，把疲惫的目光转向家中那个熟悉的背影上，你会闻到的一阵久违的温暖的味道。而多数时候是，这样的画面都会出现在回忆中。每一个男人，终生念想的，也许就是曾经错过的，那个薄荷一样的女子。

百度百科中说：薄荷是一种充满希望的植物，薄荷的花语是"愿与你再次相逢"和"再爱我一次"。人生中有许多错过，其实错过了，能留下一丝怀念的幽香，何尝不是一种圆满？我更喜欢薄荷的另一种花语"有德之人"，随缘自化，厚德无方。薄荷是一种草药，亦可提炼制糖，作茶饮等，清凉提神，解毒败火。还可食用，也是在亳州，吃过一道凉拌薄荷，几根嫩茎衬着椭圆形青叶，上面撒了几粒白蒜子点缀着，清逸夺目，夹一片入口，齿颊生香。

每一个清香漫溢的黄昏，都是一场酣眠的恩赐，如莲出水，悠然意远。但却渐渐不敢，以莲自诩。向往莲的饱满、高洁、庄严、光华，而今，合掌匍匐于莲花台前，我懂得了淡然和低眉。固守着一角澄澈的天宇，往往于人境中走得跌宕起伏，在疼痛的认同中，渐渐学着与世俗和解。莲花不染尘，只是端然在心中的理想。可我依然迷恋，那一种只属于莲的气息，一个人在万荷深处，静默无语，也终于明白，有的气息，和美一样，是生长在骨子里的，可以淡了，薄了，凉了，但无法祛除。

又有什么不好呢？就像这薄荷，不择地势的寻常草木，这素色女子，越经受磨折气味越芬芳，独守着一份清凉。因为爱着泥土和阳光，岁月让她更加醇和，延伸着希望。

合欢

合欢花开了,在安康路两旁。一片绯红,纷披着婆娑之态。我打树下走,心里似落了一层绒绒的、细细的甜蜜和怅惘。

我至今见过的最大最美的合欢,是在亳州的华祖庵。在庵门后的一弯石桥边,生长着一棵体型庞大、树冠开阔的合欢,两根从侧缝中伸出的主干,缠绕一圈后又发出数枝向四面伸展开来,蓊郁蔚然,亭亭如盖。远观又像一只展翅的凤凰,颇有几分九华山凤凰松的风采,但羽状细叶片和扇形红绒花,又比凤凰松多了些清妍秀美。树冠一侧搭在藤蔓上,另一侧铺在石砌的柱子上,微风拂过,层层叠叠的翠色间,摇着一支支粉红的小宫扇,幽香沁人心脾。满身锦绣却又如此清雅脱俗,引得游人驻足颔首。身旁一徐州女子,她指着合欢说在她们那儿叫榕树。我一时恍然,在异乡,流连在草药香的庵里的我,多像一棵走失的榕树。

异乡的黄昏,柔软的天空停着一朵金色的云,坐在窗前的我,一抬眼就看到了。淡淡的余晖洒在广场上,我不敢多看,这种温暖的色彩让人怀念故乡和童年。于是,捧着书去河畔,去读草木和流水,也读市声和人语。记得坐在河边的木椅上，痴读《红楼梦》。有一日读到三十八回"林潇湘魁夺菊花诗，薛衡芜讽和螃蟹咏"。彼时书中，花好月圆。桂香浓，胭脂醉，品蟹赏菊，吟诗作赋，红楼女儿们展才情，书逸致。黛玉掫了半盏酒，说道，我吃了一点子螃蟹，觉得心口微微地疼，需得热热地吃口烧酒。宝玉忙接道："有烧酒。"便命将那合欢浸的酒烫一壶来，黛玉也只吃了一口并放下了。读到此处，我似乎闻到了如丝如缕的幽香，黛玉清瘦的脸颊那一刻是酡红的吧，宝玉的细情蜜意在一杯合欢酒中氤氲而出。世间若有一种爱，穷尽了百转千回冰清玉洁至情至性，那便是宝黛之间的爱了。可惜这样的爱美得像三月的桃花，最终葬于世俗的锄下。一腔真情付东流，有情人难"合欢"，读之怆然。

一个移居他乡的老友，在QQ群里发了一张旧居前的合欢树照片，配了一句话："门前的合欢，都有了参天的意思了。"想必有物是人非世事沧桑之感吧。小时候，我们仿佛都是随着门前屋后的树长大，有一天才发现，有的树还站在那儿，我们却已经走得很远很远；而我们走得越远，却越加怀念，过往的简单和快乐。她问我，那些一起长大的伙伴，如今都在哪里呀？在那个被风吹着的夏日午后，静静地站在窗前，想着一些曾经遇见的人，犹如尘埃散落天涯，经年之后，还会有多少次相逢？相逢开口笑，红颜弹指老。

而那么多的红颜，在曹公笔下，流水落花春去也。他写秦可卿：她是心性高强、聪明不过的人；聪明太过，则不如意事常有，不如意事常有，则思虑太过。忧思成疾，情志郁结，就会无眠吧。如我，失眠的时候，身体里会钻出许多疼痛不安的怪兽，乱哄哄地跑个不停，撕咬着、吞噬着生之热情和乐趣。也是在失眠的时候，才发现，原来世间，有那么多深夜里清醒的人。亦如人生，有那么多离合悲欢、起落浮沉。

去看中医调理。一副黑体字开的药方里，赫然有一味药"合欢皮"。是那挂在窗外的豆荚一般的黑壳吗？查资料：合欢蠲忿，萱草忘忧；合欢，解郁安神，止痛清心。却原来，这熟悉到漠然的合欢啊，不仅花叶清奇，风致幽雅，还是疗治身心的良药。蓦然念起华祖庵。那拂过合欢枝头的风，荡起一阵阵梦幻的清香，有药香，也有尘世的香。在红楼里弥漫喧腾着：摆上合欢宴来，男东女西归座，献屠苏酒，合欢汤，吉祥果，如意糕……美让人忧伤，绚烂转瞬凋零。那个历尽沧桑的巨人，站在繁华与荒凉背后，那深邃的目光，凛凛然洞察了一切，穿越了古今。别离过，才懂得，寻常烟火，藏着幸福，珍惜拥有，才会快乐。

仲夏，和一群文朋诗友去江西龙虎山。在道家之源，芦溪河畔，我又看到了合欢，它端庄地立在路旁，像一个清美的女子，健康朴素、秀雅玲珑。我立在如伞绿荫下，念她的名字，缠绵又明媚的名字。这一世，我们寻寻觅觅，兜兜转转，为的不就是这相亲相爱的"欢"吗？

在无眠的夜，不妨斟一杯合欢酒，温柔地呢喃一声，同饮，合欢！

看荷

暮晚,一个人,去看荷。

过绣溪桥,穿枝拂叶,清醇的桂香引路,婆娑的绿柳致意,向着那水波荡漾中的荷走去。举目望去,——风荷举。我掏出手机拍下它们此刻的风致,一只蜻蜓未打招呼就停驻在我的指上。忽然迷惘,我是万荷之中的哪一朵呢?

前世,种植了许多美丽的谜语,要我今生一一去解答。晚风清冽,看夕阳拉着余晖一点点沉入云水深处。小鱼儿从水中跃起,溅起活泼的水声。河对面的路灯点亮了,车来车往。一湖水,隔断两个世界。坐在荷丛中伸出的平坦洁净的木质引桥上,什么都不用做,什么也不必想。看天,一点点在水面上浣洗自己的颜色。

暮色里的小昆虫都赶着出来活动一下手脚,梳理白日的慌张;灯光,把一栋栋沉静的楼房晕染得温情脉脉;在建的高厦举着长长的脚手架指向虚无的远方,指向天空。天空现在被一个郁郁的画家执笔了,一笔笔涂抹着灰蓝的色调,分布不均地排列着。

水面荡起一层层细细的波纹,满湖的荷宛如集体起立又坐下,向我铺展开来。我静静地坐着,在尘嚣之外,把自己坐成一株荷,在水天之间自由呼吸,轻轻舒展心灵的角角落落。

无需三五之夜,朗月来伴,独上兰舟,藕花摇曳,嗒然入眠;无需知己相邀,临风举袂,我歌影徘徊,我舞影凌乱;无需登高啸傲,痴坐品茗,相顾畅言……是的,什么都不需要。不需要,来自外界的一点点的声响和味道。生命往里走,只盛开着孤独这一种气息。孤独里,收藏着丰富的澄澈和安静。即使,我还没有具备那样的浩瀚深远,去承载孤独的芳华,却能容许自己,和一湖荷,相守一个黄昏。前尘往事,如电如幻,爱恨悲欣,淡然离去,只余一瓣清香。我是我,一朵清醒的荷……

放下匆匆的行色,纷纭的浮沉和牵绊,寻一块净土,停一停,听一听。原来,我属于风,属于云,属于水天之间,飘荡的空气。我属于,我自己。

一片铺在水面的残荷,小心翼翼地托着一块水珠,不安地转动。我的宝蓝色的绣花鞋上,绣着的两只凤凰,却收敛了绚烂的翅膀,在渐渐笼起的水汽里姿态安详。书和笔在身边,我知道,我所有的光华和不朽,都操纵在它们手中。品味孤独,驾临的还是原题:写作者需要一个苍凉阴郁的灵魂来安静思考,却又要具备点燃冰冷和黑暗的能量和热情。背道而驰却又浑然一体,我是否能够,从真实和虚幻中泅渡,穿越,抵达云淡风轻的彼岸?

心绪空灵,万象皆深。生命到深处,原来就是无言的深情和悲悯。而此刻,朦胧里好像听到了回音:莫问前世,莫念来生,能真真切切握在手心的,是系万千缘分垂询的今生;活在当下,把握现时,过往的繁华若梦,未来的渺如云烟,都是虚妄而不可把握的;而只能努力着,向真向善向美,去完成一朵莲花的使命。

我坐着,挺直了背脊。想起两个月前,和几个同学在这里练习瑜伽,那时晨曦吐露,霞光普照,满湖荷如同盛世华年,激情洋溢,舞姿翩跹。转身与天相对的我,看到了蓝天中早起的大鹰……

层层叠叠的荷,在风的助威下嚣张起来,翻动着夜色,滚滚而来。我不需要这样热闹的美意来眷顾,有一湖荷,能够相望一个黄昏的安宁和清净,于我,已是万千宠爱。

于红尘之中,怀着简单的愿望,以一朵莲花的姿势,亭亭站立,认真开放,而不必去追寻,是否能够香远益清……

天边,升起一颗星。我起身,带着上岸的心,过桥,归去……

素面秋天

早晨，在丝丝清冷中醒来。蜷着身子仰起头，看到米黄色窗帘的一角掀起来、落下去，风就从缝隙中钻进来，逸进被窝，赶走了睡意。

几声鸟鸣传来，空旷悠远；待侧耳倾听，又了无音迹；像窗外刚开不久的桂花的香，若隐若现、若断若续。

起床翻衣橱，找长袖衣服穿。肩膀和双腿都禁不起裸露了，总要遮盖住才温暖，心里才踏实。

这个季节，不必要一袭轻衫去和桃花争艳，也不必在湖畔裙角飞扬，而是要静下心来，给自己温暖。

安静和温暖，是能够到达的。正如，那太阳不急不缓地睁开眼，随意停留在原野上空，我站在原野上看到了它慈祥的脸。

秋，像个走过了半生的人，眉宇间明净淡然，举手投足简练沉稳。懂得了失去和得到都很平常，就像春天的花开花落，夏天的磅礴热烈；也懂得，生命就是一条河，不管遇到什么都在唱歌——边行边唱，永不回头。

卸去腕上的水晶镯、颈上的铂金项链，用一根简单的黑绳扎起头发，素面朝天。认识我的，即便会看到眼角滋生的鱼尾纹，也不会忽视我清澈的眼神；不认识的，我无需涂脂抹粉，用一张布满油彩的面具，迎接那些或惊艳或默然或轻蔑的眼光。

怎么还能不丢掉这些累赘？还有多少时光容得我们全身心地从容安适地行走？

去田野里走一走，风闲情逸致地吹着。作物的叶子一般都萎落了，可是果实却精神抖擞地舒展着。比如雪白的棉花，挑着寂寞的辉煌。不久，它就会贴近你的身体，只是不知，我们能不能嗅到那柔软的母亲般的味道。

月亮在一丛芦苇中升起，像撒了一层霜，芦苇不禁白了头，成了白茫茫的一片。

窗外，那些蓝色的牵牛花在月色下睡着了吗？裹着它们神秘的梦……

寂静秋阳

毕竟是秋天，阳光即使亮烈，也显得底气不足。萧散的味道如同清愁，弥漫开来。

外公住院，我去看他。济民医院住院部二楼，靠窗的病床上，八十二岁的他，正在输液，瘦骨嶙峋，斜靠在床栏上，胸脯一起一伏的。我抱来一床棉被抵在他腰背后，他蜷着腿，眼神涣散，默然地望望我，转向窗外。

窗外，是一个小院。院子里，红彤彤的柿子晃动在翠绿的叶子间；秋阳下，不知名字的红花开得惊心动魄；菜畦里，青菜精神抖擞地舒展着。植物，显然是热情，而又冷静的。不像一墙之隔的医院，每天都在上演着人世的悲欢离合。

病房里，还有四个老人。或坐或躺，都展示着老态龙钟的疲乏，当他们放下了一生的困厄劳顿，疾病和疼痛却蹒跚而来。他们像深秋的麦田，收割完麦子，麦粒归仓，秸秆烧成灰，只剩下光秃秃的麦茬，很快，衰朽着腐烂。人老了，在病痛的协助下，好像就是在等待着归去的那一天。

人世最深的悲哀，莫过于看着身边的人，爱的人，一一老去，离开，却无能为力，只能看着；并且，也时常看到行列中的自己，也在走向衰老，走向那永恒的孤寂。那么，我们为什么活着？既然都有死去的那一天，何必还这么匆忙地赶路，我们该怎样去活？我想着，心有戚戚。

风从窗外一阵阵吹来，把阳光摇成一片片的，散落在眼前。我看看他们，目光转向院外。

一面是瑰丽的、灿烂的生命，一面是垂老的、黯淡的生命，在本质上，里面和外面，并没有什么不同，都是不同阶段呈现的生命形式。生如夏花般绚烂，死如秋叶般静美。只是，我们总是欢欣地迎接生之降临，却为死别而感伤，还有恐惧。

想起幼时，一个人站在空荡荡的田野上，仰望着长空浩荡，白云朵朵，心里常常会泛起的迷离。蓝天与我素颜相对，似乎也在追问着，生和死的永恒课题。

不知什么时候，外公睡着了。他的腿上褐色的筋脉，蚯蚓一样蠕动在干枯而浮肿的皮肤下。平生塞北江南，归来华发苍颜。走过沉沉的岁月，时光把他雕刻得如斯沧桑，像一片饱经风霜的枯叶，每一道叶脉里曾奔涌的绿意，皆已风干。我抱起他的双臂，让他躺得更舒服一些，他柔弱得像个婴儿。我们在世间走了一圈之后才发现，生命到了最后，原来又回归到原初的柔弱。弱不禁风。

叶子随风，袅袅而落，缱绻着对大树的眷念，又带着扑向大地的坦然。外公瘦削的脸颊上突然绽放出微笑，他的嘴角微微上扬着，恬淡而安详，真像这秋天的阳光。

"多年以后／我连尘埃也将不是／而阳光依旧明媚／大地依然宽阔／这个世界／以及这个世界里无数的我／仍将诱惑如初／轮回依旧。"我仿佛看到了，多年以后的自己。多年以后，辽阔青葱的田野，在走向一片金黄中，迎接一枚秋阳的收割。

有一天，生命完成它所有丰盛的赏赐，让我们平静离去，再重新归来。像所有的麦子一样，吸纳了阳光的温度，也奉献着清香和热量。循环往复，生生不息。

想念树

查"楝"的读音,原来"*lian*"一直误读成"*jian*"。随后看到楝树图片,羽状叶片里夹着一粒粒球一样的青果,才知道小时候村西头那棵最粗的树就是楝树。常常摘它果实的我们,却称它为栗子树,听说栗果甜美,原来此楝非栗。秋天,我们一身劲地采楝子,塞一个进嘴,味道干涩,然后无师自通地把果实埋在米堆里。认为"栗子"可以像柿子那样焐熟,颜色倒是由青变黄了,却还是涩嘴。但小伙伴们为了争夺仍不惜反目,甚至从树上滑下来大打出手,楝子蹦了一地。是受了传说中栗子的蛊惑吧。明明不好吃,到结实的时候,还是连抢带夺地摘,再偷偷地藏起来焐,总认为有一天会变得和想象中的"栗子"一样好吃。少年心里,为了一个美好的愿望,傻傻地做,痴痴地等。

老屋南边有一排椿树。风路过椿树,总会捎来绿毛虫。据说父亲栽的是香椿,不明白为什么长大了变成臭椿。以至于多年后,我始终无法认同"香椿头炒鸡蛋"是一道美味,印象就是被这排椿树给破坏的。椿树散着臭臭的气味,还经常掉下肥硕的毛虫。我最怕虫掉在身上,都不敢在树下走，看到虫子落在地上，也赶紧让道。"树有香臭之别，人有好坏之分，你要好好念书，不能变成臭椿。"当教师的父亲检查完我的作业后，还曾这样教导过我。现在我长大了，没变成树，变成了他。

多年后我才知道它叫构树。挂着一身毛茸茸的红球，鲜活地留在我的记忆里。毛糙的叶子像张开的手掌一样，却刺手。隔壁傻乎乎的黑娃蹲在树下，若无其事地用构树叶擦屁股。嫩的构树叶捋下来喂猪，猪爱吃，吃了就睡。树上的红球大又润，我们玩着，但不敢吃，怕有毒。构树的女主人蓬着一头乱发，叉着腰粗声骂我们，骂我们爬糟了她家的草垛，还捡了她家鸡生的蛋。我们是捡到过鸡蛋。跟踪了那只芦花鸡几次，就摸到了下蛋地点——构树旁的草垛洞里。也无怪她骂，两只鸡蛋能换一袋盐呢。有时候，我们拣构树落下的红球，坐岸边扔水里喂鱼，看着长嘴的小鱼儿浮上来咬着，碰着，一坐半天。

皂荚树，我们叫它扁豆树。繁密的枝叶间挂着一根根长扁豆样的皂角，可以用来洗衣服。母亲常常摘一些皂角捣烂了洗衣服，却去不掉我衣服上的污迹——多是在树上蹭染的绿色。母亲只好拿出厨房里的肥皂，一块长方形的黄砖头，往裤子上抹抹，然后顺着搓衣板上下搓着，一边嘴里喃喃地骂"搞脏的小鬼"。如果反复揉搓也褪不掉的污渍，那染上的一定是桑葚汁。

桑葚树是我最喜欢的树。最辉煌的记忆是在树下放一张大竹筛，然后举着细竹篙敲打，桑果雨点一样落下来。乡下长大的孩子都有爬树摘桑果的经历，也有几件母亲怎么搓怎么槌也洗不干净的裤子吧？我家大门前，有一棵很年长的桑葚树，是外公栽的。对门家盖新房，非要多占地基，占去了公共的巷道还不算，偏要挤到桑葚树跟前，紧贴着树来建房。外公不依，找他家讲理。"我三个儿子，以后成家没房子怎么行？"那家戴

164

眼镜的老头慢条斯理地说。我唯一的舅舅英年早逝，外公佝偻着腰把树锯断了，我心里难过了很久。桑葚树那么高，结的桑果又多又甜。倒下去的时候，桑果溅落了一地，把地面都染红了，是树流的泪。

还有慷慨的槐树。村东头有好几棵，每到盛夏，满枝丫芬芳馥郁的槐花，压弯了枝头。斑驳的槐树干，还长着硬刺，但我不怕，仍然攀上树，摘花带回家，给外婆烙槐花饼。午后的阳光，细细地把光屑从枝柯间筛下来，椭圆形的槐叶，秀气得像邻家小妹。风从村庄的上空，一路悠悠地吹过来。一串串沉甸甸的槐花拎在手里，小小的心，踏实而欢悦。

"一个是阆苑仙葩，一个是美玉无瑕……"《红楼梦》里忧伤而悠长的旋律，飘荡在乡村月色里的时候，我和伙伴们，聚拢到村子中央一块空阔的场地上。个个像流落民间的武林高手，把电视里学到的招式耍得虎虎生风。最厉害的是在树上表演轻功，从一棵粗壮的树上往下跳，比谁爬得高跳得姿势美妙。胖妹在树上没摆好姿势，掉下来掼得响亮，小心翼翼地摸了一把屁股，竟然没有裂成两半，站起来大声嚷着"不疼哩"。36集《红楼梦》放完了，我们的表演中，没人受过伤。现在想来，那应该是一棵宽厚仁慈的老榆树。

这些树都不在了，在乡下也很少再见到这些树种。那些小时候一起玩耍的伙伴们，各奔天涯，我们慢慢走散了。像那些树一样，渐行渐远，最后杳无踪影了。今年春天，外公也走了。夜深忽梦少年事。在网上翻看这些树的图片，如遇故人。彼时我们，无忧无知。却没料到，经年之后，这些树都长在心里。

已是今春看花人

春天已经调整好步伐,气宇轩昂地走来了。

从南到北,风吹醒每一条河流,吹开每一朵花。吹动我的脚步,不再疲惫,不再沉重,带领我的心,迈入春天。

列车从皖北平原上一路向南奔驰,窗外一望无际的青青麦田逐渐淡出,涌入眼帘的是油菜花。从零星小块到连成大片到铺天盖地,那种纯粹磅礴的金黄里带来了南方特有的高贵和清新。

想起在北方,清晨或黄昏,沿着河畔走,看那一棵棵垂柳,从鹅黄嫩绿转入翠色满目,粉红的野桃花夹在翠色里,羞答答地开了。倾听春天,铿锵有力的脚步,我好似听到了故乡的召唤:回家吧,来看花!

看花需回乡。青山绿水,烘托出春天的风韵,袅娜而明净。小桥人家旁,篱笆院落间,伸展出姹紫嫣红的花朵,开得烂漫恣肆,勾勒出乡野的风雅和诗情。我一一去温习,属于故乡的风景和气息。

远远地站在山脚,看到黄色的庙宇耸立在碧蓝的天幕下,山崖的树木上晃动着一团团的红花,色泽艳丽,那是什么花呢?一行人拾级而上,走上前去,不觉惊呼。原来是挂在枝上的红绸带,如一朵朵的山茶花,在料峭崖壁上随风抖动着。善男信女们,把自己的心愿系在香烟缭绕间。白云独去闲,飞鸟相与还,那算是开在晨钟暮鼓里的尘世之花吧?

山林深处,古寺静立。看到海棠花,还是细碎的模样,挂在枝叶间,有经年不见的矜持。白玉兰性子急,不等人来兀自开了,而红玉兰却含苞待放着,一枝独秀的样子。紫荆和着泉水,梳理着自己密密麻麻的心事,也许刚回忆到了小时候。

笔直的杨树下,一簇簇圆圆的绿叶,里面开着一朵朵蓝幽幽的小花,像眼睛,打量着我们。深山茂林,多少沧海桑田好似沉淀。闲步其间,自然而然地吐出城市的浊气,纳入山间的清气。

夕阳拖着一抹殷红停在围墙外。穿过一道小圆门,我走进去,四周静悄悄的,里面的两棵桃花开得遗世独立。一畦挺拔的油菜花,寂寞无人识,独自开且妍。好像听到她在自语:没有人来访又何妨呢?我和春天有个约会。

是的,一个认真的生命从来不缺少力量,也不会吝惜能量。而生命,亦如一树繁花,也许有人翘首观赏你的绽放,却无人甘愿陪伴你凋零。你只需默默成长,幽幽飘香,才不枉奔涌在你血液里的绿意,才不辜负天空和大地传递过来的问询,才不负春天!

暮色里,在小院的转角,撞见一丛花。灌木一样蓬勃,伸出一束束密密匝匝的花,绯红的花瓣,嫩黄的花蕊,衬着榆树叶一样的叶片,清新可人。像着碎花小旗袍的民国女学生,倚在墙畔,娴静地抚弄着辫梢,见有人盯着她看,害羞地扭过头去,汪出一片红霞。我不管,偏跑到她身边,拈花一笑,和她合影。向几个人打听她的名字,都摇头说不知,有一人道是野樱桃花。花形看着也像,有樱桃小口的羞怯,但这一群文友们,总觉此名缺了点内在的风骨。我拍照发到网上，有人立即告知芳名：叫榆叶梅，开白花的叫榆叶李。我转述给同行者，众皆认为此名与花甚相配，再看眼前景，多了几份莫名的相知相惜。

"陌上花开，可缓缓归矣。"无数个春天的历史一再重演，无数个春天会不断过去。看花在春天，要有家乡的山水相映，要有志趣相投的人相伴，才一路好风景，才是芬芳的旅程。

在这个春天的开篇，有多少红尘的命题，曾让我勘不破、理不清。回首萧瑟处，一笑作春温。已是今春看花人。

草木清明

清明,雨纷纷,行人撑着伞,脚步匆匆,倒并非欲断魂的情形。

透过杜牧的手指,我仿佛看到一个古老民族诗意的忧伤和温情。有时候我在想:清明,是不是指在对亲人的祭奠和怀念中,让人对生命有了更加清澈和明朗的体悟。

我们的脚步越走越快,离内心也越来越远。很多情感,我们都失去了古人的纯粹和简约,纷繁的表达方式,却总找不到适合自己的。好似面对满桌佳肴,我们会突然怀念一碗糙米饭,等糙米饭端来,提筷入口,才察觉口里的并不是我们心里想要的,顿时索然。是太多的盛宴麻木了我们的味觉,还是我们已经找不到令我们忘怀的酒家? 杏花虽开,而"村"不在,和牧童的短笛一起消失在青山秀水间。

是的,我们无法去复制杜牧走过的那个清明,他的泪水与柔情。但我们可以循着他的脚印,听那从遥远的地方传来的苍凉而率真的声音,来成就一份我们内心的清明。

或许,古老的习俗和情感只有在乡野,才能安放妥帖,焕发出妙手回春的生机。连人，回到乡间，也变得清而明。那遍野烂漫的油菜花，高贵明媚地黄着。河水曲曲折折流淌其间，灌溉着村庄的祥和。风吹得河水像丝绸一样起着皱，荡漾着乡村的万种柔情。鞭炮声起起落落，那是在祭奠先人，也是在祭奠那些远逝的淳朴和纯真。

田间地头的花花草草，水里的小蝌蚪，在阳光下，健康活泼地游动着。生命，本来就应该是自由自在的，顺其自然的。在暖暖的阳光下，芦笋冒出了地面，清新得像一个个横笛的牧童。我拨开一根根兀然挺立的枯黄的芦苇，它们似乎在守护着芦笋长大，然后再退场。我走进去，几棵姿态各异的树依然在，树洞都没有变。我侧耳倾听树洞里的声音，听到一个人，一朵花上数风情，一条小径寻童真。

月夜，河边闲步。月亮落在水里，和几点灯火一起晃动着，仿佛梦呓。我念起"寒塘渡鹤影，冷月葬花魂"，又觉得是不确切的。乡间的夜如此安宁，让城市里那么多迷乱的灵魂，得以沉淀，让那些芜杂的情感一一融解，变得清远。贴着土地的心跳，闻着草木味儿，心自然洗涤，焕然一新。每一次回乡，都是一次灵魂的回归和充盈。

是否，我们在远离了土地之后，把生活过得越来越快捷，也越来越单薄，借助这个传统的节日，还能温习到一些明媚清和的气息？而我，走在清明的雨里，那潜藏在骨子里的草木味，让我谦卑着、骄傲着的草木味，在乡野的风里那么浓郁地散播着。我本是乡间的一棵草木啊，摇曳在慈悲的春天，我看到，有什么盎然地绽放在我的枝叶上。

我的脚步轻盈，偶尔会有一两个人擦肩而过，有几点雨滴在脸上，冰凉的，有种清醒的幸福。伞在我手中，收着。走在人生的旅途中，哪怕风雨再大，我会始终记得，伞在手中，不过有时，没有撑开而已。

飞雪迎春到

雪是从黄昏下起的。安详的黄昏,总让人贴近梦和家园。况且,还有雪的佐证。

下雪天,易生隐逸情怀。可听琴、品茗、读书,可踏雪寻梅、独钓寒江,可对漫天飞雪,做几样小菜,看色彩如画,觉烟火可亲。

听着理查德·克莱德曼的钢琴曲,洗了一件羊绒衫,然后择菜、洗菜、切菜。窗外风雪弥漫,寒气凛冽,忽然觉得,人世中有一间小小的巢,真是温暖。岁月静好,现世安稳,如此鲜明。我沉醉于这样有滋有味的小日子,看来,我是缺少杜甫"大庇天下寒士俱欢颜"的博大襟怀呀。

水仙花开得妖娆,绿萝、芦荟长势葳蕤,君子兰端庄地立着,真是有君子的模样。桌上的苹果、切开的柚子,和植物一样静默着,似乎又在私语,积蓄着力量一般。室内的光线渐渐黯淡,散放在沙发上的书、电视遥控器、吉他,都岿然不动,自有一种内在的庄严。对面楼宇上的灯光亮起来了,市声寥落,雪却大起来,树枝变白、变胖,道路上积了厚厚一层。看雪的心情是轻盈的,愉悦漫上来缓缓地包围着我。

晚来天已雪，不可无酒。天色苍茫，悠然意远，对满桌佳肴，腾腾热气，若没有酒来着色，雪这张磅礴的背景图就缺了神韵。灯下对酌，则别有情调，室外雪花飘逸，眼前人醉意朦胧，软语温言间眼波流转，双颊酡红。

学古人煮雪烹茶是要不得的，听雪尚可行。若是在山林里，幽篁处，有一间小屋，这样的雪夜，时闻折竹声，把玩小半生，清幽中一派孤标傲世。下雪天，滋生这样的，带点清冽、孤高、峭拔的情怀，是值得原谅的。

当然，也可围炉夜话，亦可雪夜访友。我会披上那件压在箱底一年的貂皮短袄，独自去雪地里走一走。雪地上，感觉自己更像是一头小兽，又孤独又骄傲，又自由又自恋。想起微信上的一句话：下雪天，一定要和心爱的人出去走一走，一不小心，就一起白了头。为了这浪漫的话，不妨去亲身演绎了一番。我说给身边人听，他笑而不语，一手撑着伞，一手牵着我，漫步。雪在眼前，路灯下，河面上，树林间，飞舞，飘洒。我拿出相机，拍这小城夜雪：雪花、小桥、湖水，点、线、面组合得光怪陆离，五颜六色的灯光映照下，如烟花般绚烂，好一个奇幻的世界！这江南的雪，虽没有北方雪的气势和力道，却舞出了盈彩和梦幻。

"因雪想高士，因花想美人，因酒想侠客，因月想好友，因山水想得意诗文。"灯下，翻开《幽梦影》，想想古人，真是雅逸高迈，因为雪，多了多少佳话。想来张潮这妙人，也是蘸着雪，写就这字字珠玑、清芬漫溢的《幽梦影》的吧？而今，我们从哪里寻找那样干净的雪呢？

从前的雪，替我们记住了一个贫瘠和晶莹的童年。像野兔一样奔跑在大地上的我们，带着满胶鞋的雪，坐在破旧的教室里，哆哆嗦嗦……记忆里的雪，似乎是越下越小了，没有了那些壮观的惊喜，也许，是我们长大了。如今，雪刚落下，就提前让学生放假了。校园里没有了雪球掷得满天飞的场景，雪地上也消失了许多率真的痕迹。少了与雪的亲近，少了多少纯真的回忆。那样的野性和诗意已难寻,那样的与自然相亲宛如梦境。雪在梦的耳边,声声呼唤着,我们可曾听见?

今夜,让一朵雪花落入我日益枯黄的笔下,滋润出一个鲜妍的春天。

出门俱是看花人

一生一世常相聚，十里桃花不如你。同学十多人一行从远方来，我们一起去石涧桃花坞看桃花，细雨蒙蒙，花开青春，宛如二十年前的我们。走出校园，早已为人父母的我们，当年的眉清目秀顾盼神飞，在生活中已浸染出几分模糊和迟钝。当我们相见，之间的过程却倏然消失，我们刹那回到从前。芳香中行走，忍不住一次次向岁月里的天真烂漫处回首。我们来看花，更是来看当年的你。还好，容颜虽不如昔，率真却从无改变。他们说，岁月面前，依然美丽。

去巢湖半汤郁金香高地。春风和畅，游人如织，麦苗青青，油菜花高贵地明媚着。天上风筝渐渐多了，地上孩子也多了。一支支郁金香挺立着，顶着一朵或红或黄或白的花，开得斑斓鲜妍，却反而如假的一般。游人于花间穿梭、留影，掬一捧春光入怀。"登高四望皆奇绝，三面青山一面湖"，随行的都是文朋诗友，出口成章，妙语连珠，给旅途增色，为风景点睛。让人感叹，其实景不是最重要的，重要的是和你一同看景的人。

年年岁岁花相似，岁岁年年人不同，其实花也是不同的。红庙山水润的玉兰花，几乎每个春天我都来看。第一次来我感叹年年不带看花眼，花开得羸弱，游人也寥落，养在深闺人未识。"柳丝榆荚自芳菲，不管桃飘与李飞"，林间片片飘落的玉兰花叶，让我起了葬花的冲动。其实，无需有知音难觅，自怜自惜的感喟，花和人一样，寂寞和孤独都是成长的必经之途。而今，平坦宽阔的道路直达景区，周边配套环境设施齐全，欢声笑语在林间四溅，花开得越发神气。我们来看花，花也在看我们，两两相对，可曾相识？

去南陵丫山看牡丹，在这个春天。随着记忆去复原曾经的路径，我们还是在逶迤的山路上错综盘亘了一番。倒也是惊喜连连，山林野趣不时扑面。一枝桃花兀自探出墙头，杜鹃映红了木篱笆，坐在树桩上劈柴的老人，石雕样的脸庞，凝神注目，好似在此劈了千年万年，外界丝毫不与他相干。白发的妇人手持锄头在给麦苗松土，背后青山隐隐，油菜花如一块块梯田，和茶叶在云雾间缠绵。药用的白牡丹已经开得漫山遍野，流宕着古老的清芬。可丫山花海石林里的观赏类牡丹，尚未盛开。绿牡丹含苞，红牡丹和紫牡丹开得羞答答的。总算遇到一株庞大的花树，开着一朵朵硕大的牡丹，据说是不久前从洛阳移植来的，让驻足花前的游人，惊艳不止。或许，花未盛开月未圆，有缺憾才是最美的。

出门俱是看花人，我们是看花人，亦是赏心人。触目横斜千万朵，赏心只有两三枝。有三两枝可看、可赏，这岁月还有什么可伤可怜、可恨可怨的呢？我们来看花，我们亦是花呀。摇曳于红尘中，朝来寒雨晚来风，落红成阵；也懂得流水落花春去也，生命脆弱又无奈，挣扎和彷徨如影随形，可从未忘记，绽放的使命，去倾听和守护着，花开的声音。

聊赠一枝春

这个丰厚的春天，像一盏精致的琉璃灯，美得让人心颤，我却始终不敢靠得太近，怕一阵风来，支离破碎。

从十楼住院部下来，往中央城走去，妈妈和外婆，一个六十多岁的老人在医院陪护一个八十多岁的老人，有一周之久了。阳光很好，看着她们手牵手走在路上，有相依为命的珍重和感动，也有时光催人老的伤感和眷恋。当然，从没有觉得妈妈老，包括她自己。有妈妈在的人，永远是孩子。而我，因为有这两重之温怀，依然能烂漫如赤子。

听她们拉拉家常，说说闲话，陪着她们，走一走，看一看，我是踏实而欢悦的。外婆坐在那里，即便一言不发，慈祥的面容，也让我发自内心地感激，感激上苍和岁月的仁慈，赐予我们这些波澜不惊的寻常。也许，在我们的生命中，都有一棵温暖的大树，深深的根系扎进血液里。即使她的身躯衰老，却依然是我们郁郁苍苍的精神家园，带着庇佑心灵的温暖眷念和无尽慈悲。

去中央城吃了一顿饭，花了一百多元让她们念叨半天，我知道，有一天，这些点滴也会成为我咀嚼的温情。归途，在一个小区楼旁看到几株红色的蜡梅花，盛开如霞。我伫立花前，想挑一枝含苞待放的送给她们，眼前却都是开得绚烂荼蘼的。透过花枝，看到风吹过外婆花白的头发，蓦地悚然。生命如花，我祈愿，外婆的生命之花还能绽放得久一些、久一些。她不知道，她用生命滋养和呵护的我们，还想带着她去看更大的世界，看到更好的未来。

坐在夜色笼罩的车里听音乐，看着前方路口的红绿灯，在雾霾里闪烁，思绪忽然变得很轻盈。我有多久没有这样认真听一首歌，听歌声把心唱得柔软。在这同样的时间里，也许青海湖畔的雪山还闪烁着银白，九华山的月亮正升上凤凰松上的拜经台，京城的雾浓郁地飘过马营唐公寓的窗前，波士顿还处于拂晓前，街道宽敞而宁静。而我在一个小城的路口，夜色中坐在车里等候儿子。也许有人正在一场豪宴上一掷千金，有人瑟缩在草垛旁食不果腹，有人在病床上奄奄一息，而产房却传来嘹亮的啼哭，这是怎样丰富的世界？你身在其中，渺如尘埃，却独一无二，构成组合你的时空也是如此异彩纷呈。你有那么多爱着和爱着你的人，你要把自己珍惜。对自己微笑，这些灵魂翻然苏醒的时刻，如此深情又平和。

他背着书包蹬着自行车在我的车前行得飞快，不时扭头看跟在身后的我。车里的我看着那双灵活的腿，青春的身姿，漫上心头的是温柔的惆怅，他已长大，我正老去，新旧交替的时光就这样悲喜交加地进行着，不管我是否愿意，绝不会停息。年轮越转越快，但愿我们相依相伴的时光能编织如锦绣，经年之后，依然镌刻在他的心里。

回到家，他像变戏法一样捧出一束花走到我面前：含苞的玫瑰，点缀着百合、蓝色的满天星。他说，这是爸爸送给你的礼物，也代表我的心意，没有你就没有我。羞涩又郑重的样子让人忍俊不禁，这个九年级的少年，善良正直，热情坦诚，他不知道，他就是上苍赐予我的最珍贵的礼物。

春天，总是和生命血脉相连，怀着爱和美。持一支春欲放，走在春风里，给我最亲最爱的人，感谢你们，赠予的力量和爱的温馨。

我交给世界一个少年

　　他骑着自行车,我骑着电动车,跟在他身后,看他戴着帽子蹬着一双黝黑的腿,飞速地向前驶去,离我越来越远。我加大马力,追了上去。

　　到校,他去车棚锁车,然后坐上我的电动车一同去操场,下车朝我挥挥手向场地跑去,参加第一天的军训。我见他从大门里穿过,低着头,沿着跑道边的绿荫一路朝前走去。经过很多人面前,一样的黑白相间色服装,但他的身影还是清晰地在我眼前晃动着,直至越走越远,越来越小,隐入人群里。

　　他在里面,我在外面。阳光炽烈,午后的风穿过绿色的栅栏,吹动我的裙裾,吹向身旁树皮皲裂成一道道纹路的水杉树。这些水杉站在这里很有些年头了,耳濡目染,像些沉默的智者。我站在一棵齐腰粗的水杉下,望着对面楼宇上的蓝天,那一方纯净的蓝,让思绪漂浮得柔软而遥远。

　　那年,也是在这相同的季节,我走进小城一所叫黉门的校园。站在一排排高大的水杉下的跑道边,穿着一身新鲜的迷彩服,跟着教官,和一群同学参加军训:整齐的队列,响亮的口号,矫健的英姿……那样激扬磅礴的青春啊,只一回首,蓦然沉醉!

我们都曾是少年,带着懵懂和欣喜,迎接世界打开的一扇扇窗口,解答生活交付的一个个论题,在走进和探索的过程中我们渐渐长成了大人。而你们,不断去复苏我们过往的记忆。你们不仅是我们生命的延续,抑或还是梦想的载体——这就是所谓的父母心吧。我想告诉你们,青春自有其内在的庄严,可处于青春的人往往缺少珍重之心。青春那么好,怎么过都觉得是虚度。少年,我希望你不负青春,不负自己,朝着美好前进!

那年,十七岁的我第一次离开父母外出求学,而眼前十六岁的他,也是第一次离开我们曾朝夕相伴的校园,三年后,将会走向更加广阔的天地。看着他的身影逐渐模糊,蓦然涌上心头的是三个字"不必追"。那是龙应台的散文《目送》里的句子,契合此时此地的心境。是的,即便我的脚步再匆匆,都不能与你风雨同路,即便我的目光再悠长,都敌不过时光苍茫。我们都明白,人生注定是一场又一场的离别,距离会越走越远,时间会越拉越长,而在血脉相连里,藏着不离不弃。

我懂得,亦感激,也珍惜——这一世情缘。相信在我以后的课堂上,会遇见一个个如你那样天真的笑靥,会带给我忍俊不禁恍然后熟稔的惊喜。祝愿在你的人生之旅,也会遇见一串又一串的温暖和善意。有师者、长者和同行者,带给你的教诲和鼓励;有承受苦辛的勇力,能享受成长的甘甜。愿你行走天地,不惧风雨,爱意守护,纯真伴随!

一团团白云翻涌而来,映得天空寥廓而浩荡,你们的呐喊声响彻云霄,那是昂扬明媚和锐意进取的青春该有的模样。衷心祝福你,亲爱的少年!

我交给世界一个少年,他善良热忱,对一切充满新鲜和好奇,他的双脚已经迈向世界,却还不够沉稳有力。世界,请许我一个温暖的约定,让我们共同守候一个美好的明天!

秋夜私语

夜凉如水，伏案久了，便觉寒气袭人。自秋来，人越发贪恋被窝里的热气，暖和和地熏得人迷离。夜来入梦，只是些零碎的断章，没什么波澜壮阔，倒浸了些寒寂和清朗。

云气像白纱罩了一天，终是在夜里降下雨来，像个哀怨的女子痴望了很久后泣涕满面。在清夜，听雨声滴答，落在窗台上，打着桂花叶，洒在田畴里。明晨，干净的院子里，一定会洒下一粒粒小星星，发出幽幽的香。

昏黄的灯下，慵散地翻一翻《宋词》。那一句句一行行间似乎也听到雨声淅沥，或落寞哀婉，或凄清惆怅。"帘外雨潺潺，春意阑珊，罗衾不耐五更寒。梦里不知身是客，一晌贪欢"，李煜在雨声中听出了故国之思亡国之痛，前尘往事"天上人间"。"少年听雨歌楼上，红烛昏罗帐。壮年听雨客舟中，江阔云低、断雁叫西风。而今听雨僧庐下，鬓已星星也。"雨跌宕在蒋捷的生命中，他听到了自己起伏的一生。帝王也好，平民也罢，在雨声中都听到了"悲欢离合总无情"吧？

雨在下,仿佛依然是千年前的雨。雨是天空流的泪,在夜里,洗涤着我们的心。人在雨声中干净,世界在雨声中安静。

苍凉,潮气般弥漫在整个空间,也包裹了我。或许,古今的情感,特别在秋夜,是很相似的,何况还有,雨的弹奏。

而昨夜,星辰闪亮。

醒来,拿起笔,铺散不眠的心情。窗外,上弦月升起来了吧,还有满天星斗,是否都沉到银河里去了?想到这里,起身披衣走了出去。立在院子里,抬头,满天星斗,一颗颗大而亮地闪烁着,像那些年少的跳动的眼神;小而暗的散落在旁边,如一些懵懂的酸涩和忧伤。

"昨夜星辰昨夜风,画堂西畔桂堂东,身无彩凤双飞翼,心有灵犀一点通……"不知道为什么忽然念起这几句诗,"心有灵犀一点通"是多么美好的境界,可是繁若星辰的人群,多的是拥挤着在承受疏离。李商隐在写这首诗的时候,身旁或者心中有一颗星星在温柔地注视着他吗?忧郁的他不曾明了,他自己就是一颗孤独却闪耀了千年的星星。或许没能照亮到自身,却温暖着无数的后人。

举首望去,这一片深邃幽蓝的星空里,露出弯弯的一轮上弦月,一会儿隐进云层,一会儿又调皮地侧过脸,淡的光辉洒在桂树上。微风拂过,桂枝在墙角画着写意,黄黄的花蕊挤在一起窃窃私语。此刻的我,也像身边这株寂寞而从容的植物,触摸到真实的灵魂,守着一颗自由的心,不让夜来囚禁。

在每一个有雨或者有星的秋夜,都会听到一些鲜活的潮音轻轻地拍打着心岸,让脚步踏实而欢悦,行走到季节的冷寂处。

过一段远离手机的日子

开启假期模式，想过一段远离手机的日子。

知道不容易。这不，微信朋友圈立马有朋友质疑：离了手机，你能活下去？

是的，"机"不可失。自从手机走进我们的生活，它已经和我们密不可分，甚至可以说，它几乎绑架了我们的所有——包括时间、情感和思想。这个电子产品太强大了，强大到能让人失去自我，变成它的工具。所以，我想远离一下手机，和小城，过一段清简而丰盈的日子。

携着书，去米公祠。看到墨池里养的睡莲都开了。小小的圆叶子铺在水面上，摊开着一朵朵白玉盏一样的花，嫩黄的花蕊，明媚地绽放在阳光下。有的叶和花都顶出了水面，团团簇簇地抱成一团。粉红的花苞，尖尖的，鼓鼓的，在风里摇晃着，像是少女藏了甜蜜的心事，吃风一撩，娇羞地别过脸颊，低了首。

米公祠外正在如火如荼地建设，有两栋老房子孤零零地立在一圈繁华与废墟之间，一间阳台上挂着一件长衣随风飘摇，站在院角望去，那幅图里有一种萧条的味道，凭空在追忆着什么。围墙外，有一株枝繁叶茂的大树，有些年头了，庞大的身躯上挂了一串串铜钱一样的果实。儿时常常在乡间村落见过这样的树，现在突然相对，它一副财大气粗的样子，让我倏忽之间竟想不起它的名字。在记忆里搜索一遍，终未有所获。莲香萦绕，阳光洒然。忽然觉得，这么多香气，这么多阳光，都是我一个人的。原来自己，好富有。

坐在墨池中的投砚亭里，听鸟鸣幽幽，从树木蒙丛里一声声传来。小鱼儿在睡莲旁自在游弋，偶有风一阵阵拂过来，从宝晋斋那边吹向聚山阁和杏花泉。那些石碑雕刻静静地散放在屋檐下，在阳光清风里沉默不语，并不在乎有多少目光滑过它们身上各种形体的字，还有年龄的探询。这些目光它们是不会在意的，走过历史风云，经过沧海桑田，早已习惯于无言。

宝晋斋后古朴的米芾纪念馆，里面多了展览。民间收藏展、美术精品展……走进去看一看，时间变得悠长而缓慢，晕染着如莲的气韵。那些老物件、新作品，得以流传的，每一样都有慈悲的天功和浩瀚的人力。蓦然感叹，在自然和艺术面前，生命渺小而伟大。

惟有绿荷红菡萏，卷舒开合任天真。流年宛转，身旁这些莲荷已开落了几个春秋。在那些我缺席的日子里，这些红莲、绿荷、水流和草木可曾怀念，一个汲取了它一缕灵光的女子，她的血脉里深植着的记忆。坐在亭子里，听风带着花香，带着书，带着亭畔的水，一起吟诵。一片片久远的旧时光来到我面前，而分明的，它仿佛发生在昨天。我还记得，坐在这里写下的，那些忠实于心的思绪。微闭双目，烦扰的、迷乱的、疼痛的、萦绕于怀的，一一淡然，隐去。喧嚣离我，很远，我离自己，很近。

张潮曰"文章是案头之山水，山水是地上之文章"。两者我都极爱，只是手机渐渐隔开了我们的亲密接触。逢上雨天,不再窝在沙发里,去绣溪公园,阅读草木。树名亦有趣:紫薇、银杏、香樟、黄檀是女子,青桐、朴树、枫杨、国槐是男子,乌桕是个脾气怪怪的老头,苦楝是个有故事的老妇,无患子是个扎朝天辫的小屁孩。浮想联翩,无需用手机给它们一一留影,我为自己尚未萎缩的想象油然喜悦,似乎获得了和草木和生命交流的特权。

看到一丛绿里缀着一两朵纯白,知道是栀子花,幽幽地开着,妍且芬。仰头看到几朵石榴花,像是一团红布揪成的绢花,挂在枝丫间,样子含蓄。一蓬蓬野花开在地面上,雨雾里仰着无辜的脸。花开花落,又是一季。对于花儿们来说,生命是什么样子的呢?

是像栅栏边开着的南瓜花,明媚地黄着,不久就会结成一个个硕大的南瓜,匍匐在地上,在一大片杨树林的喧哗里自守着丰饶的甜蜜,和默默结实的努力。像眼前这些雨雾里的小蓝花,你知不知道她的快乐和悲伤呢?寂寞地开放,寂寞地凋谢。我俯下身来,两两相对的时候,我们彼此有什么区别呢?生命自有它内在的节奏,走入沉实丰厚,经历多了,感悟也深。原来生命中一段一段的旅程和风景,你并不明白,扑面而来的是惊喜感动还是不安疼痛。这个世界变幻莫测,而又触手可及,你离所有遥远的传说都并不遥远,抑或,你也是传说的一分子。对于世界的诡异与温暖,对于生命的自察与警醒,我们何去何从?雨雾里的小蓝花,会给我答案吗?生命到底是什么样子的呢?或许答案就在心中。在每一程的领悟中,直至终点,也是百感交集。只能从心指引。但我们可以如莲,风霜袭来,我已亭亭,不忧亦不惧。

很久没有仰望星空,偶然抬头看到黄昏的天空,豁然震悚。火烧云布满了天空,城市上空,仿佛在上演着一幕幕精彩大片。手机和电脑里的影像,是无法带来这种身临其境的震撼和感动的。产品毕竟是虚幻的,生活才是真实具体的,融入生活的每一个细节,需要身心合一。沏一壶茶,与朋友小坐闲语别来无恙;做一顿饭,和家人细细品尝生活的味道,而不是相顾无言,唯有手不释机。读读唐诗,整理书稿,随心种些小文字;宵夜醒来,和窗外的明月畅游,澄心静虑,悠然意远。没有微信,没有层出不穷的信息和命令轰炸,没有虚浮的热闹,更没有打发的无聊,每一寸时光都可以打造实实在在的诗情画意,提炼出沁人心脾的芬芳感悟。

过一段远离手机的日子,其实并不奢侈。去和自然相亲,和书本相恋,和自我相处,去享受真正美好的生命,是如此素朴自由,如此丰盈静好。那应该是,我们和生活本来的样子。

写给自己的信

我的英雄梦

我的心里种着一个英雄梦。

还是在那么小的时候，在落后逼仄的乡村，从17英寸的黑白电视上看到《十三妹》。女侠冷艳孤傲，快意恩仇。让我心飞意驰：做一个巾帼英雄，仗剑出游。

翻开那些线装书，往往惊羡起那里的英雄，神往于傲啸山林放浪山水之间的任侠生活。喜读《水浒传》前八十二回，我本是梁山好汉，草莽英雄。"大碗喝酒，大块吃肉，大秤分金银"，替天行道，行侠仗义。在放学归来的暮色中品味的这些英雄，夜晚又策马驰骋进我的梦境。我怀想着与他们生于同代，把酒言欢，气吞山河，是何等快哉！

儿时的我功夫了得，许是冥冥中受了这些大侠的指点。穿村入巷，飞檐走壁，人过处，鸡犬不宁。带一班喽啰，于草垛树头展轻功，于池塘江河练水性……上师范以前，我是以男孩子的面目混迹于江湖，外在潦草，内心逍遥。所以我第一次穿裙子的时候，曾惊落过无数颗眼珠。

斯人斯事，在回想中都这么风云漫卷，酣畅淋漓。

可是,英雄往往都是孤独而悲壮的,甚至下场惨烈。纵观古今中外,也不知是英雄书写了悲剧,还是悲剧成就了英雄?"笑谈渴饮匈奴血"的岳飞,为民盗火的普罗米修斯,虎门销烟的林则徐,舍身炸碉堡的董存瑞……风萧萧兮,大江东去,多少风流人物,壮哉悲哉,可歌可泣!

《水浒传》更是写尽了英雄们的沧桑。从前极恨宋江,觉得是他把一帮好汉送上了不归路。近看了张涵予主演的新版《水浒》,似乎理解了宋江的无奈。自由是多么珍贵和有限啊,他们终得要给自己谋一条出路。热血抛洒,笑傲江湖,岂能长久?英雄梦,只是年少时踌躇满志的天真和懵懂,每个人都要接受现实的招安的。相较古人,我似乎更为主动。

梦想中,揣着纸笔就能背着行囊浪迹天涯;现实是,六点必须起床,七点要站在班上。当这个世界上最小的主任——班主任,所承担的责任却一点不能少。得学会面面俱到,甚或婆婆妈妈,一点点吞噬掉天马行空、轰轰烈烈的思想;自诩为清雅从容,可只要走进菜市场,那气味与声响,如同一记化骨绵掌,已让我内力耗损、形容惨淡;自以为智勇超群、爱恨分明,面对公车上小偷伸出的黑手,也只是噤声不语,面对花白老者惨不忍睹的跪地乞讨,至多丢下几两银子便落荒而逃……

真正的英雄是在水泊、在雪山、在大漠吧?在雄关似铁的漫漫黄沙道,在皑皑雪山巅的决绝奔赴中,在阮小七掷地铿锵的"一腔热血,只卖与识货的"……

寻常俗世,英雄只在云端飞翔。也许,昨夜不眠的梦里,一颗悸动的心,还准备演一场绝世华美的传奇;而今晨,已整装敛容低眉,在洗菜池前把一颗居家妇人平凡的心安顿。尘世中,若执意坚守这英雄情结,便只能是一个人在路上,孤绝而苍凉。也许,更多的情形是,经历了涅槃之痛,却没获得浴火重生的辉煌。

可我相信，每个人心中都有一个英雄梦，藏在热血沸腾处。只要点燃，就会奔涌。

谁又能否认，在苍白贫瘠的年代，不需要慷慨阳刚英雄气概的注入？多一声"路见不平一声吼"的勇敢豪壮，多一点"天下兴亡、匹夫有责"的挺身担当，多一份"舍我其谁"的傲岸潇洒，多一种"生当作人杰，死亦为鬼雄"的气魄昂扬……我期待着能书写这样的英雄史诗。

红尘滚滚，喧嚣四起。于我，只能够在我文字的国里做王，飞扬跋扈，肆意嚣张。祈望着有一天，能熟练地驾驭文字，驰骋我英雄的梦想。那么，且这样，素朴低调着，外敛锋芒，内蕴气场。

下辈子做个惊天动地的英雄，也罢！

读书见笑

好读书,不求甚解,长于,见笑。

每每读到会心处,忍俊不禁,似乎看到写字的人端立在面前,狡黠地笑。胸襟袒露,性情毕现,才气纵横,却又故作痴憨模样。读书的人身在其外,却又像钻到了写字人的肺腑,无需察言观色,就直抵心语。

爱极明人张岱及其文集《陶庵梦忆》。文美人妙,攫人精灵。捧读之中,时而击节赞赏,时而默叹,以为妙绝。目注心追,知不能及,惟五体投地,钦之佩之。恨不生于同代,能清谈一席即可无憾矣!或见他捋着胡须捧一杯兰雪茶颔首致意,或于湖心亭畅怀三大白后痴然看雪,或于明月夜十里荷花池中嗒然睡去……书人痴语,真率肆意,妙趣横生!

掩卷神思,能与之用畅清谈,抑或把酒言欢,围炉品茗,均是梦幻。惟书中能心骛八极、神游万仞,进入此等臻纯化境,实乃三生有幸。虽不能同声相应、同气相求,但文字里相逢、相知,亦是大欢喜。

读辛弃疾。读到"我看青山多妩媚,料青山看我亦如是",哑然失笑。印象中的辛弃疾,善作豪迈雄阔之词,性情狷介,刚拙自信,严厉峻

192

切。未想到亦是如此天真可爱，以"妩媚"形容自身，热血铁汉侠骨柔肠，豪放亦婉约。读他的《永遇乐·戏赋辛字》，像一记惆怅的拳头，轻轻地擂向心脏。词中列举了以"辛"字所组成的词语，自嘲一生辛酸苦楚。一个如此善于自嘲的人，确有大智慧和大胸襟，让人酸涩一笑间怦然心动。

时常，读书到欢处，于心驰神往间，逮到一二天真句，恍然有"原来你也在这里"的慨叹和惊喜。只想拱手一叹：呀，可爱的家伙，我差点错过！被从前那些冠冕堂皇的词语，或者架构粗糙的理解给误读了。惭愧惭愧，有眼不识！

翻阅鲁迅散文，时而莞然，字里行间，蛛丝马迹里能触摸到真实幽默的鲁迅。

"她在冷的夜气中，瑟缩地做梦，梦见……梦见瘦的诗人将眼泪擦在她最末的花瓣上"，掩卷匿笑，是因为严整的句子里蹦出个顽皮的孩子，就像黄药师一眨眼变成坏笑着的老顽童，让人有措手不及的惊愕，继而欢喜起来。原来这老头，是如此亲切有趣！这么多年一直误读了他，把他架在神坛上，贴上峻肃威严高不可攀的标签，用敬仰去规范他一副"忧国忧民"的沉重面孔。其实他是人，不是神，即使是神，也不是仅有一幅脸谱。相反，他表情鲜活生动，心灵坦诚幽默。一个作家的伟大之处，就在于他的深刻和冷静，在于他能正视自我和世界，不仅能血淋淋地解剖痼疾和顽痛，还有积极寻求和医治的力量和勇气。尖刻的匕首后面，原来是无言的深情和悲悯。"无情未必真豪杰，怜子如何不丈夫。"他有一颗饱蘸爱意温情脉脉的心。

世间有很多"大人物"，我们习惯用约定俗成的"大"这顶帽子去把"人"罩住。他的血肉骨骼气息却是忽略不计。其实他们，只是比常人在某一个层面更加杰出，或是做出了更大贡献，给生命诠释或创造了更多的深广度而已。一个人有很多面，习惯以偏概全失之公允。我们要在认知上改变这种浅薄和偏颇，放下他们的赫赫威仪、庄重严整，走近去，方才发现他们作为人的可爱的本色、率真的性情！

　　我之观人，过于平面，受脸谱化影响较大，心智幼嫩，人心幽微玄妙，性情变幻，只能取其大概。幸而，还能钻进书中，探幽揽胜，一窥究竟，于湛然一笑中，见自我，见天地，见众生。

读书有悟

我读书不多，且读得慢。2008年在书店里买了一本《宋词鉴赏辞典》，至今只读到一半。动辄看到别人年均看书百多本，惊为神人，汗涔涔意惴惴，觉得自己是个谋杀时间的凶手。有时观照身边的朋友，手不释卷，在工作和家务之余，都能做到阅读和书写并驾齐驱疾速前进，反顾自身，实在汗颜之极。

但有人读到了我写的一些小文，却以为我读书面广，量甚多。如若记得确切，去年一整年，我认真读过的也就两本书：张岱的《陶庵梦忆》和胡兰成的《今生今世》。和友人谈论读书，言辞间流露愧悔。她慰藉我，你的消化功能好，善于吸收。怠惰如我，把这戏谑之词安在心里，俨然以悟性奇佳之士自居，似乎能读一抵十。甚是可笑。

然每读书，确有所悟。此前写过一则《读书见笑》，记录的是在读书的过程中，常有"片言苟会心，掩卷忽而笑"的状态。因其有趣，加以记之，后发于报端，让读到的人愈加误以为我是"饱学之士"。平心而判，实乃冒牌。

我读书惟有两点，或可值得一鉴：一是完全遵从"不动笔墨不读书"的古训；二是遇到产生感应的书，反复揣摩穷根究源，恨不得钻进书中，化为一体。其实这一点古人也已说过，那就是"好书不厌百回读，熟读深思子自知"。我读过的书一般不外借，几乎本本备受摧残，惨不忍睹。圈点勾画批注随感等，墨迹随处可见，还有一些只有我自己明白的奇怪符号，布于字里行间，面目模糊，别人看了如坠云雾。

周国平在《人与永恒》里有一章论读书，字字珠玑。言曰：读书犹如采金，有的人是沙里淘金，读破万卷，小康而已；有的人是点石成金，随手翻翻，便成巨富。我读到此处，如遇知音，大悦之下抄于笔记本上，吟而诵之，认作肺腑之言，且生出"金手指"的妄念。周国平还说："无论一本著作多么伟大，如果不能引起我的共鸣和抗争，它对于我实际上是不存在的。"他的那些充满智慧的文字，让我的心灵好像接到一道道解锁的密码，产生了感应和共鸣。我阅读他的书，思想上颇受启发。他说：一个人受另一个人的"影响"是什么意思呢？无非是一种自我发现，是自己本已存在但沉睡着的东西被唤醒。是的，阅读是一种寻找和感悟，阅读的过程，就是在不断地和自己相遇。所以能遇到把我们唤醒，产生"共鸣和抗争"的书，是多么令人愉悦和陶醉的事；而这种深刻的影响，常常发生在人年轻的时候。人若年轻时好读书，读好书，于一生都是大有裨益的事。周国平说过，对我们影响最大的书往往是我们年轻时读的某一本书，事实上那是我们的精神初恋。我深为赞同，也为自己"少壮不努力"，没遇到这样刻骨铭心的初恋而遗憾。

开卷有益，但也可能有害，就看它是激发还是压抑了自己的创造力。这也是周国平的高论。他说，我衡量一本书的价值的标准是读了它之后，我自己是否也遏制不住地想写点什么，哪怕我写的东西表面上与它似乎全然无关。这句话让我明确了一点阅读和写作的方向,让我知道哪些作品气味相投,哪些作家会产生感应。阅读是写作的命脉,从他人的文字里掘取源泉、激发灵感,是阅读带给写作最实用的价值吧?而我,更注重能超越实用之上的那种发现自我、表达自我的境界。不久前读到贾平凹的一本散文随笔集《浑沌》,那几日头脑也处于一片忽悲忽喜的浑沌中。后来拿起笔一气写了一篇《想念树》,阅读的酣畅和表达的倾泻合二为一之后,那种浑沌状态才得以消解,浑身通泰。

莫言曾说,他读到马尔克斯的著作《百年孤独》时,激动得"站起来像只野兽一样在房子里转来转去",然后把这本书放下,动笔写自己的小说《红高粱》。虽然莫言后来反复强调《红高粱》没有受到《百年孤独》的影响,但肯定是因为阅读受到了启发。因为阅读而得到启示,继而把手中的书丢掉,开始自己的创作,这种事情不仅发生在作家身上,在普通人身上也时常出现。我每被一本书的魔力所惑,心无旁骛地钻进文字,神思恍惚又人心合一之际,总会控制不住拿起笔在笔记本上挥洒。过后再作整理,虽然句子琐碎凌乱,却也不乏真知灼见。

我的朋友说得好,阅读是一种消化和吸收。阅读能给我们营养,让我们茁壮、快乐,就是足以高兴的事情。如此,不追求量而注重质并非谬误,读书不在多,贵在选得精,读得彻底。也许,练就一双火眼金睛,仍要靠披沙沥金般的广泛阅读进行筛选和提炼,但我认为更重要的是,阅读还要靠生命的阅历和体验,要养成体察和感悟万物的智慧。浮生有限,书海无涯,能寻到有感应的作家,阅读他们的书,忘怀得失,不亦乐哉!

读书宜对境

读书对境，宜得真味三分。

也许有人斥我，坐不得冷板凳。不然，何不闭户？读书为学确需勤勉专注，也应能从中得到趣味和美感。于我而言，读书，可清夜品读，可晨曦诵读，更愿意，推开家门去读书。公园、书馆、亭下、水畔……风光旖旎里，曲径通幽处，皆可展卷而读。

古人言：文章是案头之山水，山水乃案头之文章，又曰"好鸟枝头亦朋友，落花水面皆文章"。在大自然中阅读，文章和山水风光相互印证，彼此较量，斟酌切磋，涵泳汇合于心，此种感觉甚妙。且触景生情，境由心生，若与书相遇，文与景，情与境，恰巧对应，就会获得双重美感，融会贯通之际更多一层体悟。

《红楼梦》第二十三回，宝玉坐于沁芳闸桥畔桃花底下一块石头上读《会真记》，正看到"落红成阵"，只见一阵风过，树上桃花吹下一大斗来，落得满身满书满地皆是花片。那是红楼中一幅绝美的画面，景美，人美，情美，意美。宝黛二人于此情境中捧读西厢，但觉"词句警人，余香满口"，眼前景与文中境"花面交相应"，宝玉一时分不清天上人间，身心俱化，真情涌动，禁不住用文中句子戏语黛玉。书中人走进了书中，读来令人神飞意驰。

想起暮春时节，我常携一卷红楼往校园外龙凤新河边读，眼前流水无声，身后绿树阴浓。有一个午后，读到"春梦随云散，飞花逐水流，寄言众儿女，何必觅闲愁。"放眼望去，柳絮纷飞如雪，粘着水流荡向远方，长空寥廓，白云悠悠，独在异乡的惆怅和忧思，豁然消散。

更有一日，读得久了，裙上、书上、胳膊上，积了层层花瓣，抬头看，身后一根枝丫旁逸斜出，在我上空伸展着含羞草一样的叶子，正往下落着细细的白花。心中自然涌出两句诗"细数落花因坐久，缓寻芳草得归迟"，我倒是没有数落花，却恍惚间生出陌上归人之思。

诗是自然的摹本，想来读于斗室，静对幽窗，空间逼仄，神单意薄，气韵总不能挥洒淋漓，大快人意。而于不经意处，那些古老的诗句却会借助眼前的风物一一复活，流宕着经典的波光。

清风徐来，流光闪烁，"绿意参差生意满"，清波荡漾在心，获得了双重的愉悦。文字和山水契合，又正好遇见正当此时的人，这真是最好的相遇。"日暮诗成天又雪，与梅并作十分春"，良辰美景赏心乐事，人生几何，得一种遇见，得一种圆满。

倒并非都是奇山异水方能倡人胸臆，养其浩然之气。也无需明月之夜，荷香摇曳，才能游目骋怀，品味兴会。对一泓碧流，一树鸣蝉，一花一鸟，一草一叶……形象与思想一经连接，就会闪耀出智慧与美感的光芒。

近来，又于家门不远处的休闲小站读书。闹中读书，别具情怀。偶一抬头，细声慢语喝茶者，热火朝天打牌者，兴致勃勃玩手机者……姿态各异，俗世的众生相，能快速把人从书中拉出来，去静观品味另一本大书。

人至中年，世相扰攘，俗事相侵，似乎很难拥有那种宁静闲逸、澄澈空明的读书心境。而文字与心灵融会贯通的契合点——形象感与画面感，也在逐日萎缩，很难达到人文浑融之境。且越往后走，人似乎更穷穷于思想的探询，速成于哲理的发现，来安慰浮躁的灵魂和沉重的步履，而忽略了阅读带来的纯粹美感，会心一笑的悠然意远。诚然，阅读能带来思想的启迪和发现，洞明世事练达人情的深刻通达，更应带来超越世俗功利之上的，那种至纯至美的境界。好比三伏天气，亦能抵达"到此已无尘半点"的清凉，才真得读书之乐。

吾之读书，随心所欲，无涯无际。当思想极其发达而形象感萎靡时，对境读书，不失为一道良方，帮我们医治贫瘠干涸的心灵，寻找到忘怀和丢失的雅意诗情。

古人的诗意

　　漫卷诗书，发现古人时时、事事都能入诗。顺达时逸兴挥洒，困顿中慷慨悲歌。且忧愤出诗人，艰辛困厄反能产生精品。如杜甫、苏轼，莫不如此。生活给予他们的如此之少，他们留给世界的却如此之多，我崇敬这种仁厚慈悯的胸怀和旷达深远的境界。古人的诗意让我心飞意驰。

　　古人喜诗文应答酬唱，留下许多清词丽句和千古美谈。"借问别来太瘦生，总为从前作诗苦。"李白惺惺相惜来戏赠，杜甫"痛饮狂歌空度日，飞扬跋扈为谁雄"同声来相应。这两颗闪耀的双子星座，肝胆相照，彼此推重仰慕。令后人称道的不仅是他们的才华学识，还有胸襟和气度。"沉舟侧畔千帆过，病树前头万木春"，宦海中浮沉，同是天涯沦落人，不忘以诗传挚情，刘禹锡振语豪壮，激扬知己乐天坦然前行……那些朴质清新的诗句里是一片深情厚谊，让悲欢离合盎然着诗情画意。

　　古代的柳枝飘拂的是风情，折下的是离情。没有便捷的交通，没有畅达的通讯，情感的山水因别离演绎得波澜起伏。"执手相看泪眼，竟无语凝噎。"柔肠百转，难舍难分，一切尽在无言中。"劝君更尽一杯酒，西出阳关无故人"，山高水长，世路崎岖，且让这杯酒，把牵挂依恋挥洒成豪迈和祝福。而明日，明日即天涯。折一枝柳，饮一杯酒，并不能将你挽留，再送一轮明月吧，随君直到夜郎西。

"云中谁寄锦书来，雁字回时，月满西楼。"倚楼凝眸，前欢杳杳，相思悠悠。当那锦书沾着月光，染着暗香，重重封卷后，到伊人手中，是时时开看，一看一回和泪收。那宣纸上洇开的水墨氤氲着寄信者的气息和温度，那一笔一画宛如情人的眉目，抚之念之亲切而生动。"何当共剪西窗烛，却话巴山夜雨时"，雨声涨起思念的潮，伊人亦不眠不休否？红袖添香夜，琴瑟和调时。在秋雨潇潇的夜晚，读着这样温馨摇曳的句子，便想着，能和古人谈场恋爱，该是何等浪漫的事！

而今，天涯若比邻，别情似乎成了矫情。一日不见，可以电话短信，可以网络视频。科技的迅猛发展像一剂强力助长素，影响了情感这株植物正常素朴的发育。多了浮躁，少了意味；多了浅薄，少了醇厚。我固执地认为，情感必须能经受时空的检验和沉淀，才含蓄蕴藉，才天长地久。古人用迟缓的步伐，一路丈量着锦绣山河。而我们，能够一日千里，留下了什么？

"达则兼济天下，穷则独善其身。"古人的诗意里站立着一个伟岸高洁的灵魂。笔墨浩瀚在胸，以天下为己任。他们有一腔热血和抱负，有一身壮志和本领——"为天地立心，为生民立命，为往圣继绝学，为万世开太平。"那么多闪亮的名字，让历史闪耀着动人的光芒。如若生不逢时，英雄无用武之地，也无甚打紧。诗书作伴好还乡，可以调素琴，阅金经，陋室一间馨香弥漫；或者退隐江湖，傲啸山林，在自然的山川草木间放纵身心。例如陶渊明，晨兴理荒秽，戴月荷锄归，田园生活照样过得有滋有味，他的《归去来兮辞》写得多么潇洒不羁。李白说的好："人生在世不称意,明朝散发弄扁舟。"心灵的高贵和自由,是古人诗意的终极追求。

我羡慕古人,读万卷书,行万里路,人生之旅有这最单纯的信仰,生命美丽又芬芳;我羡慕古人,吟风弄月,伤春悲秋,一枝一叶总关情,灵魂敏感而丰富。也许,距离让我美化了古人的生活。但从那些流传下来的诗句中,我们毕竟看到了他们宠辱不惊、超然物外的淡泊和宁静。我还听到,陈子昂在《登幽州台歌》里的浩然慨叹:"前不见古人,后不见来者。念天地之悠悠,独怆然而涕下。"诗人俯仰古今,觉察宇宙浩渺,人生短暂,一股悲壮苍凉之气,从天地间贯穿而来,笼罩着对人世苍茫而博大的悲悯,映照着千年之后寂寞幽暗的心灵。

现代人的生活节奏太快,太热闹,已经远远地丢失了诗意。如果时光能够倒流,我愿意回到古时候,穿布衣,种禾黍,采菊花,唱民歌。那时的月光、草木、流水和花朵,气味正宗,生命是原汁原味的。而今,我只能够在文字里亲近古人,徜徉着诗意的梦。

心似微尘容乃大

　　夜读张岱名篇《湖心亭看雪》。眼前浮现出一片冰雪世界,人在这上下一白里茫茫如"太仓米"一粒。不由想起苏轼在《前赤壁赋》中发出的慨叹,"寄蜉蝣于天地,渺沧海之一粟"。人于宏阔天地、自然山水间,万籁俱寂、空明澄澈时,生出的邈远苍凉,从纸页间漫漶而出,将我紧紧包裹,让我倏忽想起那些关于"小"的片段。

　　世路崎岖,在与文字相伴中,渐生出充盈的内心和坦荡的气场。抵挡外在的浮华喧嚣,惟书香以宁静致远。浩若星辰的典籍,闪烁着璀璨的光芒,在仰望和追寻中,我痴迷着、成长着,也迷茫着、恐惧着。穷一生,不能翻阅汗牛充栋中九牛之一毛,每每读书到绝望,有好半天缓不过气的感觉。而那些自己想要表达或无法表达的思想与情绪,前人早已表达且表达得更好,自己写的那点文字,轻飘如杨花。书中有的,是一座没有顶峰的山,让人永无止境地攀登,临不到绝顶,不断一览到的却是自身的小。虽不忍抛书搁笔,却不由有些心懒意怯,需要不断克服。

　　给学生上《阿里山纪行》,讲到阿里山的神木。3000年的神木,饱经沧桑,历尽风云变幻,却依然雄踞山间,威风凛凛。那些年轻的嘴唇一起发出惊呼:多长的寿命啊! 是的,相对于这样一棵树,人生不过百年,何其短促? 当然,他们或许还不曾知道,庄子在《逍遥游》里还畅想过上古八千年为一季的大椿树呢,但想必能够领会一丝孔子站在江边的浩叹:逝者如斯夫,不舍昼夜。

人之小,不仅凸显在博大深远的书籍或灵异的自然草木面前,也会在日常生活中时时、事事有所体现。鲁迅的《一件小事》,就从一个人力车夫的言行中,察觉到自身的“小”来。

德行不够崇高,胸襟不够宽广,气度不够磅礴,世事不能洞明,人情不够练达,没有玲珑心,缺少锦绣智……对着突发的难题,会兀自先乱了阵脚,连别人递过一句美言,都会愣怔着不知如何应接,报之以小心翼翼的浅笑,过后懊恼……这或许都是小。这样的小,或许正是逐渐变大的必经之路。

吾生也有涯,而知也无涯。在不断探索和发现的过程中,我们领略到了一重又一重的惊喜。心似微尘藏大千,再小的生命,有山间之清风,江上之明月,任我等尽情享用,再小的文字,是由我倾心记录且属于我的。有真诚的行走和饱满的追求,再小,人都是独一无二的。

夜气清冽,一卷在握,小小的心里装满了喜悦。

阅读经典

阅读经典，痛并快乐着。

看《金瓶梅词话》后二十回。这书从去年看起，断断续续，一直没勇气看完。我打算尽快结束，然后从脑子里把它剔在一边。西门庆死去，大厦将倾……一个个俗世男女在红尘中翻滚着，不知生，不知死。

世人皆能从《金瓶梅》中读出淫秽，前一百回里充斥的都是食和色的浮世绘。但我从中读出最深的一点是悲哀：人的悲哀，人世的悲哀。

这是一部伟大的小说。姑且不论繁复细致的故事情节，鲜明生动的人物形象，单是对人性和世态人情挖掘的深刻性和广泛性，就是无与伦比的。芸芸众生，红尘滚滚，男男女女，蝇营狗苟，就是在吃喝和交配中过完一生，或者过不完一生。活着的主要使命就是享受肉体和感官的刺激，没有一点精神的亮光和温情。

可是，谁又不能说，我们不就是这样活着的——活着就是为了活着？

有人说，《金瓶梅》是一部激愤之书，也是一部悲悯之书。它不仅如实记录，而且对记录的东西完全否定，它一定要让你从中看到"假"。真中有假,最后都是"假"。它告诉你,你追求的所有世俗的东西,就是一个"妄"字。《金瓶梅》是对整个人心、对人的现世追求的彻底否定。它告诉你,人最后是没有出路的。不论这种对读者的"冒犯"正确与否,它都促使你去重新思考生活的意义。

书"序"中说:读《金瓶梅》而心生怜悯心者,菩萨也。我不知道,自己产生的那种悲哀是不是也是一种怜悯。总之,读完之后,倍觉沉重。作者是大手笔,写出如此深刻的人性和世情。价值只是虚伪的表象,欲望才是底层的真实。今人的解读虽然精彩纷呈,但远不及原文的一点,它的确是当之无愧的一部经典。欣赏"天涯论坛"中的一个帖子:"《红楼梦》是把美打碎了给人看,《金瓶梅》是把恶细细展开给人看;《红楼梦》一开始就用神话隔开了尘世,而《金瓶梅》写的就是你身边活生生的人;《红楼梦》把你带入虚幻的美丽,《金瓶梅》一下子就把你掷入人生的阴暗面……"后者,撕去了所有的面纱,把一幅幅浮生世俗图一一打开,更真实,更烟火,更贴近众生。

《红楼梦》已看过多遍,又看完了老版的电视连续剧《红楼梦》,从演员到情节到音乐等,也是经典之作。这部电视剧是伟大的,《红楼梦》是伟大的,曹雪芹是伟大的。

一个真正的悲剧,深刻和苍凉深入骨髓。曹雪芹的如椽巨笔,摇曳多姿又精细入微。人世、人性、人生,每一面都描绘得绚烂华美,最后却都是"为他人作嫁衣裳",直指最深处的虚无荒凉。我看到,一个历尽了人世沧桑的巨人,站在繁华与荒凉背后,他那深邃的目光,凛凛然穿越了古今。看的过程中,泪水无意识地流下来,而到了最后,是一种沉重压抑得喘不过气,抬眼看窗外,白茫茫的天空,一片凉白。

"对作家的崇拜常常是通过他的作品完成的。好的作品是表达生命最适合的载体,不仅能够承受作家自身的生命之重,还能升华读者内心的悲欢离合……"比较着阅读这两部小说,能让人领悟到如何洞明世事,练达人情。可是,我担心,被这里面的繁复瑰丽的华美和真实的丑陋席卷到一场荒凉中。读书到最后,也许是越读越明白,也许是越读越苍凉。而我,只想做一个内心温暖的人。出入文字,是为了更好地塑造心灵,把握人生。

古人评说《金瓶梅》"琐碎中有无限烟波",词语下得极精当。也从中可见我们的心理:我们看到的是丑的现实,但内心里向往的却是美。我们陷落在琐碎的生活里,却还是存着朦胧的憧憬。是啊,即使人生本就是千疮百孔,可是,没有了对美的追求和向往,我们依靠什么支撑着走下去?

所有的经典,都是为了帮助我们了解人性和世情,苦乐交织,如同人生。一个高明的作家,既可以让文字里的人物替自己说话,也可以把自己藏得很深,离得很远,事不关己的冷静和超然。也许,在写作的过程中,他能和笔下的人物同呼吸共命运,但他绝不会受人物的影响而只会影响人物。写作者不是外科医生,但直面人性中的痼疾和灵魂里的疾苦,绝对有着医者的冷静和责任。写作者和常人的区别在于,他不仅有一颗敏感的心,还有着一双极其冷静的眼睛,既能融入文字,也能抽身而出,冷眼旁观。作为读者,阅读经典,品味人生,体验了多重生命的风霜雪雨,也拥有了更多的深刻和冷静,清定地抵达光明和温暖。

漫谈读写

与一本好书相遇，犹如得见良师益友，心生无言的妙悟和欢喜。我认真读过的书，有张岱的《陶庵梦忆》和胡兰成的《今生今世》。不久前读沈从文的自传《无从驯服的斑马》，改变了我一直以来对他的认识偏差，他的确是一位伟大的作家。所谓大家，就是能举重若轻地刻画出人世百态的幽微玄妙，贴切而传神。

读一本不喜欢的书，如同听一个不喜欢的人说话。为了礼貌起见，耐着性子作端然凝思状，内心实在烦闷之极。终于按捺不住，抛于枕边，复又拿起，塞于一堆书之最低端。恨恨然，浪费我半晌好光阴。书犹不言不语，如若是人，则早已掩面掉头而去矣。

我读的书太少。中国的古典诗词，在我早期的阅读中和它们擦肩而过，漠然视之，这是一个很大的遗憾。而现在回头来看，真是如获至宝，《宋词鉴赏辞典》是我的枕边书。最近在读周国平的《安静》。对于哲学和历史方面的书籍我一直盲目地排斥。而现在懂得了：只有解决了思想的困惑，下笔才更自由，同样，有了思想的内核，文字自然会丰盈。语言是形式,思想是内核。哲学能让人深刻,而单纯,也是深刻的一种,简单也许更接近灵魂。文学是人学,不是玩弄和雕饰,它里面应有"我"。要避免庸俗和肤浅,要有心灵和人性的自然流露。

我似乎是在一个洞穴里摸索行走,隐隐看到前方有亮光闪烁。有时我想,如果能够接受专业系统的学习,在文学这条路上,我会走得更稳健,更长远,也可能更早一些。当然,一切还是要靠自己的勤奋和悟性。

买了整套的《白先勇全集》,有半年之久,落满灰尘。我更欣赏钱锺书等五四时代涌现的一些大家,特别是一些港台作家,他们学贯中西,广闻博识,思想自由,言辞敏锐。他们的双脚走出过国门,他们的作品经受了时间的考验。大家作品多是严肃厚重、时尚流行的文学,轻松又个性鲜明,似乎更合当代人的口味。可我始终坚信:真正的深刻和自由只有从经典和大家那里去寻找,我依然固守着传统的审美和阅读兴趣。当然,阅读当今的文学作品,也许会有经过咀嚼后的轻松和通透,吸收甚至更快,但营养不一定健康和全面。

悟性在我的阅读中起了很大作用。在不多的阅读中若钻进一个人的书,凭着悟性我会领会到很多。很多好书如同很多人,被我早期的阅读趣味偏颇地拒绝,好在,它们依然在那里等我,等我用珍重之心去翻阅和汲取。我相信阅读同样讲究缘分,要靠时间的点化和指引,才豁然醒悟。正如相遇,可能对面不相识,可能蓦然回首,那人却在灯火阑珊处。而书本,是会"一直在这里"的。

我现在的阅读趣味有了很大改变,以前侧重于小说、诗歌和散文,而现在读书很杂,例如爱读丰子恺、弘一法师、朱光潜、张大千。琴棋书画,都要懂一些吧,还有关于禅宗方面的。读书杂一点,并不是坏事。戏剧、雕塑、书法、美术、医药、碑帖,都该学会品读赏析。艺术是相通的。还喜欢读一些哲学、史学和评论,我很惊讶自己的这种改变。打个比方,九几年王菲非常红的时候,我一点不喜欢她的歌,而现在我是能化在她的歌里的。有些爱真的是迟来的,甚至是颠覆性的。也许是因为,我性格中的后知后觉,还有对当红人事有天生的排斥。

有张爱玲的很多书。对她,我的爱来得也是太迟太迟。一部《红楼梦》养活了很多人,一个张爱玲也造就了很多当红作家。张曾经写过"生命是一袭华美的袍",其实她本身就是一袭华美的袍,稍有灵气和才情的人,在她身上剪裁一小块就能折叠出锦绣篇章。纵观当代很多知名女性作家,莫不如是。所以,我更愿意去用心阅读揣摩张爱玲的书,偶尔也看看别人是怎么学习和运用的。但是,张的书读多了容易让人"遍体荒凉"。每每如斯,我就会去读读诗歌。席慕蓉是我的诗歌启蒙老师,张晓风是我喜欢的一位作家。我还是更喜欢具有侠骨之风的文字,刚烈与柔情并存,例如鲁迅。

我认为要想写出好作品,需要太多太多,广泛的阅读是一种,要有自己的思考和发现,还要有灵魂不断升腾中诞生的爱与悲悯。闭门造车是要不得的。想一想,视野狭窄,靠拼凑和玩弄文字技巧注定是走不长远的。我要读的书太多太多,应把握住这样几个方面:一是古典诗词,这是源头;二是经典的与自己气味相投的作品;三是哲学一类的。具体哪些书我还并不清楚,也许还要有缘才能相见。有的时候,书本能带给混沌的大脑乍现的灵光,真的是快乐至极的事。这都需要我忠于灵魂地不倦探索,才能锻造出属于自己体温的文字。

读书如采蜜。采蜜之后应专项突破。往往找准一个,对症下药,是会大补元气的。如若得到真传,得遇天机,就能成就真迹。那些相同气息并能开渡我智慧灵光的文字啊,在哪里,在何方? 写作是修行,先要修一颗慧心，还要有野心，要有气象和格局，不能沦为写手，要"有我"。读书要有我，有我的取舍和发现；写作更要有我，有我的气象和温度。我想，阅读和写作的过程，就是在寻找另一个自我，和他碰撞、重塑、拥抱，然后悦纳和完善，最终人文合一。需要时光的点化和确认，人和文一同前行。

阅读和人生，都如同爬山，一层又一层的风景，站得高才看得远，才有看到和享受到更多美景的特权。必须要奋力攀登，才能一览众山小，才能领略更多的风景。

写给自己的信

木心说："日记，是写给自己的信，信呢，是写给别人的日记。"我写给别人的日记，寥寥可数，写给自己的信呢，多年来倒是自觉和坚持。

有一日午睡醒来，我看到床头摆放的一摞日记本，是近五年写的。更多的装在一个大纸盒里，几十本厚薄不一，有的封面已然褪色，那是从1995年上师范后断断续续记下的。看着看着，我一时怔忡，我20多年的时光都在那里面吗？也许没有比这更真实、更纯粹的记录了，心里浮起整理它们的念头，却有担忧：用现在的我去阅读过去的自己，我真的能遇见往昔么，用现时的笔去梳理过往的心情，会是准确和纯粹的么？那么，就让它们静静地躺在那儿，一如从前，有什么不好呢？我又何必，越过岁月的风尘，去触碰、去翻阅从前。

在那一个午后，我还起了一个荒诞的想法：如果我突然死了，这些文本会是怎样的归宿呢？我想，我的爱人和亲人们可能会保存它们作为纪念，也可能焚烧了它们随我而去。但是最终，它们都会化成烟灰，和我一样。那么，当初在如实书写的时候，那些离合悲欢，那些认真落下的泪水和绽放的微笑,那些酸涩和甜蜜的成长,那些生命里的经历和体验都会消失。或者这样去表达,我所记录的生命和我的生命即便曾经合二为一,其实有一天都会失去存在的意义。当然,我从不敢奢望,我的生命,除了在血缘中延续,还会有其他载体留下印记。有一个诗人朋友曾说,我们路过这世界,哪怕留下一句话、一个字,就是不朽的传奇。而传奇,是遥不可及的。那么,我何必去书写,去整理?何必明知徒劳无功却依然孜孜不倦?再继续追问下去,我们活着又有什么意义。

是怀有一些隐秘的渴望吧,是满足一个自恋者的狂想吗?我想都不是,是文字,留下我在尘世中行走的痕迹,率真而坦诚,温暖又深沉。写作就是自言自语,和自己,和世界,不管有没有听众,你用文字构建了一个王国,你就是王。当然,你的快乐和智慧不是来自凌驾所有,而是根植于谦卑和感动。

木心说,文学是可爱的,文学会帮助你爱,帮助你恨,直到你成为一个文学家。我们来到这个世界,并不都是为了成个什么"家",但都会有爱有恨,而有文学作伴,我们绝不会孤单,任何时候任何地方它不会丢下你不管。这是我的理解。往者不可谏,来者犹可追,追悔和憧憬编织了很多的生活细节,只是,通过书写,通过记录,我不仅能够连接过去畅想未来,更重要的是,我认真而鲜明地活在了当下,保持着一种对生活的清醒和自觉。又有什么,比这种态度更能表达对生命的诚恳和敬意呢?所以,我庆幸,我给自己写了那么多的信,写下那么多最真最美的情书。有一天,也是最真最美的遗书。

新闻上说台风即将登陆,现实是洪水仍在肆虐,在时代的大背景下,个体的悲欢渺如尘埃。而这样的时刻,我却着手去整理这些写给自己的信,只是为了给自己一个明确的交代:我来过,爱过,写过,并将一直写下去。

《莲心》后记

没有想过有一天会拥有署名自己的书。

小时候,老屋,翻父亲的书橱,看一些大部头。觉得书中有一个丰富辽阔的世界,能让一个假小子,读得如痴如醉,忘记晨昏。也许从那时候起,文学就神秘地种在一颗幼小的心里。

一直酷爱读书。初中的课堂常常是在四周一片寂静时,才发现老师正站在身后,盯着我压在课本下的课外书。跌跌撞撞地上了师范。第一次拿起笔投稿,是命题征文《21世纪的我》,发表在1996年第8期的《作文通讯》上,35元稿费。至今记得师范一年级的语文老师,在课堂上朗读这篇文章时洪亮的声音。可我依然懵懂。我的青春,在跑道、赛场、舞台上驰骋,并且,爱情和青春结伴而生。对于文字,我并未持珍重之心。

从1998年发表最后一首诗到2008年,这十年一片空白。似乎是完成了生活中角色的种种转换,我却和文字断了情缘,除了写日记。几十本厚薄不一的日记本,收藏了十年的悲喜,记录着一个女孩的层层蜕变。感谢这一段绝对私人化的写作时光。我想此生,再也找不到那样的真实和纯粹,完全服从内心,用文字去发泄、抚慰、支撑、升华着一个人心灵的成长。也许有一天,当我有了足够的勇气,会整理出版那些透明的文字,但这不重要。重要的是,我明白了:即使世界让我一无所有,还有文字能把我救赎。文字,已和我生长为一体。

所有的艺术,都能够给人提供一种休憩、净化和升腾。而写作,既是向外展,亦是向内延。它带给我的,既有无边的丰盈与宁静,也有极致的宽广和自由。但我不够勤勉,我的文字多是率性而作。值得庆幸的是,近几年,这些体察万物留痕、书写灵魂成长的文字,能够发表于国内外一百多家华文报纸杂志,并被越来越多的人喜爱。这带给一个简单的人,犹如幼时翻开父亲书橱时的惊喜,黄昏的光线那么恬静地贴在书页上。写字,让平凡的我拥有了莲花的美丽,让一颗心渐趋悲悯柔韧,抵达光明和温暖。

我始终认同,人文合一。你的人走到了什么境界,就决定了你的文字能站到什么高度。文字和人相辅相成、浑然一体。而只有一个大写的人,才会让伟大的文字受孕。尽管,"伟大"这个词离我很远很远,但我会用一生去奋力靠近。

出书是对爱好写作的人最高的奖赏。于我,这是给自己作的一份小结,同时,也是一个新的起点。这本集子是从公开发表的几十万字里精选而成。如果这些文字,能带给读者一点光和暖,一丝爱和美,那是对一个写作者最大的鼓励。

感谢在文学的路上给予我关心和帮助的每一个人。感谢生活。感谢文字,让我走在求真求善求美的路上,永不言弃。

是为记。

如花的寂寞

一直不是很懂，《牡丹亭》里的杜丽娘为什么会游园惊梦，郁郁而终。难道春天真有那么大的蛊惑性和杀伤力，让一个小女子冒昧地撞见后，就香消玉殒。

书中解读：之所以这样写，是为了表达对封建社会禁锢和束缚人性的谴责，对爱情和自由的向往和追求。情不知所起，一往而深，可以生而死，死而生。

"不到园林，怎知春色如许"。那园中，姹紫嫣红都开遍，春色满园，唤醒了杜丽娘沉睡的青春和爱情。大梦初觉的她，哀悼着韶光易逝，沦陷于缥缈的相思，无力自拔。

沈从文说的对，美总是愁人的。春天是美的，正值青春的杜丽娘是美的，爱情是美的，这些美遇到一处，酿造出一种沉重的绝望的忧伤，直取人性命。

如花美眷，似水流年。没有谁看见你的风华绝代，没有什么能阻挡自身的湮灭。生命，在无涯的时空前是卑微的、寂寞的。我想，还有一种生命的荒芜和苍凉感击中了杜丽娘柔软的心脏吧？她推开院门的感慨，和站在江边的孔子、夜游赤壁的苏轼发出的浩叹，质地和成分是相同的——清风也许能够替代我去验证。

给学生上宗璞的散文名篇《紫藤萝瀑布》。学生终不理解,作者对着满树繁花为什么会获得生的宁静和喜悦,感悟到"生命的长河是无止境的"。即使熟知了写作背景模糊掉时空,任凭我细致地分析讲解,也无法拉动他们走进作者的心灵。这开得如此热闹的藤萝,背后藏着难言的寂寞——时代和个人际遇打上的烙印,十几岁的他们无法领会。他们缺乏世事无常、人世沧桑的体验。

正如我不能够完全领会杜丽娘如此的伤春自怜。"良辰美景奈何天,赏心乐事谁家院",而步出潇湘馆的林黛玉听到了,却是心痛神驰,如痴如醉,心灵上产生了巨大的震动。从那一刻起,她就成了那个寂寞的葬花人。

癸巳年正月初三,迢迢去了上海常德公寓张爱玲故居,朝拜心中的圣地。鞋跟轻叩着青白色的石面,一栋暗红色的公寓安静地竖立在路口。脚步声显得莽撞的响亮,会不会惊扰她这"最合理想的逃世的地方"? 我想着,放慢了脚步。两扇对开的玻璃木门在眼前紧闭着,欲上前推开,门里站着一个手握一串钥匙的妇人朝我摆手拒绝,有门户清坚决的意味。

茕茕徘徊于寒风中,偶有几个路人经过,缩着脖子漠然走过。面对着节日里冷清到萧条的街道,回首门里紧闭的幽深,一种不足为外人道也的森森然蔓延开来。转角不远处,飘来奢华的久光商场里挡不住的喧嚣,还有,静安寺袅绕着的辉煌的香火。

我知道,她一直是寂寞的。在这里,她曾"从尘埃里开出花来"。华美地绽放,然后寂寞地萎谢。

寂寞如花,摇漾在杜丽娘的小院,芬芳馥郁了千年。民国女子张爱玲,她这"临水照花人",亦是寂寞赏花人。仿佛看到,她站在公寓的窗前,俯瞰着芸芸众生,凛然地说"长的是磨难,短的是人生"。这如花的寂寞啊,和人生如影随形,成就了她文字里的永恒。

拒人岂会自喜

读沈从文的爱情故事，读到一段广为流传的记载。是胡适写给沈从文的信，信里这样评价张兆和："这个女子不能了解你，更不能了解你的爱，你错用情了……不要让一个小女子夸口说她曾碎了沈从文的心……此人太年轻，生活经验太少……故能拒人自喜。"

这封信的确能证明胡适慧眼如炬。沈从文去世之后，张兆和在编选的《从文家书》后记中如是写道："从文同我相处，这一生，究竟是幸福还是不幸？得不到回答。我不理解他，不完全理解他。后来逐渐有了些理解，但是，真正理解他的为人，懂得他一生承受的重压，是在整理编选他遗稿的现在。过去不知道的，现在知道了；过去不明白的，现在明白了。"在相依相伴，走过了风风雨雨六十年后，张兆和作出这样的总结，也许他们两个，的确是相互不太理解的。

但胡适做媒不成，说年轻的张兆和拒人自喜，窃认为这位大学者太过理性的武断。虽然他博古通今学贯中西，但实在不懂女儿家的心思。大凡女子，都有过类似张兆和那样拒绝别人追求的经历，试问一下，彼时,有多少"自喜"的成分?

拒绝是一道难题,感情世界里,任何一种拒绝,绝不是轻松自如的。当然,能驾轻就熟、游戏人生者,不在此列。懂得拒绝是一门高深的学问,无疑,张兆和不懂。一开始,她以为沉默是最好的拒绝,对沈从文的求爱信不看不复。后来,在沈锲而不舍、狂轰滥炸的追求里惊惶失措搬救兵,却又"求人不淑"。最终,"乡下人"用自己顽固和坚韧的爱抱得"女神"归。

世间有没有一种温柔的拒绝,没有怨恨,也了无遗憾?能用最巧妙的方法,把拒绝的伤害降至最小,两全其美者,需要的不仅是心思清定智慧超群,而且被拒绝者一定能对应着这份拒绝的高度和深度吧。现实中,能达到林徽因层次的又有几个人呢,况且,能找到多少如徐志摩、金岳霖那样高素质的才子?

拒,而不绝。纠缠不休,甚至走极端,这不是苦恼和厌烦可以摆平的。而如果,面对一份真挚的感情,但彼此并不适合,怎样去解决呢?徘徊不决只会让双方受到更大的伤害,断然拒绝,实属明智,却又不忍。

人年轻的时候,常把来自异性的喜欢,错误地当成侮辱,惶惑里夹杂着羞愤。曾经,在学姐"如何拒绝能让人死心"的铿锵告诫下,在一个下自习的夜晚,迎着一张男孩子的笑脸,我把他写来的信掷在脚下,决然离去。后来读到席慕蓉的诗歌《无怨的青春》,心中忽然刺痛。蓦然回首,眼前浮现出男孩那张忽然凝固的惨白的笑脸。时隔多年,我依然记得转身那一刻,突然紧缩的心里捂住的,是恐惧、不安,还有心疼……

大家闺秀张兆和,即使有雪片般的情书包围,即使有被胡适视为天才的沈从文的苦苦追求,在一片"蛙鸣"中,定然是不堪其扰的。拒绝的烦恼远远大于被追逐的喜悦,若非如此,作为学生的她,岂会去找校长寻求摆脱之道？只是，她没有想到，这个校长却偏要充当月老。她被逼无奈的举措，一句倔强而骄傲的拒绝，会换来胡适一顶"拒人自喜"的帽子。

如果拒人能够自喜，那么我想，拒人者能怀有这样浅薄的喜悦，那么她的拒绝，也就不会那么有杀伤力。真正的爱或者真正的痛，都是来自同样深沉而高贵的灵魂。

最好的爱情

所有的爱情到了最后，只剩下一堆白骨。

在千古传诵的诗词歌赋中，爱情似乎都保鲜在悲剧里。是人们洞穿了时间的威力，以及现实的杀伤力吧，爱情一经落实，便会慢慢裸露出生活寒碜的底色。爱情是一种浓烈而脆弱的物质，与平淡琐碎的生活相冲突吧？爱要那么浓，那么烈，那么鲜妍，那么倾城，烈火烹油，鲜花着锦，凡俗生活是承担不起这样一桌盛宴的，生活最终要的是静水细流的安稳妥帖。

时间的确会让爱情露出虚弱或者狰狞的面目，但也有例外。马尔克斯的小说《霍乱时期的爱情》里，弗洛伦蒂诺·阿里萨的爱情顽强地屹立在时间之外，建立在那么多年轻丰腴的肉体之上。他对费尔明娜执著地等待了五十一年九个月零四天，用心灵的童贞保存着爱情。但我不能理解这样的爱情，似乎背道而驰的肉体狂欢，反而更能证明爱的深刻和持久。我认为那不过是一种精神初恋，并且是肉体未被占领时产生的偏执的精神初恋而已，并不能用来诠释爱情的恒久和伟大。

由渡边淳一的小说改编的电影《失乐园》里，那对婚外恋情人服毒相拥着死去，裸体纠缠在一起无法分开，定格成一幅最绚烂的爱情雕塑。爱到最深处，以终止生命来成就爱情的永恒。这种为爱献身的决绝方式貌似不近情理，但我想，是因为他们不想看到情熄时的悲戚、老时的衰颓、生活里层的不堪吧。情到浓时，莫等着日消月割，在无望中浓墨重彩写完生命之书的最后一行，铿锵合起书页，何尝不是一种壮美！这让我想起《巴黎圣母院》里，蒙孚贡大坟窟里，卡西莫多和爱丝美拉达两具紧紧抱在一起的尸骨。当人们试图分开他们时，尸骨化为尘土，爱情永垂不朽。

电影《胭脂扣》似乎从反面验证了这一点。痴情的如花一直不肯投胎转世，苦苦等待着一同殉情的十二少。当她历经艰辛回到人世寻找到十二少时，镜头切换为两人初见时的画面，令观者撕心裂肺，怆然落泪。眼前的十二少，哪里还有当年的清光明媚，风流俊赏，只是一块皱纹遍布、老态龙钟的朽木而已，举止猥琐，鄙俗不堪。如花的一腔真情可悲可叹！人生若只如初见，何事秋风悲画扇，原来满城风雨轰轰烈烈的爱情传奇，只是如花一个人的痴心绝恋。如花殉情，永葆年轻，十二少临阵脱逃，行尸走肉般活着，穷尽了爱情的荒芜。生活逐渐揭露出爱情的真相，残忍又真实。殉情还不是悲剧，编剧把时间改造后的爱情，毁灭后惨不忍睹地呈现出来的，才是真正的悲剧。

也有爱情，不需要借助死亡蜕变或涅槃。例如杜拉斯的《情人》，一个十三岁的法国少女和三十多岁的中国男人发生的一段爱情故事。里面有一段经典台词：对我来说，我觉得你比年轻时还要美，那时你是年轻女人，与你年轻时相比，我更爱你现在备受摧残的容貌。多年后作家难以忘怀这一段亲身经历，把它化为笔端的文字，这个战胜时空的爱情感动了亿万读者。可我透过满纸颓靡的气味读出的却是：肉体的交融和戛然的离别，才催生出这样甜美沉醉的爱情。

多年后看到那篇《爱》，我还是佩服张爱玲对"爱情"的描述：于千万人之中遇见你所遇见的人，于千万年之中，时间无涯的荒野里，没有早一步，也没有晚一步。那也没有别的话可说，惟有轻轻地问一句："噢，你也在这里吗？"爱情，就是花开年少的相遇，云淡风轻地别离。可是滚滚红尘中，这样的爱情只是一间童话小屋罢。

也许，爱情就是蓦然念起一个名字，花气清婉，悠然意远，嘴角泛起的一抹浅淡的微笑；爱情就是想起一张面容，心头泛起的一层迷蒙的痛楚，如鸟迅疾地掠过湖面，隐入烟霭纷纷的芦苇丛；爱情是听到一种声音，或看到一个背影，百转千回间，看云卷云舒……

也许，最好的爱情是何当共剪西窗烛，却话巴山夜雨时。经过了绵绵的相思，香雾云鬟湿，清辉玉臂寒，经过了凄风冷雨的考验，翻越过时空山水的坎坷，沉淀起来的一汪至真至纯的深情，最后，抵达月晓风清的某一夜。

一夜之后，即可白首。

盈盈一水间

在QQ说说里，写了一句"这天估计是失恋了，一肚子气乱撒，热死人了"，惹得几个朋友哂笑之余建议，该去劝劝天，别气了。是啊，感觉这个天像个愣头青，一根筋，正在耍性子，发脾气。不过有个性，我喜欢。夏天就要有夏天的样子，热才是本色。可是已经立秋好几天了，他还赖着不退位，就有点说不过去了。再热下去，估计我们都要三叩九拜，集体去祈雨了。

这么热，街上的店很受伤，多是关了。我带着荆轲的勇气逛了两家门可罗雀的服装店后，决定偃旗息鼓，再不出来了。想起《水浒传》"智取生辰纲"一章里白日鼠白胜唱的那首民谣："烈日炎炎似火烧，野田禾稻半枯焦。农夫心内如汤煮，公子王孙把扇摇。"这样的热浪煊腾，体力劳动者实在是太辛苦，而我们至多躲在空调房里无关痛痒地抒抒情！这样的天气倒是对应了网上炒作得越加热闹的七夕节，也许是，越是炒作厉害的越是在现实中稀缺的。

记得很久前写过这样的话：七夕，我在想，为什么牛郎织女还是爱着的呢，是因为"盈盈一水间，脉脉不得语"吧。距离产生美，爱情得以突破时空而不朽。化蝶的梁祝，孔雀东南飞，沉没的泰坦尼克号，山楂树下飘荡的歌声……那么多动人的传说，催人泪下的故事，可不都是这样来诠释爱情的？爱情仿佛只存在于生离死别之间，或者，只有生离死别，才会出现真正的爱情。是因为，悲剧成就了美，成就了爱的永恒。

台湾作家张晓风说的对，所有的爱情，都嫁给了神话。而现实，需要你有强大的耐心，去碾碎那么多的琐屑龃龉，然后依靠惯性生存着，抑或美其名曰，陶醉在自设的幸福里。请原谅我揭开真相——也许它早已是公开的秘密。白娘子，多么慧美能干的一个女人，一旦走进生活，也被打回原形。婚姻里，没有神话。爱情，只能远观矣。

是的，在这个数字化的时代，谈论"爱情"已过于奢侈。爱情，就像今晚天上的两颗星，那么远，那么朦胧，不落凡尘。莫如，怜取眼前人。所谓七夕，其实是夫妻节，只是国人的情感，向来喜欢牵强附会的臆想，给荒芜的情感制造浪漫罢了。希望这个节，能够呼唤出忠贞、坚守等，给婚姻带来更多的正能量。

忆起曾写过的一首半通不通的《七夕》诗：

夜色凉如水 / 素手纤纤 / 多想拂去你两肩的风霜雨雪 / 为你加衣 / 郎君 / 一丝一缕里织的是思念 / 泪水染渍着相依相伴的憧憬 / 唤你的名字 / 岁岁年年 / 唤醒了月色 / 天宇 / 鹊舞翩跹 / 执手相望一夕 / 时空沦陷 / 澎湃着生生世世不离不弃的誓约 / 银河再清浅 / 我们跨不过去 / 盈盈一水间 / 脉脉的视线 / 就是最美最暖的 / 爱情……

这是自己写的吗？常常，看到自己写过的一些文字，感到陌生，惘然，发出这样的疑问。突然觉得，自己很久没有写诗了。是的，很久，不曾拥有那样澄明清宁的心境。那么，坐在空调间，听听《老情歌》，翻翻

《宋词鉴赏》，温习一遍秦观那首《鹊桥仙》吧：

纤云弄巧，飞星传恨，银汉迢迢暗度。金风玉露一相逢，便胜却人间无数。柔情似水，佳期如梦，忍顾鹊桥归路。两情若是久长时，又岂在朝朝暮暮。

温习那些诗意的片段，寻找一个温暖的自己。

爱情里，缠绵悱恻，百转千回，忠贞不渝，抑或，如这天气一样率真的执拗，在诗文中传唱，在现实中，是多么可遇而不可求。我始终认同，世间所有的好，好景，好情，好文字，都已随古人远去，一去不复返。可是，只要有两颗星，地上的人，哪怕脚步再匆匆，都还会，怀着憧憬……

美人如花隔云端

曾几何时,美女如云。"美"在"女"前,已成为虚词,张口即来,美女如通货膨胀时贬值的货币,泛滥成灾。

美从何来?

浮躁的年代,赞美和吹嘘一样不花本钱。大凡女子,只要相貌周正,眉目清晰,少不了会得到一把把不负责任或代价的美赞。对此,可一笑而过,也可笑纳,只当养耳,不可入心。倘若真把一些流于形式的漂浮的赞美当真,沉醉流连,那可真是对自己廉价的怜悯了。古人曰"自知者明,知人者智",可是在赞美面前,明和智常常是黯然失色的。再退一步,即便有一副姣好皮囊,也是受之于父母,何自矜自夸之有?汲天地之灵气,采日月之光华,惟有珍惜之,充盈之,使其饱立于朗朗乾坤。明智者,岂会为候几句美言,而让其空瘪荒凉呢?

况且,科技发展到今天,想"美"又有何难?且不说涂脂抹粉,君不见,美容美体业遍地开花,原子弹早就造出来了,人造美女也绝不是天方夜谭。虽然培根在《论美》中大赞"美德犹如宝石,镶嵌在素净处最美",

可是现代人，追求眼球的刺激似乎胜过追求内在的美德。报载：国外有一半百老太，经受"千刀万剐"，硬是把自己整成二十岁少女的娇美容颜，身材比辣妹还性感。脱胎换骨还不够美，不要紧，还可以练瑜伽学茶艺插插花读读书来修身养性，内外兼修，从内到外美起来。只要能成为美人，很多女人都有为之献身的英烈和豪情。

明代诗人张潮曰："所谓美人者，以花为貌，以鸟为声，以月为神，以柳为态，以玉为骨，以冰雪为肤，以秋水为姿，以诗词为心，吾无间然矣。"我想，如果张潮再世，看到当今的美人，会做何感慨呢？美人微笑转星眸，月华羞。今天的美人似乎花也不可比拟，解语、生香、翩跹如蝶，莺歌燕语。但是，乱花渐欲迷人眼，我们反而找不到真正的美人了。

在我美的后花园里，有两位女子，让我心悦诚服地认她们为"美人"，李清照和玛丽·居里。

"大河百代，众浪齐奔，淘尽万古英雄汉；词苑千载，群芳竞秀，盛开一支女儿花。"这里赞的就是被称为"一代词宗"的李清照。动人心魄的不仅是她留下的那些至情至性的精妙好词，渊博的学识和卓越的才华，还有她坦荡的襟怀和崇高的人格。遥想当年，在国破家亡颠沛流离之际，她是怎样呕心沥血地保护一大堆金石字画；又是怎样地在"寻寻觅觅、冷冷清清"的晚年，殚精竭虑地编撰《金石录》；国难当头，她发出"生当作人杰，死亦为鬼雄"的千古绝响；娇弱的身躯创造了与物质不能等值的亘古与深邃，在浩瀚的星空，她的名字熠熠生辉。老年的李清照，哪怕是臃肿松散地坐在椅子上，也难掩她绝代的风华。

爱因斯坦评价居里夫人："在所有的著名人物里面，玛丽·居里是唯一没有被盛名宠坏的人！"赫赫奖章只是玩具，腾腾财富轻若浮云，她的一生，只为献身科学，造福苍生。形貌于她，甚至是束缚。我读过关于她在巴黎读大学时的记录。在大学校园，为了避免因漂亮的容貌给她带来的过多关注，她毅然剪去一头金发，用素朴来消减自己的美。凡俗女子，谁能割舍这与生俱来的美丽？我自认难以做到。我端详过她挂在教室走廊外的画像，光洁的额头，简练的短发，自信而坚定的眼神散发出严肃的光芒。从她那倔强紧闭的双唇里，我似乎听到一片安静而丰富的精神世界。勿论她在科学上取得的巨大成就和为人类做出的非凡贡献，只她那对于热爱所具备的纯粹专注和无私的品格，就赋予了她无与伦比的美。

肉体会消亡，思想却永恒。穿越了岁月的风尘，我依然能感受到她们鲜活的气息，灵动的气韵，美丽流传，源源不竭。

美人如花隔云端。我认为，容貌可以重装修，形体能够再塑造，而一个人的"气"是粉饰不了的。这"气"是一种气息、气韵、气场……我们常看到佳人粉妆玉琢温言软语，待到走近，侧耳细听，方觉俗不可耐浊不可闻。张潮论美人，窃以为还丢了一点，就是气，气清，气雅，气沉，才身正神定，卓尔不群。

身为美人，即使你有了才气和灵气，你还需要有骨气的支撑。这样才能从人格学识到灵魂，真正地挺立起来。这骨气很朴素，比如自尊自重自信自强；这骨气很高贵，比如"海纳百川，有容乃大；壁立千仞，无欲则刚。"有骨气就会生出逸气，骨骏风清，于烟火气里照样能够摇曳多姿。反之，再才华横溢，灵光四射，如果失去骨气，就会有妖气入侵，美会沦落为媚，最终失了自己。

于我，不蔓不枝，亭亭净植，守护好自己的名字，尘世里，认真地站立与开放，就是在缓缓地走近美吧？

倾其一生，我也成不了如她们那样的"美人"，那就努力而奋力地前进着，做锦绣女人，写大气人生。

不知

知书达理的外婆在打开话匣子之前总喜欢说:"讲话要讲给知人听,知人才能听懂,不然就不讲。"她当我是"知人",她回顾自己饱经的风霜,于我早已是耳熟能详。但我依然清楚,我并没能真正懂得。即使那些过去的故事里的沧桑可以感染我,但和我之间仍然隔着迢迢的风烟。若是相知,不发一语,也能感同身受,了然于胸。但我不知,她错付了心事。

黄金万两容易得,知心一个也难求。不知,其实是人生的常态。

朋友们形容我:活力四射,是一个充满正能量的人。我诧然,自己的心里一直住着一个忧郁的小孩。朋友又说,我们喜欢不写字的你,阳光明媚;而我却知道,只有文字,才让我遇见了另一个理想的我,获得真正的愉悦。是她们不知我,还是我不知自己。不知人,亦不自知。总之,常人一般都缺乏老子所言的"明"和"智"。

音实难知,知实难逢,高山流水遇知音,所以说,俞伯牙是幸运的,能遇到子期。当世间再无解我心意者,不如摔琴绝弦,一谢知音。人生得一知己可以无憾矣,遂成就一曲千古绝响!

而胡兰成也是张爱玲的知音。比照着读完胡兰成的《今生今世》和张爱玲的《小团圆》，掩卷叹息，读出两点共识：一是胡兰成是张爱玲一生唯一以性命相爱的男人；二是胡兰成的确是张爱玲的解人。

　　想当年，我也和很多"张迷"一样，不懂才华绝代的张爱玲竟会爱上风流浪荡的胡兰成。说的那句"见了他，她变得很低很低，低到尘埃里，但她的心里是欢喜的，从尘埃里开出花来"广为流传。而后半生的漂泊凄凉，也正应验了她离开他时的预言"我将只是萎谢了"。

　　张爱玲用她的文字赢得了广大的读者，但是这些广大的"知音"，对她的喜欢和理解远不及胡兰成。胡初次读到她的文字，就震悚并欢喜到心里去，立刻就循字拜见。世人对她再多的赞誉，也抵不过胡的一句："世上但凡有一句话，一件事，是关于张爱玲的，便皆成为好。"一语中的的恳切。

　　我一直认为，胡赏识张的文采胜于喜欢她的人。打动胡兰成的首先是张爱玲的文字，然后，他顺着文字走进了她的心，并用自己的聪明和才气，捕获了一代才女的芳心。初次见面，两人一谈五个多小时，胡兰成写"这样奇怪，不晓得不懂得亦可以是知音。"后来两人在一起，连朝语不息。他形容她是民国世界的临水照花人，而自己也坦承"与她同住同修，同缘同相，同见同知……才得调弦正柱。"写文章，是从张爱玲那里得到无字天书，学会了排兵布阵。在文学艺术面前，这样两个人，惺惺相惜，心心相印，不知是谁吃了谁多少的"唾水"？

　　所以说，这样的知音，如在仙境，是不适合来做夫妻的。正如和张爱玲签订了婚姻协议后的胡兰成所说：两个人怎样也不像做夫妻的样子，依然一个是金童，一个是玉女。联结他们永恒的纽带，是文字里的相知相悦，而绝不是烟火人间的柴米油盐。

胡在《今生今世》末尾处坦言："我于女人,与其说是爱,毋宁说是知……情有迁异,缘有尽时,而相知则可如新。"可惜的是,相知还要相惜,才是有情天地。而胡用情近似游戏,和他颠沛流离的脚印一样泛滥。对照张爱玲的凄凉一生,让这个无德才子挨一世骂名似乎也难解恨。可是平心而论,毋论他们的相遇是劫是缘,他依然是她的知音。唯有知音,才能够如斯,才能让她伤心断情。

人都有表达自我获得认同的渴望,短暂的人生之旅,我们不过是在寻找属于自己的同类,来抵挡生命的大孤独,抵达光明和温暖。但多数情形却是,前不见古人,后不见来者,独行于苍莽小道。志同道合者稀少,能同声相应同气相求者,可遇不可求。不知,是多么无奈而不争的事实!

可是,还有文学,还有音乐,还有许多可以打开自我寻求知音的艺术途径。起码,我们能够阅读,与古往今来的贤哲惺惺相惜,与清风明月白纸黑字心心相印。寻不到知音,还可以去做自己的知己。

不言

遇一同行,知我在异乡支教,极口赞叹支教的裨益。在他口中,支教等于镀金,俨然度假,并慷慨陈词,若有机会,定当尝试。我聆听了半晌后说"好啊",微笑离去。生活在别处,风景总在别人那边,这是有些人的人生哲学。而有幸被当成"风景"来观赏的我们,有时候无需多言,默默去走自己的路就行了。

可若是从前,我定会分辩几句的:独在异乡为异客,思乡是人之常情,阁下焉能不知?而现在,每每遇到如斯场景,我多淡然一笑,选择不言。是的,生活的河流里,我们是那冷暖自知的鱼儿,有时遇到无端的风雨,并非就得摆动起尾巴,吐出一串串的气泡。事实上,那样只会让水波浑浊,争不来海晏河清。不如,甘守自己的一方平静。

人年轻的时候,往往是不能受委屈的。有一种证明自我的强烈自信,又有一种确定不了自我的不自信——生怕世界误读了自己。所以要辩解,要畅言,言辞铿锵,黑白分明。行年渐长,更加懂得去倾听。此中有真意,欲辩已忘言。很多时候,无需去辩,去言。时间的淘洗里,生命的河床上,浮花浪蕊总被雨打风吹去,而那些沉淀下来的,已足够澄清、圆润、温暖。

读鲁迅小说《伤逝》里的一段文字："她却是什么都记得：我的言辞，竟至于读熟了一般……夜阑人静，是相对温习的时候了，我常是被质问，被考验，并且被命复述当时的言语，然而常须由她补足，由她纠正，像一个丁等的学生。"每读至此，总会心酸。纯真热烈的子君所做的温习和考验，在涓生那里是可笑的，渐渐的他做不出虚伪和温存的答案，且觉得难以呼吸。当爱已凉，曾经刻骨铭心的场景和细节，如隔夜的残茶泼洒在幽暗的墙角，只飘荡着凄凉的朽腐气。

子君不懂，"不语还应彼此知，夜深闲共说相思。"而涓生更加不懂，喋喋的言语恰恰是子君对爱无望时不安和恐惧的表现。她害怕啊，害怕他不懂自己的心，她更害怕，害怕他不爱自己了。她要用相对的连朝语不息，来燃起爱的火焰，抵抗现实的冷酷和生活的困窘，沉默对于她，无异于爱的凌迟。她不是不懂，若为知音，不发一言，亦心领神会。可情丝已断，再多的细言密语也缝补不成爱的锦衣。她在冰冷中走向不归路，用年轻的灵魂为爱殉葬，把无尽的痛留给同样可怜的涓生。彼时，纵有千言万语，也难以表达涓生的悔恨和悲哀了。

爱到深处，是无言的深情和悲悯，而真正的痛，也一样。鲁萨梅尼说"丧友之痛，痛以言表；丧亲之痛，无以言表"。或许这句话有争议，但能嚷出来的痛的确算不上真正的痛。夜深忽梦少年事，梦里花落知多少。苏轼悼念亡妻，《江城子》中一句"相顾无言，唯有泪千行"，催人断肠。不是呼天抢地的号啕才是悲痛欲绝，而是不眠的夜里摁着胸口摸到的痛才深入骨髓吧？柳永写"执手相看泪眼，竟无语凝噎"，人生的大悲痛里，除了死别，还有生离，颠沛坎坷之中，他们留下的表述却都是"无言"。而那个经历了国破家亡之悲，流离失所之痛的李清照，佳节之际，用老迈的笔，写下的却是那样平淡的几句："如今憔悴，风鬟霜鬓，怕见夜间出去。不如向，帘儿底下，听人笑语。"历经沧桑，只剩悲凉。人要走过多长的路才会懂得,深情不叙,盛景不言,繁华与落寞之后,是无声作底。

喜欢在雨夜,听蔡琴唱《你的眼神》。那惆怅又宽广的声音,如细雨轻轻洒落心间,空气里流淌着苍凉的温柔。"虽然不言不语,叫人难忘记,那是你的眼神,明亮又美丽,啊,有情天地,我满心欢喜……"于万千人之间眼波一转,心下轰然,但只是一个人心里的海誓山盟。默然相爱,寂静欢喜。走过波澜起伏的迢迢岁月,却仍有一双眼睛,明亮如初,在生命里无言地美丽着。

"这么多年,一直在读你的文字,看到了你的成长,加油!"某一日博客上看到这一则匿名留言。心中一暖,回复问询。很长时间之后,收到"喜欢,但允许我不说。"屏幕两端,忽然心心相印。是啊,红尘烟火熏染里,猎猎传奇早已淡去,驾临人间的是妥帖和安稳。遇到喜欢的文字,如同遇见心仪的人,纵然相逢,一笑而已。哪怕情愫暗种,但绝不惊心,亦不扰民。素心暗香浮动,银河明净清浅。

委屈不辩,苦痛不诉,喜欢不谈。前欢杳杳,来路茫茫,也无风雨也无晴。活到如此孤独的时候,是有一种清定内敛的光芒在里面。天地有大美而不言。不言,实在是一种至善至美的辽阔境界。

经过老子的雕像前,我在想,他说了多少呢?星空下,智者不言。又想起在清华校园里看到的校训碑刻"行胜于言"。一个多年的朋友曾说过一句让我记忆犹新的话:"我不是说的人,而是做的人。"也发现,来来往往的人海中,口若悬河者未必是肝胆相照的知己,默默守望者才是不离不弃的良朋。静坐常思己过,闲谈莫论人非。说一句好话,或者不说话,于这喧哗与躁动的人世,已是一件功德无量的事。所谓锦心绣口,积口德亦是修心福。

不言,让我们走在尘嚣的世间,走着走着,会遇到千年前的那个春江花月夜。闲步江畔,月不言,我不言,驻守一个澄澈空明、冰清玉洁的世界。

书人痴语

黄庭坚说三日不读书，便觉言语无味、面目可憎，我深以为然。几日不读书，则心生恐慌。知识的更新与折旧速度飞快，唯有读书能保持思想和心灵的生机和活力，不被淘汰。当然，读书不单是为了竞争，不只是为了跑得快。恰恰相反，是让人在这个喧嚣快速的时代，还能保持内心的从容和宁静。阅读会成为护身符。如我，若没有文字的滋润，必将自行枯萎。

若我疏远日久，会莫名的不安，似乎灵魂在提出无声的抗议。即使天祥地瑞，生活甜美如蜜汁，在喜悦的波光背后我仍听到声声动荡的呼唤，看到那些清澈又深情的眼神。它要参与和介入我生命的每个阶段，完成对自我的清洁、释放、滋养和升华。原来文字已根植我心，要和心灵对话，忘了身外一切，回归清远深美。

读的书越多，衰老得越慢，因为心慢下来了。在与古往今来的贤哲对话中，在不倦的探索和寻觅中，终于找到了精神上的亲人，明确了自己的血统，也就拥有了源源不竭的源头活水。世界会奖赏爱读书的你，若有诗书藏在心，岁月从不败美人，阅读能让人保持自然的灵性和生命的高贵。如果哪一天，我不再拥有对读书的单纯的喜欢，不再倾听内心的音乐，那时候的我就真的老了、俗了。读书让我保持警醒，不可怠慢光阴，荒废生命。在人生旅途上保持一份童趣和闲情是不容易的，要做一个看风景的人。读书是回家，也是远行。

静夜读经典，事半功倍。书中的文字纵横跳跃于万籁俱寂神思澄澈中，滋养了梦境，润泽了血脉，第二日醒来便觉神清气恬。我有时会有奇怪的冥想，书到今生读已迟，很多书仿佛是在前世读过了的，今生相逢才一见如故。印度古老经典《吠陀经》说："一切智慧皆于黎明中醒来。"我祈愿，每个夜晚枕着书香入眠，每个清晨在智慧的光芒里欣欣然张开眼。

偷得浮生半日闲，端坐于图书馆。书香似故园，我亦是归人。光阴如窗外的合欢花清馨秀美，让人目酣神醉，有静影沉璧的皎然，有花面交相映的茫然……思绪缥缈空灵，人花一时难辨，在书香里放纵着美的沉思和烂漫，不禁驰骋于笔端。书写是阅读的孪生姐妹，哺育我多年，从来不求深交，终归不离不弃。

木心同情老子，说他彻底孤独了二百多年，他的同代人没有一个配得上与他谈谈。其实，精神层面的对等交流历来就是稀缺的，不仅是老子。不然，伯牙何故为子期摔琴呢？高山流水遇知音不可求，但如果人能找到让自己表达的方式，就是大幸运了。起码，孤独来袭，你精神的导管虽拥堵，但绝不至于破裂吧。

写作就是自说自话，我和自己说了很久，并将一直说下去。能写到什么时候什么程度，这都不足为虑，遑论名利。文章千古事，得失寸心知。我从没做"千古事"的雄心壮志，寸心知的是，写作本身就是足以快乐和感激的事。曾有一度，我恨她，说写作是吸毒，写和不写都痛苦，消耗生命的能量和热量;更多时候我爱她,这忠贞不渝的情人,是救赎和温暖。对她我又爱又恨,无法自拔。其实,这终是自己的德行浅薄和格局狭窄,拥有她,除了感恩,我还能说什么呢?

我享受每个灵感翩然来临文思泉涌的时刻,流泻于笔端的文字像一朵朵花,在我的指尖次第绽放,让我像春天一样美好和富有。写作是与神灵对话,我相信那一刻我是通灵的,神游万仞,心与神通,这是我区别于那个尘世中的我的胎记——天恩浩荡,眷顾加身,在稍纵即逝中捕捉到美和感动。

故乡香

临窗晨读。读到周美成的句子"叶上初阳乾宿雨,水面清圆,一一风荷举",托腮望远,眼前迤逦出一片碧叶红荷,自己好似也化成其中亭亭的一朵。

原来思乡,是一种无处不在的气味。一朵在诗词里摇曳清芬的荷,就可令人恍然意远。

想起学校的南面,有一片荷塘。常在课余时,独自走到楼上,凭栏相望。层层叠叠碧绿的叶子,在轻风中,和我打着招呼。生活待我,厚爱有加,在我工作的地方,赠一池莲叶莲花。清风荷香,若是明月夜,可令人痴。校园里花开似锦,浓荫匝地,在明亮的教室里围绕"小荷才露尖尖角",我和学生们探讨着那"尖尖角"指的是嫩叶还是花苞。耳畔仿佛又传来清脆的争论声,而我已站在千里之外北方的课堂上。我离开学校时,时令深秋,满池残荷。而如今,又到绿意葳蕤的时候,微风过处,可曾有谁,为那一池荷驻足,而那一池荷,可还记得我?我像一朵漂泊到北方的江南莲,找不到安放自己的水域。

满城风絮。在午后,坐在公交车上,看着窗外爽朗的蓝天,白云缓缓地飘在古城的上空,澹然宁和。车到底站,我没有下来,原路返回,神思翩飞在道路两旁古老的建筑上,那凝重的砖瓦间,潜藏着浓厚的文化底蕴。道旁落花的树下,摊贩摆着的蔬果,却兀自吸引住我,让我凝神注目。一种熟悉的气味萦绕而来,如他乡遇故知。蓦然想到故乡河滩上母亲的菜园,生长着繁盛的蔬菜瓜果;想起母亲采下青青的芦苇叶,包成秀气的粽子,那里面包着许多我不曾细细品尝的味道;想起老家门前的院子里,枝繁叶茂的栀子树;想起外婆制作的桂花枕头;想起童年,顶着荷叶,去摘脆生生的菱角……思绪如杨花漫舞,在异乡干燥的空气里,慰我以月光一样的清凉。

离乡方知思乡,而我所怀想的故乡,又不完全是现实中的模样。"我已经发现,认识自己的故乡的办法就是离开它,寻找到故乡的办法,是到自己的心中去找它,到自己的头脑中,自己的记忆中,自己的精神中以及一个异乡去找它。"这是美国作家托马斯·沃尔夫说过的话,我深有共鸣。而现在,我找到了吗?我的故乡,一个普通的皖南小城,包括已经消失的过往,重新在我的想象中获得建构,开始流进我不眠的梦里。也许,我诗性了我的故乡,我美化了故乡的风物,故乡的味道……可是,静寂的午夜,一首忧伤的《故乡香》,却会让我落泪。我发现,故乡的气味已经融化在血液里。

不久前在这里上"同课异构"的公开课,面对台下黑压压的爽直的北方人,我感到了从未有过的压力。在故乡,我也曾登过大大小小的舞台,可是我没有如此紧张和慎重对待过。课后评价,赞誉甚多,在听到"课上得大气从容,漫溢着一股长江而来的清新之风"时,我的眼眶突然湿润。一堂小小的公开课,把我的名字和故乡连在一起,我没有令故乡辱没。这种自豪和感动,身处异乡身临其境时方才深深体会到。

也许,荷一样的洁美,水一样的柔韧,这就是清雅的江南,是故乡,赋予我的体香。无论走到哪里,不会相忘。

水云间

　　每每在电脑前敲字累了，会把目光从屏幕上移开，望向面前墙上挂的一幅山水画。黑白灰的色调，层次分明。白水与山石相依，各占画幅一半，顶上一抹苍云，几点乌鹊南飞，淡水远山，林木萧疏，水中央一条沙汀，荒草萋萋，石旁树下，岸前横卧一舟，船头坐一人，正垂钓江上，从发髻和服饰看疑似魏晋之人，散淡闲逸之风透过一根钓竿飘来，意境空渺澹远。画幅右上角书十字"淡看百年梦，停棹水云间"，落款：辛卯秋月金河。字是竖排的，其色墨，下附两枚篆章，其色丹。

　　凝望久了，好似就走进了画中。走过江畔，穿过曲径，登上林木掩映中的草堂，远眺夕岚，静听流水。日出而林霏开，云归而岩穴暝，野芳发而幽香，佳木秀而繁阴，观朝暮之美景，品四时之芳菲。这是我的想象，且想得热闹了。这草堂不是醉翁亭，像是王维的终南山辋川别墅——如果古代的别墅如此简洁的话。看那停棹人，云山苍苍，江水泱泱，独此一人，是有着"青山依旧在，几度夕阳红"的寥廓和清远的。有几分苏轼《浪淘沙》里"人生如梦，一樽还酹江月"的意味。或许，他真是在等待那江上

242

的一轮明月吧？不知江月待何人，但见长江送流水。画中有秋意，淡泊宁静，却让我联想到雪夜。若是落一场大雪，这个停棹人依旧是岿然不动的，垂钓寒江雪吧。或许，也会像明人张岱在《陶庵梦忆》里描述的那样，看雪、饮酒、痴语，抑或醉卧于舟中，任波浪轻拍，不知东方之欲白。我在画里神游，兴味益然、清梦甚惬。

　　我并非懂画之人，欣赏艺术，往往靠的是直觉，而直觉，也许最敏锐和准确。在刘金河老师的画展中流连，我首先捕捉到的是一种深厚的传统文化的意境。画中有诗，诗中有画。这种感慨也许套用了前人的话，但并不陈旧。他的画，我认为就是属于中国的文人画。"中国的文人画，都是把文学的修养隐去了，李太白的书法，非常好，苏东坡画几笔画，好极了。"这是木心说的。刘老师的画能让我瞬间想到魏晋风度、唐诗宋词，这不仅是因为他画龙点睛的题文，更是整幅画所蕴含的神韵。透过一幅幅画作，看到的是画者的功力和修养。我相信，一切艺术的背后，不仅仅有千锤百炼的高超技艺，更有厚积薄发的素养积淀。那种气息和神韵是遮不住的。其次，他的画让我自然而然地想到丰子恺。虽然一个是中国画，一个是漫画，但艺术的精髓应是相通的：寥寥几笔，形神兼备，笔端含情，天真动人。一些寻常人物场景，在他的笔下闪烁着悲悯的情怀和温暖的光泽。那山野亭下对弈的和尚道士，一盘棋下得忘记春秋，不知今夕何夕；那溪畔浣纱归去的村姑，袅娜的腰肢，流宕出原始的风情；那牵着牛儿耕种田畴的农人，迎着深远的山前一枚浑圆的落日，如一曲青田云水谣……袅袅的炊烟，月色下昏黄的小屋、清亮的荷塘、烂漫的桃花……一派古朴雅逸。

　　还有，意外地发现，刘老师画中的男人，其神态极似"老树画画"里的那位主人公。都是古人、白袍加身、眉目不清、安闲自适，只是，老树画画里那人戴一顶宽檐帽，刘老师笔下的人不戴帽子。我询问刘老师，作为中国美协会员，一个驻京专业画家，可认识那个风靡网络等媒体的画家老树？他温和地告诉我他不常上网，反而让我介绍老树。老树是北京高校一教授，因他的画和他配的小诗，能治愈浮躁净化心灵而流行当代。我说，从画风和意境上，我觉得他们二者有异曲同工之妙，但刘老师的画题材更加广泛和大气，既有野渡无人舟自横的清寂潇洒，也有轻舟已过万重山的辽阔磅礴。这从近年来他那些在全国书画大赛中屡获大奖的作品中就能窥见一斑。

刘老师的画，运笔着色，精细亦宏阔，恬淡却饱满，有小家碧玉的清新，亦有大家闺秀的雍容。他那副长达3.2米的长卷《山水四季》，用时三个月创作完成，让人惊叹其构思之巧妙、布局之繁密、用笔之醇熟。真是胸中有丘壑，纵横捭阖驰骋千里，尺幅之间精雕细琢，风物万千而各安其所。让参观者叹为观止，如此满纸云烟，疏密有致，浓淡相宜。画家刘金河，他在自己的写意山水里，纵情挥洒情韵，泼墨激扬人生！

鲁迅先生说，每当夜深人倦时，看着书桌对边墙上藤野先生的相片，念起先生的教诲就会鼓起向前的勇气。于我，蒙刘老师惠赠这幅山水画，常在疲倦和困乏时凝望片刻，也仿佛能获得休憩和净化。在这水云之间神游一番，停棹片刻，淡看百年。

唤醒心里的莲花

雪小禅在《突然的莲花》里写：你心里，要，有，一朵，莲花。一字一顿的铿然、明艳、亮烈，读到此处，心下凛然，继而释然。

我确信，心里有一朵莲花。同我一起诞生在人间，而当我有了名字的时候，她的形象就逐渐丰盈，风神摇曳，伴我一程一程走来，以真作茎，以善为叶，以美为花，播种和收获爱的芬芳。

而"完美"，是一把双刃剑，最容易刺伤的就是自己。行走在尘世的泥沙里，常常会无端地被迷痛眼睛。曾经以为，守护着这朵莲花，哪怕走在最黑暗的夜里，我也不会迷路。而没有料到的是，莲花，也会沉睡。

在异乡的夜，举首问天，一些古老的问题。关于生死，爱和美，价值和永恒，人在真正孤独的时候，都会成为这种追问者中的一员，徒劳不休地问下去，甚至，赶跑了睡眠。

我有时想，天意冥冥，让我来到这道家之源，把生命中不能承受之重，在极短的时间一起降临，潜藏着怎样的玄机呢？忘不了走在老子故居的震撼，碧空浩荡，平原辽阔，人在其间，和苍苍林木一样挺拔，顶天立地，却又渺如尘埃。那种生命的壮美和卑微同时涌动,呼啸,于自然面前,偶然。千年前,他就是从这块土地上出发,写下了他朴素的思索。而一代一代的后来者,仍然在他思索的路上徘徊。在晨光里诵读《道德经》,我祈望唤回内心的祥和安宁。

深夜,一个人对着电脑看87版的《红楼梦》。人生如戏,多少繁华如梦。大结局时的画面,白茫茫一片雪地,宝玉踩着深深浅浅的脚印向前淡去,响起画外音:陋室空堂,当年笏满床。衰草枯杨,曾为歌舞场。蛛丝儿结满雕梁,绿纱今又在蓬窗上。说什么脂正浓、粉正香,如何两鬓又成霜……悲凉如水,漫漶而出,将我层层包裹,泪洒枕巾。你方唱罢我登场,都是为他人作嫁衣裳。戏里戏外,谁又分得清?

去观海,去看山,却发现,一个人的脚步走得再远,也走不出自己的内心。在雁荡山,有一夜,和同室的女友说文字,说生命……喜欢文字的女子,关注的总是性灵。不知是谁,提到了午后——烈日午睡后醒来的茫然和虚幻。那一刻四围悄然,不知身在何处,去往哪里,明亮的光线中漂浮着一种特别清晰的荒芜感。我们同时坐起,面露惊悚——原来,你也是这样的。心下悚然。

也是在午后,读到川端康成获得诺贝尔文学奖时的感言《我在美丽的日本》。其中摘了西行法师的一段话,形容川端康成的作品流露的是东方式的"虚无"。打了这样的比方:像一道彩虹悬挂在虚空,五彩缤纷,又似日光当空辉照,万丈光芒。我在想,他们一定也曾经在某个午后的日光里,透过灼目的光和色,抵达了虚无的心。于川端康成,文字最终也没能搭救他那颗遇险的心,他竟然选择以那么决然的方式,把自己归还给了大地。当然,何止是他呢?

在很长很长的时间,这些温暖又破碎的画面,孤单而忠贞的文字,静静地陪伴我,一起祭奠虚无。虚无是一种病毒,让心里的莲花,叶萎花谢,长眠不醒。丢失了真善美,我陷在自造的城堡里,否定所有,寒凉遍体。

　　又到秋意浓,我看到了满池残荷,在风雨中,凄惶不堪的样子。可我也知道,来年的盛夏,它们依然亭亭,会无忧无惧地盛开。所有的凋谢都是为了新生。如同,我的莲花,一直都在,等候我把它,唤醒。

从前慢

　　初遇这首《从前慢》，是在两年前，学生做的黑板报上。黑漆斑驳的一个角落，不太工整的粉笔字，写着几行简单的诗句。旧时光轻轻地咬啮，心温柔地疼了。从前慢，从前真，从前的温暖和纯净……

　　想念从前的土地。是泥土，没有铺上石子或是水泥，是凹凸不平的，一场雨，会溅出浓烈的土腥味，那是尘世里最亲切的香味。脚丫子踩在滑溜溜的泥泞里，跑得飞快，吸纳了泥土的营养，得了天地的精华，泥土养育出我们强健的肌体。朗润的日光下，像杨树一样英气勃勃地长大，泥土赐予我们远行的能量和地气。

　　从前的春天，天蓝草碧，我们挎着篮子去河滩挖芦蒿。绿的细长叶铺展着，嫩白的茎根藏在地下，密匝匝地挤在一起，一会儿就能挖到一小篮。倦了就放下小铲子，躺在草甸子上，枕着河流，望着蓝天，一朵朵白云悠悠地飘着。河边的芦芽又长高了一截，有鸭子在水里游着。待到夏天，芦苇茂密，就是鸟的天堂。我们扒开芦苇丛寻鸟窝，或坐在树桩上钓鱼。钓到的鱼用铁丝串起来，在滩边挖一个坑，用砖头垒成灶，上面架一只从碗橱里摸出来的搪瓷缸,燃起火,我们兴致勃勃地烤鱼、煮鸟蛋。从前的日色黑得慢,从前的快乐就这么简单。

从前的夜是黑的,黑暗的黑。不像现在,闭上眼,也沉浸不到那种纯粹朴素的黑里面。

从前的梦里,不知道什么是失眠,就是一望无际的安恬的黑。黑色是天给地披上的一件寂静而温柔的毯子。偶尔的夜,我会在梦里醒过来,睁开眼,黑黢黢的一片,细微的呼吸声萦绕着,如微风拂拂中,一条小舟缓缓地靠了岸,河面泛起层层细粼,给夜镶上了一道朦胧的银边。

一只花猫蹑手蹑脚地在屋梁上巡逻,梁上"悉悉索索"的声音按了暂停键,花猫一个箭步扑过去,在黑暗里,上演着功夫片。"喵呜"几声后,夜归于宁静。

在有月亮的夜晚,会听到猫在瓦上走动,脚步轻轻的,踱着步行吟的样子;还有几声狗吠,心血来潮似的,空廓而辽远,和月亮抒情。猫和狗,都是乡村夜晚的诗人。

整个村庄睡着了,土墙,木窗户,锅灶,灶膛里的草木灰,都静静地睡着了。那些伸展在大地之上的东西,都听话地裹着毯子,一声不吭,夜把它们调教得服服帖帖的。但我总觉得那些树是在装睡,和我此时一样。我能听到叶子在交谈,树的血液汩汩流动着,还有藏在地下的树根,千万条根须吸附着水分,蓬勃地生长。越不说话野心越大,把根扎得深深的。

白日里跳跃的心在深不可测的夜里安宁下来,睁得大大的眼睛,眼前描画出各种各样的图形,我总是肆意地变化它们的颜色形态,排列成夜的花纹。从前的心域,没有疆界;从前的未来,那么遥远。

一直想写一个"从前"系列,写写从前的土地和村庄,草木和人情,爱和暖⋯⋯至今只完成了一章《从前的夏天》。可我不急,从前慢,从前的

情怀都安安静静简简单单地站在那里。如同这首诗,在清夜轻轻读起,
就会唤醒尘封的往事:

从前慢
记得早先少年时
大家诚诚恳恳
说一句　是一句

清早上火车站
长街黑暗无行人
卖豆浆的小店冒着热气

从前的日色变得慢
车,马,邮件都慢
一生只够爱一个人

从前的锁也好看
钥匙精美有样子
你锁了　人家就懂了

素色女子

　　素色，是摒弃万千繁华，见真淳的颜色。是林花谢了春红后，那一抹清定的底色。

　　紫陌红尘，无人不道看花回。素色女子，是在薄暮时分，人影寥落中从容看花的那一个。

　　于泛黄的纸页间寻觅她们，疏影摇曳，冰清玉洁。

　　"纤纤擢素手，札札弄机杼。"舍弃天宫的富丽堂皇，甘愿委身于烟火深处，男耕女织，过寻常人家生活。织女是素的。浩渺而宽广的银河抵不过她一滴泪的重量。

　　如此素朴地追求爱情，自然不会忘了那个叫白素贞的女人。这名字委实取得好，比照出她的人生：素洁，坚贞，奋不顾身的壮烈里有一份苍白的凄清。

　　素色女子，心如晨露，情比金坚。

　　"食去重肉，衣去重彩，首无明珠翠羽之饰，室无涂金刺绣之具……"一个叫李清照的素雅女子，从那沉醉不知归路、倚门回首嗅青梅的烂漫天真，一路颠沛过国破家亡，走到"寻寻觅觅、冷冷清清"的风烛残年，在殚精竭虑编撰的《金石录》后序中如是记载。一支素笔，应对沧桑流年。素面朝天，书写风华绝代。

素色女子的生活成本低,极易成活。是因为心中,有一团温柔而坚硬的热爱和追求,能战胜物质的极度匮乏和生活的重重磨难。一片冰心,于风霜雨雪中,修炼出梅的风骨、菊的品性、莲的气度。

生活在现代的素色女子,即使外在时尚,内心依然古典。表里俱澄澈,拒绝媚俗。

这样的女子和世俗的喧嚣隔了一层,于外界的节奏迟着一步。后知后觉,低温稚拙。不戚戚于贫贱,不汲汲于富贵。亭亭净植,不蔓不枝。却会为山川草木、花鸟虫鱼,或者微不足道的小事小物感怀深重,闲愁万种。素色似乎成了悲剧的颜色,只能成就美学的价值,丝毫不具备实用的功能。

于人世迟钝,于自然敏锐。素色女子和世俗标准格格不入,于一群人的滔滔中落落,极易被贴上"不切实际"的标签。总之,是和自己所处的环境错位,抑或脱节。梦想在远方自由飞翔,素色女子的翅膀,一直在寻觅宁静和温暖的天堂。

缥缈孤鸿影,幽人独往来。一个人有一个人的风景。素色女子的寂寞是隽永的,忧伤是恬淡的,惆怅亦是清澈的。不受物质的羁绊,精神世界斑斓丰富;不谙万种风情,却自有天然一段风流翩跹。

送夕阳,迎素月,素色女子的城堡里,始终住着一个看风景的人。懂得在柴米油盐的庸常里生长出琴棋书画的清音轻吟;懂得在生命的旅途里收藏每一寸清风朗月,每一段山长水阔;懂得在落花流水春去也的韶光里,怀素心,禀诚意,达真纯。

素色女子长着许多灵敏的触角,伸展在一些不为人注意的角落,蓬蓬勃勃,曲高和寡。只有相同气场的人,才能认出其落寞而不羁、清寂而卓然的情怀。

素色女子的心里,永远守护着一块桃花源,芳草鲜美,落英缤纷。

共饮长江水

特别喜欢宋代词人李之仪的那首词《卜算子》:我住长江头,君住长江尾。日日思君不见君,共饮长江水……也许是因为生活在长江之北,毗江而居,我对这首词多了份亲切和深情。记得有次涉江而过,去芜湖县的六郎镇采风,在座谈会发言时这首词自然而然地脱口而出。共饮长江水,同是芜湖人,云开看树色,江静听潮声。浩浩荡荡的长江水滋养了两岸的风物人文,谱写出悠远蓬勃的锦绣篇章。

芜湖是宜居之城。它拥有着得天独厚的地理环境,钟灵毓秀,四季分明。半城山色半城湖,是真正的"水脉绿城"。水是生命之源,水给城市带来了生机和活力。一百多公里的长江黄金水道,是我们的生命线,也是城市发展的新高地。可在经济建设的过程中,不可避免地带来了环境破坏和江水污染的问题。今年的《政府工作报告》中,做出"聚焦和谐共生,提升生态质量"的目标定位,明确写着"加强生态资源管护,把修复长江生态环境摆在压倒性位置"。这说明保护长江,维护青山绿水,不仅是需要去践行的理念,更要把水资源、水环境的保护放在重中之重的地位上。做好水文章,才是可持续发展的基础,才是人民安居乐业的前提。

问渠哪得清如许?为有源头活水来。滨江骏景,清雅古城,除了一江清水来哺育,还有文化之水来润泽。

芜湖是宜学之城。它拥有着众多优质的教学名校,历史悠久,资源丰厚。我曾在依山傍水的安徽师范大学赭山校区学习过,园里郁郁苍苍的古树林立,校门外一排排个性鲜明的书店,最有特色的是一个个旧书摊,时常能淘到意外的惊喜。徜徉于此,氤氲出一身的风流雅逸。这次路过却看到,那些砖红色的楼房被推倒,小书店、旧书摊也销声匿迹。我有一个小小的梦想,当这里重建时,仍然能保留那些老城的记忆和文化符号,最好还能新建几间"共享书店",让传统文化在时尚元素的带领下振兴。当人们漫步在镜湖之畔,天光云影共徘徊,绿水蓝天濯洗了一身的尘埃,彼岸的风又吹来浓郁的书香,怎不令人陶然忘返呢?

以水绕城,以文化城。芜湖已获得"全国文明城市"的称号。我想,一座城市的文明,不仅仅体现在各项先进完备的配套设施上,更展现在人们优雅得体的言行举止,焕然锐意的精神面貌上。如果我们能像创建文明城市一样,集全城之力,去打造一座教育名城,这也是指日可待的。让教育,来唤醒和温暖一座城。让书香弥漫,让城市文明。如果有一天,琅琅书声战胜了网络游戏,共享书店取代了网吧、游戏厅,那么,不仅会带来生命个体的强健,也必将带来民族的复兴和国家的强盛吧。让宜学之风在滨江之城刮得猛烈些吧!

不久前,我参加过一次县政协视察调研。了解到,明年如果长江取水口能够成功建成,真正实现城乡供水一体化,我们无为县全县120多万人口就都能饮用到长江水。我们期盼这美好的蓝图早日化为现实,共饮长江水,同写新篇章。那时若再念《卜算子》:只愿君心似我心,定不负相思意。又多了几份铿锵豪迈!

生活在长江边的人们是幸福的,山水相伴,草木为邻,呼吸着清新的空气,在书香里憧憬……

明月来相照

月光一样明亮着

月亮是乡村最伟大的魔术师,给我们的童年布设下瑰丽的梦幻。梦的光芒,闪烁着一生。

月光清澈如水,把我们的影子映在地上,和屋影、树影重叠在一起。我们蹦到开阔的场地,看自己的影子干净而清晰地晃动着。影子陪我们玩耍,耐心之极,形影不离,忽长忽短,忽前忽后,怎么踩也踩不到它。最后反而是我们生气了,和影子捉起迷藏来。把身体藏在暗处,看影子消失不见了,才从暗处得意地笑着跑出来,像是打赢了一场胜仗,满意地伴着影子回家。

当然,月亮的魔力是无边无际的,它给大地撒上一层银辉,像是给整个村庄和田野穿上了一件宽大的白纱衣,我们无拘无束、无忧无虑地在纱衣里面嬉戏。

我们在月光下爬树,爬到老高的树丫上摇啊摇,晃得树枝"哗哗"响,惊起打瞌睡的鸟儿,振翅逃离了巢。摇累了,笑够了,看着月光泻在树叶上,叶子泛着绿莹莹的光,仍不忍滑下来,就坐在枝丫上靠着树唱歌,唱得夜色迷离,鸟儿归巢,鸟妈妈牵挂它的宝宝。

月夜的父母是慈祥而温厚的。月光浣洗了他们的劳累和警惕,他们知道月亮可以替他们守护自己的孩儿,于是很放心地把我们托付给了月亮。他们之间也有着默契的约定吧? 总之,月光皎洁的夜晚,他们脸色柔和,话语温柔,如同月光。他们小声地交谈着,一边闲适地做着活计。月光注满了每个角落,每颗心。

屋外的草垛散发着酣甜的清香,引人亲近。偎在草垛边,听蛐蛐吟唱,找蛐蛐斗草,是我们乐此不疲的游戏。有时候,我们看到父母亲在打草鞋、搓绳子,也会懂事地拖一把草夹在腿间来搓绳子。但是我们不像他们那样坐在板凳上搓,我们把绳子一头系在树上,从这棵树搓到另一棵树,再往回绕,像蜘蛛结网一样。小伙伴们在一起比着赛,看谁搓得快,搓的绳子长。搓着搓着把自己绕进网里也不知道。有时候搓着绳子忽然闹起来,把草往地上一丢,就打起仗来。不料有人被绳子绊倒,一觉跌得响亮,爬起来揉揉屁股,看到绳子却无恙,发狠踩上几脚,大伙都哄堂大笑起来。月光也脆生生地笑起来,漾动着,像个醉酒的人没扶稳酒杯,醉意泼洒了一地。

劳动成果自然是轻飘的。父母亲瞅瞅我们发光的脸颊,并没有呵责,接过我们搓的几圈绳子挂在墙角,绳子是用来打草包、草鞋用的。我们自去擦干净身子,爬到床上,被子下的稻草“吱吱”脆响,枕着月光的我们,很快进入了梦乡。

最圆的月亮当然是中秋月。外婆把一张小桌子搬到屋外,正对着大门安放。她虔诚地在桌上一一摆放月饼、瓜果,我们看着看着,手指头不自觉地就塞进嘴里,吮得“啪啪”响。她叮嘱我们,一定要等月亮吃完了我们才能吃。可我总有点不放心,月亮吃完了,我们还吃什么呢? 而且我特别好奇,总想看看月亮是怎么下来吃月饼的。可是外婆要求我们回家,不能在旁边打扰月亮,她一个人陪着就可以了。不久,外婆就捧回了月饼。我很诧异,月饼还是那么圆,丝毫不逊色于天上的月亮。可是外婆说月亮已经享用过了,现在我们可以吃了。她握着一把刀,把月饼切成一块块的扇形,郑重地分发给每个人。我看到外婆的额上,好似也贴了一片月光。摊在手心的月饼,黄酥酥的一层薄壳里,露出红的绿的丝线,夹着颗粒状的白色冰糖。我们比月亮厉害多了,一口就咬去一半:甜滋滋,软糯糯,香喷喷。这中秋尝到的月饼,真是人间最好的美味。在童年贫瘠的记忆里,它能让我们咀嚼着回味好多天。

从前的乡村,什么都是正宗的,特别是那原汁原味的月亮。气味纯正,光线健康。呵护着家园,生长着梦想,陪伴着我们脚下的路,很长很长……

雨季不再来

梅子黄时,雨下得千姿百态。

那时的我,站在田埂上,抬头望天,天上好似扯了一块黑布,正在慢慢地铺展,电光闪烁,雷声隆隆,风呼啸着在麦浪上翻滚,雨,顷刻而至。先是斜织着雨帘,逐渐地叮咚了河水,后来就成直线形的梳洗大地。我早撒开了脚丫子跑起来,似乎听到了泥土和青草的吮吸声。调皮的雨钻进我的脖颈,让人感触它的冰凉清新之气、激越豪迈之声。

天上又换了一块灰白的布,这时好像伸进来一支巨大的墨水笔,正在向布上面挤水。一团团黑云不断地聚拢、散开,氤氲在苍茫的天地间。雨稀稀落落的,田野上空的电线杆线条模糊,静默着的村庄渐渐开朗,树叶青得逼眼。

漂亮的开场后,连绵不断的雨来了,在檐下不知疲倦地拨动着琴弦,节奏分明。

午后的我,坐在后门槛上,看栀子花饱满的花蕾怎样在雨中将刻着白绿旋纹的身子天真地鼓胀、绽放。夜里我常常坐起来,对着窗外发呆。洁白郁香的栀子花和潺潺的雨在交谈着生命的话题吗？

放在墙角的竹筛里躺着盖得严严实实的蚕豆，我偷偷揭开，看到蚕豆身上长了很多白色的绒毛。外公慎重地叮嘱我不能偷看，他说，豆子怕羞呢，不要惊扰了它。于是我终于看到了豆子将自己霉变的心事酿成了缠绵的酱，我尝了一尝，又咸又甜又鲜。

头发花白的外婆逮住每一片阳光，将压在箱底的红棉袄翻出来，和自己一起在阳光下，晾晒。

街上的杨梅躺在提篮里，被酸酸甜甜的嗓音叫卖，那嫩藕一样的胳膊挎着提篮，在雨中穿梭。

梅雨，任由记忆泛滥成灾。

我想起了那个喜欢吃杨梅、名字叫梅子的三姨，拖着长辫子笑吟吟的样子。四十一岁的她离开我们有三年了。也是在这个湿漉漉的季节，她撑着船带我们参观她的鱼塘，浮萍逗弄着雨丝，涟漪一圈圈地荡开。在她的生命中雨季如此漫长，幸福短促得让人唏嘘感叹。

今年，我在街上买了袋装的冰冻杨梅，放在冰箱里，竟忘记了吃，后来扔了。我倒是分外地想念外公做的紫得泛黑鲜美异常的酱。原来生命的形态不仅是那么多种多样，还可以有破茧成蝶般的深沉和安详。潮湿的季节里这小小的豆子就是最生动的证明。

梅雨天，人似乎很贪恋昏睡，我的发丝，也常慵懒地散落在枕边。夜深花香，雨打叶瓣时，我听到年华的流水也在不停歇地从枕边流淌；那个光着脚在雨中田埂上奔跑、在栀子花香中迷失的女孩走远了，她已慢慢懂得保持湿润而温存的微笑，在雨中。

岁月在青草深处，响起了星点蛙声。

从前的夏夜

乡村的夏夜到处生长着诗意。

蝉停止了嘶鸣，躲在高大的树木上准备做梦了，它们比我还累，一天叫到晚，还那么用力。河塘里的水，渐渐地浮起一层轻纱。偶尔有不安分的小鱼儿跳出水面，溅起清脆的水声。小孩子赶在太阳落山之前，拎着木桶从河塘里打水，洒在干燥的场地上。一瓢水洒在地上，"扑哧"一下就干了。地面吸饱了水，散发出凉气。大人们从田地里回到家，搬出凉床，摆开小桌子，乡里的人家，都这样露天吃着晚饭，自在惬意，也颇为热闹。一天的疲惫在闲言碎语中淡淡消散。

村子里有人家买了电视机，黑白的，21英寸。大人们吃完饭不再热衷于乘凉谈天，而是赶着去看电视，去晚了就抢不到好位置。人黑压压地挤在屋子里，一直连到屋外。院子里也站着人，只能看到屏幕上点点雪花里晃动着人影，但他们照样看得津津有味，哪怕是听到里面传出的厮杀声也是新奇和满足的。看电视也指导了我们玩打仗的技术，我们把电视上学到的招式，耍得虎虎生风，个个都像是流落民间的武林高手。

玩累了,钻到大人的怀里,或者躺在大人腿上,一会儿就软绵绵地睡着了。我也常常这样迷迷糊糊地被妈妈背着,或者爸爸扛着,往家走,有时候在颠簸里睁开眼,星星那么亮地挂在头顶,也像刚睡醒的一样。

有一个夏夜,我和大弟捉萤火虫。我们很好奇这虫子为什么会发光,问爸爸,他站在人群里伸长着脖子看电视,妈妈也在一旁聚精会神地看,对我们捉到的萤火虫发光的小屁股一点不感兴趣。我用手捏了捏,光捏灭了,肥又圆的小屁股也捏扁了,大弟愣愣地望着我,好半天才挤出来一句:"这只虫子是我捉到的,你赔我!"我没想到他刚刚还屁颠屁颠地跟在我身后,现在说翻脸就翻脸,觉得大失颜面,就说,你等着,我马上就捉一只来赔你。掷地有声,转身离去。

星星在头顶一闪一闪的,我疑心那是萤火虫变的。见我真的下决心要捉它们,它们好像和我捉起迷藏来,远远地在天上向我眨着眼睛笑呢。转了好长时间,竟然捉不到一只,转身往回走了几步,想到夸下的海口,又不知从哪儿升腾起的豪气。于是我向水边的树林走去,那里有几点光一霎一闪的。星光夹杂着水汽,我终于看到一只萤火虫就停在水面浮起的枯草上,见我走近,又向低处飞去。我趴在地上,手向水面伸去。我至今记得,清凉的水汽在夜气里漂浮着,我整个人也像是浮在里面。那萤火虫好似在逗引我,我手一探近,它就展翅飞走,可也不飞远,就轻轻落在我手下面,让我的身体一点点向水面倾伏去。

就在我将要抓住那只萤火虫的时候,电视结束了,院子里的电灯拉亮了。人群散了,妈妈在叫我的名字。发现我半个身子伏在水面,跑过来拉起我,问我一个人趴在这里干什么。我说我要捉一只萤火虫赔给二子,好不容易要捉到了,却被你吓跑了。妈妈看着爸爸,两个人面面相觑,脸上露出一种紧张的欢喜,还有说不清的感激。大弟早已在爸爸怀里睡着了,妈妈一把搂住我,好像抱着一件失而复得的宝贝。

　　我终于没有在那一夜实现自己对大弟的承诺,虽然他一觉醒来早已经忘记。但是事隔多年,我仍然记得,那只在水面上逗引我的萤火虫,那么有耐心地和一个孩子天真地捉着迷藏,做着游戏。也许,那场游戏会让一个孩子,带着懵懂的勇敢,提前到达一个水晶世界。但是妈妈的呼唤总那样及时,那样有力。而我,无论过去多少岁月,都依然记得他们当时那相望的眼神,那里面充盈着的深深的欢喜和感激,让小小的我,一下子变得那么神圣。

从前的雪

雪是冬天特意赠给乡村的礼物。

那时我还小。雪下得像呢绒大衣一样厚,肥嘟嘟的,披在村庄和田野的身上。我们穿着小胶鞋,像野兔一样在野地里追逐着,脚底下发出"咯吱咯吱"的声响。四野苍茫,偶有几棵鲜绿的油菜被我们的笑声吸引,露出半边娇憨的脸,好奇地打量着这些活泼的"入侵者"。雪球满天飞,笑语四处溅;身上淌着汗,衣上沾着雪,至于脸上,分不清是雪水还是汗水。在袅袅的炊烟和大人们悠长的呼唤声里,我们喘着气红着脸带着快意回家。

午后,外婆从灶膛里掏出燃着火烬的草木灰盛在陶瓷盆里,盆上担把火钳,一个简易的火盆就做成了。她抱着我坐在摇椅上,我把脚摆放在火钳上,盆里的火暖烘烘地烤着,一边嗑着外婆手心里的瓜子。时光惬意地绽在外婆皱得像一瓣菊花的脸上。

远远的河沿上,雪花一片片落入芦苇丛中,无影无踪。那些夏天出来唱歌跳舞的鸟儿,也安静地躲在芦苇里,孵它们的小宝宝吧?有时候,我偷偷地跑出来,扒开密密的芦苇,只找到几只出神的麻雀,它们站在高高的苇梢上,小眼珠滴溜溜地转,也许在考虑着,不要上那支着木棒的竹筛下几粒稻谷的当。捕鸟我是不感兴趣的,钓鱼却很是喜欢。砍根竹子,系上钓丝,穿上鱼饵,坐在树墩上钓鱼,看一片片雪花落在水面融化掉。有时水结冰了,就敲出一块窟窿放下钓丝,耐心地守候着。可冬天的鱼显然是聪明而冷静的,半天的工夫我常常是两手空空。那些夏天常被我折来做伞的荷如今都举着瘦枝,托着点雪,似乎在想着明年该如何打扮自己,我敢肯定它们一定藏着许多玲珑的秘密。雪悄悄地飘,鸟儿和芦苇静静地听,我安坐一角,颇有几分遗世独立的况味。虽然那时候,我还不会念"孤舟蓑笠翁,独钓寒江雪"。

乡村的雪夜,粗犷而温情。那些低矮的茅屋里,常常弥漫出浓烈的酒香。灶膛里的火映着女人红彤彤的脸庞,她们拢一拢额头散乱的发,大声地和喝着酒的男人说着话;男人跷着腿悠闲地坐在桌边,有时会夹一口菜塞在旁边玩耍的孩子嘴里;孩子受宠若惊,暂停住嬉闹的喧哗。雪让冬夜变得如此温馨,酒香化在雪花里,酝酿着一年的希望。这些酒香也莫名地熏陶了我,让我在离开村庄的有雪的夜晚,总产生想饮一杯的情愫。

在城市的雪夜,独自小酌,常常迷离。童年就像一场雪,融化在故乡的杯中。只一举杯,就醉倒在那份晶莹和醇香里。

那些低矮的茅屋,穿越时空,依然踏实稳妥地立在尘世的风雪中。身边的这片高楼大厦,不是我的土地。我的土地上有水,有鼓荡起层层芦苇的绿意的水,有鱼虾搅动着蓝天云影的水,有鸟儿驮着悠长的炊烟停息在残荷的枝头,有我自由游弋的身躯……

在落雪的时候,我渴望能回到从前的土地上,打个滚,流次泪,再笑着站起……

炒米糖

冬天的风踩过街道上的树叶时，也捎来了炒米糖的香气。

在我们老家，习惯把炒米糖叫"糖果子"，把做糖称为"炆糖果子"。小时候特别渴望的一件事，就是跟着爸爸去糖坊炆糖果子。爸爸挑了两桶糖稀，一路摇晃着暮色去糖坊。那时候乡村的糖坊很少，需要把糯米早早送去，预约做糖。乡村人家白天做活，晚上较清闲，去排队做糖，有时候排到深夜才轮到。糖坊里的师傅在那段日子，都是通宵达旦地忙活着。

糖坊也就是一间茅屋，土灶上架着一口大铁锅。有人执着铁铲在锅里翻搅着糖稀，一会儿提出铲子查看，熬到一定火候，再把炒好的米倒进糖稀，快速地搅拌起来。锅灶旁一张长长的案板，上面放置着木制模框。才出锅的米松软得黏在一起，摊在框里，用铲子按压平整，撤去模框，趁着热气，用刀来切。切糖的人手起刀落，动作迅疾。先切成一道道的长米条，再横着切，一个个正方形的糖果子就均匀成型了。我看着咽口水，有人顺手就拿几个递给我，我伸手接过，热乎乎的，塞在嘴里，酥脆又香甜，真是好滋味！

糖坊里,铁铲在锅里"呼啦呼啦"翻动着,"咔嚓咔嚓"的刀切声,锅灶里烧柴禾的"荜拨"声,笑语声,溢满了热气腾腾的小屋。糖坊师傅身姿矫健,技艺娴熟,亮晶晶的汗水在面颊上忙碌地滚动着。

等得不耐烦的时候,趁大人不注意,我用手偷偷地捞桶里的糖稀舔,甜丝丝的,像他们脸上喜庆的笑容。爸爸点了点排队的人,要送我先回家。他向我保证,炊好了糖果子回家就叫醒我,我才恋恋不舍地离开。半夜时分,爸爸回来了。挑在口袋里的糖果子,会被妈妈倒进圆肚的坛子里,用几层塑料皮封口,再用布片扎牢,留作过年待客。糖果子贮藏一定要密封,透气了就会变"僵",没了酥脆,走了香气,味同嚼蜡。另有一些装进一只铁筒里,当我们的零食。睡眼惺忪的我被爸爸叫醒,一见到黄灿灿的糖果子眼睛就亮了,塞一块在嘴里,嚼得格格响,那叫一个香!手也不闲着,一把把地往饼干盒子里抓,装得满满的,盖上铁盖子,搂在怀里。那时候,拥有一盒自由支配的糖果子,就像拥有了一笔丰厚的私有财产。和小伙伴们在一起玩耍,随时拿几个出来抛在嘴里,是很出风头的事。

家里有人来,妈妈会抓一把糖果子,置于桌上,当待客的点心。从田间做事回来,糖果子可暂且用来充饥。小孩子对吃是最精明的,知道挑沾着芝麻,或者裹着花生的糖果子吃。谁家的糖果子内容丰富,也能暗示出家境的殷实。一般的人家,纯米糖做得多,花生芝麻的也做一点,那往往是过年时招待客人用的。那时候我吃带花生的糖果子,感觉比现在儿子吃榛仁巧克力都要幸福。

炊糖果子,就表示快要过年了。年一过,糖果子也吃得差不多了。剩余的糖果子,时间一长,回潮变软,妈妈就会把它们重新放进锅里蒸,再抟成一个个球形,叫欢喜团。圆圆的,不好啃,也没有糖果子好吃,但我们照样啃得津津有味。揣一个放兜里，可以在外面玩上半天不叫饿。

站在中心菜市场"王老五手工作坊"门口，看着面前摆放着种类繁多的炒米糖，我称了两斤，一斤芝麻的，一斤花生的。我说，现在的炒米糖没有以前的好吃，想了想接着说，很多东西都没有以前的好吃了。店主不回话，黝黑的脸上露出两排雪白的牙齿笑了。

我怀念童年的糖果子。

我怀念那散在乡村里的浓郁纯正的味道。

吃在亳州

　　早餐是一碗百合红枣小米粥，一个土豆丝夹馍，一片南瓜饼，一只小船一样的紫芋，消灭之后，意犹未尽，又去刷了一杯椰奶。圆脸的笑眯眯的食堂小姑娘很热情，她站在窗户里面问我是哪儿人，又说塑料杯领导才打了招呼说不准使用。然后又指了指楼上的食堂说，他们在偷偷使用呢。我说给我打一杯吧，我要带回去喝。

　　捧着杯子，吸着椰奶，旁若无人地走在九中的校园里。升旗仪式还没有结束，一个学生代表站在鲜艳的红旗下，正在字正腔圆地念"感恩"：感恩太阳，让我们温暖；感恩大地，让我们有依靠；在我们还没有来到这个世界之前，已经就拥有了这么多……我心里也在念，感恩来亳州支教，让我能吃到这么丰富的早餐。

　　亳州以面食为主。看看学校食堂里琳琅满目的包子馒头、馍馍煎饼、面条花卷就知道了。这里的学生一日三餐都偏爱面食，午餐，我常看到他们一手捏一块肉夹馍，一手端一杯豆浆，吃得津津有味。这里的面食做得很地道，物美价廉。5角钱能买两个白胖结实的馍馍，5元钱能下一碗水饺,18个饺子,还加送一个,皮薄肉嫩,滋味鲜美,吃得我都不好意思。

食堂里虽种类丰富,可是吃久了也会生厌。好在学校对面,吃食荟萃。有天我去吃了闻名已久的牛肉夹馍。一块金黄色的圆饼铺在案板上,一刀切开,原来一层面饼里面都包裹着粉丝,粉丝里夹杂着牛肉粒,油光可鉴。3元钱夹馍,加一碗红豆粥,撑得我肚子滚圆。美中不足的是餐馆里都没有小菜,要不我还是比较喜欢喝稀饭的。馄饨,辣糊汤也很盛行,可我的胃还是比较接受清淡。最喜一家"养身汤馆",各种小罐汤搁在一口肚大腰圆的青釉色的坛缸里蒸,用铁镊子夹出摆在木质的桌子上,香气腾腾,让人食欲大增。我和室友两个人,一人一罐汤,通常是花生排骨汤和莲藕乌鸡汤,两人合吃一桶木桶饭,不到20元,就能搞定晚餐。

这里人的用餐,在我眼中区别没有我们芜湖那边明显。坐在餐馆里,不分早晚,常常看到有人咬着馍馍,吸着面条,嚼着蒜子,喝着白酒。有一天我看到旁边的大圆桌上坐着一圈人,桌上插着两个青绿敦实的大萝卜,一条条竖着切开,像我们在家吃香瓜那样,他们一条一条掰下萝卜,扔在嘴里。我目不转睛地看着,他们"咯吱咯吱"脆蹦蹦地嚼着,颇有北方人的豪迈。相信继续深入下去,会发现更多亳州人的饮食特色。

忘了说,亳州的米质真不错,白皙绵软有劲道,吃着吃着,会让人想起江南。

粥中有禅

白粥有朴素之美,如同老祖宗说过的话。简单,素朴,情怀温暖。

煮粥。看着米粒在水里翻滚着,胀大,澜翻絮涌,最后米水交融,粥稠汤浓。让人觉得,粥开始像个初入江湖的小子,血气方刚,横冲直撞,几经浮沉,才渐趋淡泊;偶尔泛几注气泡,后归于寂然,终熬至清淡平和,芬芳内敛。粥中有禅。

想起从前。乡间老屋土灶上架一大铁锅,我坐在灶下煮粥。年少急躁,总是一顿猛火急攻。待粥汤漫上锅沿,我揭开木质的锅盖,慌不迭地用抹布擦拭,收拾残局。见黏糊糊的一摊摊粥汤流去,我私自又兑点水进锅再煮。母亲说,心急煮不了好粥。果然,煮出的粥或稠或稀,米粒硬,虽形似但到底心里没化开,米没能和水融合到一处。母亲又说,煮粥不仅仅要注意米水均匀一次放准,更要把握好火候,先是旺火煮开,再用小火慢熬。母亲坐在灶间,火光映红着她瘦削的脸。她端然凝视,一根一根,或是一把一把,把柴草不疾不徐递进灶膛,在袅袅热气中煮出一锅锅的好粥。那些年岁月的艰辛,并不曾显山露水地刺目,而是沉淀在一锅锅从不迟到的粥中。细烹慢熬的日子里,有粥香四溢,熨帖着身心,滋养我们长大。

没有比粥更加懂得人间烟火的冷暖,世道人心的浮沉;没有比粥更加黏稠绵醇,和我们相濡以沫地生活。此中有真意,就在寻常一粥一饭里。

有一度喜欢在白粥里添加许多食材同煮,豆、枣、花生之类。看上去热闹丰富,却芜杂浑浊,失了清香恬淡。后来还了白粥的本来面目,莹润胜雪,朴素自然。繁华落尽见真醇,平心静气喝白粥。像一个人走了一段路后,不再追求外在的华光绚烂,只想平平常常地走着,看看风景,把宁静和温暖养在心里。

斗室之中,晨起,叠被,扫地,煮粥,一丝不苟地做着,静而慢。看到米粒在沸腾的水里翻滚着,觉得生活单纯和美好。即使是一个人,在千里之外的异乡,也不能丢掉对待日子的虔敬和庄严。就一袋榨菜,喝粥。粥熬得不错,浓淡相宜,清醇润口,有粥的样子。待到喝完粥,窗外日光初霁,静坐桌旁,翻开《千家诗》。

无喧嚣之乱耳,无案牍之劳形。闭着眼,宛若坐在千年前山间那棵松树下,清凉一片。让阳光在耳畔呢喃,就这样,和白粥一样,素颜修行。

明月来相照

望见明月，方知停电乃天意。

我披衣出门，城市褪掉浓妆艳抹的同时也削弱了喧嚣的声响，薄如蝉翼的月光，丝丝缕缕地洒向疏朗的林间。树影斑驳，如同流年。

想起那段愁云惨雾的乡居岁月，在回首中浮现的却是光华皎洁。也许，是因为在最黯淡的日子，窗外有一轮明月。那明月，把心照成琉璃世界。

月色入户，铺在床上，仿佛一床新被，又似一汪晶莹的水。

时常在深夜，忍不住从床上爬起来，拉开窗帘，倚在窗前，两两相望。月亮那么清那么亮，让我相信，任何事物都能映照出原形——在它面前。

枕上人酣眠，月光稀释不了他的浓睡。我回首一笑，他不知道，他错过的这轮明月，被我精心裁剪成梦的霓裳，在静夜里飞翔。

有一次醒来，一轮圆月正对着眼睛。月亮那么自然而然地挂在天上，云也那么自由自在地飘荡，这一轮明月忽然就钻进柔软的心中。让我相信，无论我走到哪里，只要把它养在心里，就会养出莹润之光和浩然之气。

如今，在这高楼林立的城市，走着走着，常常会忘记头顶那一轮明月，心中的月亮也时常模糊不清。也许，我本来就是乡间的一棵小草，而现在丢了自己的水土。好在，还有文字，能包容我的稚拙，舔舐我的伤痛，让我终于学会平静地对话——和自己、和明天。我用清泉一样的心滋养着一轮唤作文字的月，慢慢地享受着岁月静好。

转过身，遇到一缕熟悉的目光。虽然小城生活着几多良朋旧友，但能如此闲情逸致地碰到，也是可遇而不可求的。

"月下听禅，旨趣益远；月下说剑，肝胆益真；月下论诗，风致益幽。"此情此景，友人念起《幽梦影》。他懂得省略"月下对美人，情意益笃"，当是知音。

一种美好的默契飘浮在空气中，月下相遇，有缘同行。

感谢这天赐的良辰，让我知道，这一路风烟弥漫，却仍然还有月色无垠。

父亲的草木

人说女儿是父母的小棉袄，贴心暖肺。可我从小到大，只有淘气，没带来过慰藉和骄傲。照书上说的，女儿该和父亲很亲才是，可这么多年，我和父亲之间总像是横亘着什么。

小时候我随妈妈住在外婆家，父亲一个人在外地教书，两地奔波。到我读书的时候，父亲执意要把我带到他身边，我哭着赖着不肯随他去。记得在动身的那天早晨，我从家里偷跑出去，在遍野的油菜花田地里像只被追捕的野兔一样逃窜，父亲在后面，边喊边追。我跑过了几个村子，听不到他的声音，估摸着他已经坐船离开了，才慢悠悠地回家。妈妈管不到我，我整天爬树钓鱼。到四年级时，成绩一塌糊涂，他终于像押解犯人一样把我带到身边。自此，我失去了昏天黑地的玩耍。我的成绩太差，他额外布置作业，上学放学路上，也要聆听他的教诲。我仰视着他，畏惧多于钦佩。

后来，他骑着自行车把我送进师范的校园。在他的笑脸里，我庆幸自己终于能离他远远的，像只鸟儿自由自在地飞。早恋的风雨过早袭来，我一意孤行，让我们父女之间有了三年的沉默相对。当他温和地抱着我的儿子，看着他蹒跚而行的背影，恍然间，我才发现这个男人已渐渐老去。而我，竟然从来没有走进过他的内心。

今年春节后，他来我家小住。有一夜，我把儿子哄睡着了，看到他有些局促地坐在一边，就主动坐到他身旁，陪他聊天。他显得有些兴奋，打开了话匣子。那是我第一次听他讲那些过去的事情。

听他讲起他的父亲，一个威严的老人，读过私塾，参过军；听他讲，奶奶怎样用一袋米养活了他们八个孩子；听他讲起年轻时的妈妈，美丽又聪明。听他说那些遥远的苦痛、挣扎、坚守，苦难里开出的锦绣……那些过去的事情啊，原本都在纸上，觉得那么远，却原来，流在我的血液里，让我那么切近地知道我是从哪一棵根系上发出的枝叶。在他略微湿润的眼眶，动情的叙述里，我忽然深深地了解了眼前的父亲。透过时光去凝望，我好像看到，那个曾经挨饿的孩子，英俊的青年，那样亲切，他也曾如我一样年轻。

清明之后，我回老家。在一片烂漫的油菜花海里，我看着戴着草帽穿着白衬衣的父亲，在一下一下地打着棉钵。一个个堆放整齐的棉钵像排着队的学生，端端正正地坐在那里，听着晌午的日光和拂过花海的纯粹的风私语。不久，它们就会盛开出一片雪白。

我站在阳光下，和他闲闲地说话。他摘了一把草叶当标记，让我帮他给棉钵计数。父亲的汗水里，都流淌着诗意。

父亲是个乡村艺术家。他在田地里种植庄稼和他在课堂上培育秧苗，态度是一样的认真，技艺是一样的娴熟。几十年如一日，芬芳满园。

而我，这棵从他的土地上走出来的草木，在时光的精心侍弄下，终于能够贴近他的肺腑生长着。

一席清凉入梦来

竹席，有竹子的清气，去燥热，润贴身心。人躺上去，凉意沁入，好像把人领入幽幽竹园。

在夏天，我和家里的那床老竹席最亲。说它老，是因为它比我的年龄小不了多少。

那是母亲请工匠用竹篾依照古式编制而成，有八个边角，俗称"八角簟"，席面细密光滑，呈琥珀色。席边被巧手的母亲用布条包着针线缝着，好看又结实。

同时打造了一张凉床，当然也是竹制的。晚饭时，把凉床抬到场地上，或是圩埂上，摆上碗筷，看上去自在又气派。乡村的夏夜，家家门户敞开，有时候凉床紧挨着凉床，在星空下露宿。那是乡村烙在我心中最初的华丽。

母亲知我贪凉，且听我抱怨过买来的席子睡不安恬，就让我把这竹席带在身边。竹席修补过几次边角，但席面依然完好。常常，静静地躺在席子上，看天光在窗外渐渐变暗，朦胧中睡去，又在街道的嘈杂声中醒来。而在温柔的黄昏，躺在席子上的我身心安宁，会沉入一种苍凉幽远的境界。

于我，这老席子像阿拉丁的魔毯一样神奇。一躺下来，时间就无声无息地滑走了，给我带来穿越时空的错觉。

站在河塘沿的青石板上，洗干净手脚，擦去身上的汗，在母亲的最后一次"警告"中，乖乖地爬到凉床上，不再满地追逐疯闹。可过不了多久，我们姐弟三个又会为"占地不均"而生出矛盾，在凉床上踢打推搡。非得要母亲倒举着蒲葵扇，用扇柄在我们手上轻敲几下才停止拉扯。

我们躺在凉床上，父母亲各自一条长木凳，依在凉床两边，傍着我们睡下。他们睡着了不会从凳上摔下来，我既佩服又不解。也许母亲根本就没睡着，因为她手中一直摇着蒲扇。有时候，我从眼缝里偷看，她的眼睛渐渐闭上，摇着扇子的手慢下来，我们嘟哝一声"热"，哪怕是梦中呓语，她的手臂就像听到召唤，立刻振作扬起，扇的风大起来。她一下一下摇着，慢下来，又快起来，循环往复，直到把我们摇入梦中。

半夜凉初透，醒来。星子清又亮，银河清浅，能看到闪亮的织女星，河这边，是排列整齐的三颗星，那是她的丈夫和孩子吧。他们大概也羡慕我们，一家人这么亲近。有时候会有夜行人，喁喁细语，从我们身边走过，提着手电筒，踏露前行。我一直疑心月亮是静夜的眼睛，特意用来给人照亮前行。那眼睛里都是盈盈的笑意，往我们身上洒了一点，凉床都变得莹润光洁。一枕黑甜，心中浩浩落落。

早晨我们和露珠一起苏醒，满塘的荷叶荷花却还笼着薄薄的轻纱酣眠。而更多的时候，醒来却发现已经回到蚊帐里的凉席上。睡梦中，我是有被父母抱在怀里的颠簸感。恍惚里还听过他们笑语"玩辛苦了，比我们下田做事都辛苦呢"。除了睡着了，我们是一分钟都安稳不下来的。

那时的我们,不喜欢"轻罗小扇扑流萤",而热衷于玩打仗、捉迷藏;不会念"红藕香残玉簟秋",却喜欢软绵绵地躺着,听母亲指着星星讲故事。我们不懂思慕的情怀,情窦未开的明净,如那醒来相望的月。

车灯把栅栏一样的图形一道道地刮过墙顶,呼啸着远去,像是在委婉地提示我,并非身在乡村。那样露宿的年代已经一去不复返。

我起身,拉上厚厚的窗帘,打开空调。现在的人,似乎再热,也要把自己捂严实了才踏实,靠制造的冷气来降温。我只能在梦里,凭着老席子的气息,去回味那一个个清凉片段。

丰年好大雪

瑞雪兆丰年，小时候读到这句诗，那时候还不懂它的意思。却有一幅画面留在记忆最深处：在雪野里疯跑后，我总偷偷去揭如被子一样的雪，看雪覆盖下的碧绿的油菜。它们探头探脑调皮的样子，像是在藏猫猫。朦胧中意识到，正是这厚实如毯的雪的守护和滋润，它们才能做着安恬的梦。才会带来，丰收和喜庆的年。

雪如节日一般，纯净了世界，捎来祝福和希冀。对于雪，人们心里是欢喜的。迎接雪的来临，仿佛也带着庄严的仪式感。

纷纷扬扬的雪，下得认真而深情，不负众望的样子。有雪的日子，多了发现美的眼睛和洁白的胸怀。似乎雪清洁了内心的灰尘，带来了澄澈空明。脚步轻盈，行走在雪里，天地之间挥洒着风流俊秀。雪让世界慢下来，静下来，美起来。多情的文人们开始吟诗作赋，湖心亭看雪，古树下品茗，弹起古筝；当然，少不了红泥小火炉，有梅香，还有月光。古代的侠客们多是在风雪里驰骋豪情热血，现在呢，天寒风阔，雪把我们赶回家里，安静地等待。自然的力量真是强大啊。

当雪更加大起来，大雪封路，冰冻密布。城里的人们开始沉不住气了，为了保障道路通畅，必须要开展铲雪除冰行动。于是，街道、路口，你会看到一幕幕动人的场景，人们挥动着铁锹劳作着，红旗在白雪中飘扬，色彩鲜艳。壮观的雪景，越加衬托出劳动的美。似乎借一场雪过渡到了农耕时代，体会到土地和素朴的从前，粗犷、豪放，充满了力和美。

　　为了不辜负一场大雪，堆雪人打雪仗重温童年是必要的，参加与雪的劳动也是愉悦的。于我，湖边、公园里，特别是旷野中走一走，也是必然。享受天地之间，独此一人的悄然，与一直寻找的自己会面。躺在雪上面，倾听大地的心跳。自然而然，随心所欲。在一场大雪面前，如同在文字面前，我愿意放下一切，回归赤子的模样。

　　我喜欢那些有冰雪之气的文字。"我是一个在黑暗中大雪纷飞的人啊"，看着《文学回忆录》上那张黑白分明的照片，穿着黑大衣戴着礼帽挂着手杖的木心，走在雪地里，漫溢而出的孤标绝世。或许，精神的贵族注定是孤独的，天才尤甚。这种丰富的孤独，仿佛黑暗中纷飞的大雪。

　　"人生到处知何似，应似飞鸿踏雪泥。"苏轼感叹世事无常，人生难定，生命如同雪泥鸿爪，转瞬即逝。但再多的崎岖和坎坷，他最终都化成了对生活的眷念和深情，在他的诗文里千古传诵。历史上有那么多的人寻找着，走着，发出了感喟和慨叹，有的，被雪记下来，并写出来，有的随风而逝。可是有些声音，历久弥新，如对真善美的追求和坚守一样，是融在血脉里的，注定被记载，被温暖，被传承。

　　在雪夜，看电影《无问西东》。我竟然看到了满纸风雪、哀而不伤的沧桑和沉静，我被那百年彰显和传承的情怀、品质和风骨所深深打动，如同经受一场雪的洗礼。"爱你所爱，行你所行，听从你心，无问西东"。是的，追问内心，思索生命，做真实的自己，是一个人对生命和时代的诚意和严谨。这话于我也是一种解脱。为我一直走在这条路上,不断推翻与确认,不断努力和靠近。那么,听从我心,活出本色。

我走在一场大雪里,遥望了过去和未来。然后低首走好脚下的每一步。雪在身边落着,沸沸洒洒。雪落无痕。

假如爱有天意

卡洛儿的《假如爱有天意》，原来还有男声版。一样的缠绵悱恻，空灵忧郁。温柔的韩语，如羽毛轻轻飘落耳畔，缱绻着别离。

"再不离开，就走不动了。"在QQ上，我对女友说。她说，滚吧，别再死赖着了，我们都好高兴呢，没想到你这个坏蛋会走，不想看的时候就看不到了。我在这边，笑了。

是的，假如爱有天意，就是这样，让我离开。

回了趟老家。爸爸说随遇而安，可是妈妈却难舍难分。陪她睡了一晚后回来，她又独自赶到无城，说要再陪我两天。我问她，我现在连安徽省都没有出，假如我是出国你怎么办？她说，长这么大没离开过啊。我说，放心吧，想回家的时候我就会回来。她擦着眼睛责怪我，你什么时候想过，从来就没听你说过想家，你是个没心没肺的东西。我笑了，没心没肺，活着不累啊，妈妈。

真的不累吗？当然，明媚的笑容，不羁的灵魂，曾经不是我显著的标签吗？所以，是一直在路上，端正、洒脱、执著地奔跑着。两旁，鸟语花香繁华似锦,或者,荒草萋萋凄风冷雨,都没有牵扯过我的眼眸,阻挡过我的脚步。只为了,心中那盏不灭的光源,呵护着我想要的真善美。我坚信,有文字和音乐的翅膀,就能带我飞翔,跨过岁月的险山恶水,抵达光明和温暖。我珍惜笔下每一个字,是她们让我的生命有光。纵使孤单一人,落寞一世。可是,我并不孤独。生活对一个简单的人,赏赐的何其丰厚! 面对生活,我始终怀着一颗感恩、谦卑的心。我知道,所有的爱和痛,都是为了成全一个理想的我。我不能辜负,上苍赋予我的厚爱,降临给我的使命。

在人世的路上,走得跌跌撞撞,可是多么庆幸,还有文字,能替我说话。锁在心灵的城堡里,层层紧紧地包裹着,可是多么幸运,还有文字,能让我找到同类。先识其文,后近其人。不管是谁,能走近我的,是认同了一份干净、真诚和美好。我相信,在这个喧嚣的世界,选择用文字来行走的人,只为固守着精神里的那份高贵和纯粹。如果连文字也沾染上功利,或者世俗的种种色彩,这实在是爱好文字的人最大的悲哀。在文字和同类面前,我们会游目骋怀,尽情自由呼吸才对。谢谢文友们,包容我的稚拙,放纵我的率真。谢谢你们,以你们的态度,鼓励着简单人和她的文字。而离别,也提供了一次让我能鲜明感受到你们情谊的机会。谢谢你们为我举杯,谢谢你们的歌声,谢谢你们的祝福。海内存知己,天涯若比邻。

只是没能笑着说再见的,是和我朝夕相处两年多的学生。本想陪你们再跑一次早操,上一节课,开开心心地赠言挥别。可是,在那一节班会课上,我无法面对你们的眼睛。我忽然深深体会到,我们七年级上过的小说《最后一课》里韩麦尔先生的心境。是我对不起你们,没能陪你们走到最后。可是,亲爱的孩子们,天下无不散之筵席,我们只是提前了几个月告别而已。我相信，悲伤之余，我们获得的会更多。老师的离开，应该会让你们更加懂得成长，懂得努力和拼搏。我们都知道了，要学会珍惜，不要等到失去才怀念。青春，是一个人一生中最好的年华，一定要珍惜每一天，做最好的自己。我爱你们，你们一直是我的骄傲。如果你们是真的爱老师，就会知道老师最希望看到的是什么。不要忘记我对你们说过的话，不要忘记我们的最后一个梦想。我们的心是在一起的，明年的七月，我等候着你们的好消息，我期待着，和你们快乐相见！

前天到学校接儿子，在车里，一向叽叽喳喳的他沉默不语，我感到奇怪，问他为什么不再说他的冷笑话，变得这么深沉？他说，我当然要变得深沉一些，这样你才能走得安心。让人忍俊不禁，又爱怜不已。儿子，是上苍赐予我的最珍贵的最引以为豪的礼物。从小到大，你带给我们的，远远大于我们带给你的。你向我保证，好好吃饭，长高长胖。你多瘦啊，我是个不称职的妈妈。你说，我不会太想你，因为可以打电话，可以视频，还可以和爸爸开车去看你，不要难过，也不要不放心，我已经是个男子汉了。你是一个多好的宝贝，一定会健康、快乐地成长。有你，我不惧怕前方任何风雨。有时，我真想逃回自己的童年，和单纯过一辈子。我的宝贝，我知道，你让我随时有这样逃离的特权。

"十月给了我黑色的眼睛，我却用它来寻找光明；一个人最强大的时候，不是面对生死，而是能独自静对面目不堪的时光，并能和它深情相拥。"这是我在QQ说说里的自言自语。不知道有没有人能读懂背后的内容。回首2013年的秋天，我先被打碎，再自己重新组装，又被席卷到变幻莫测的航程中漂浮辗转。我想，有一天，重新回忆起，我会由衷地感叹：那个秋天的伤痛真的很重，足以摧毁一切美好的想象；那个秋天的后半场比小说精彩，虽然破碎了还坚持着本色出演；那个秋天的我，很坚强，很美好。问心无愧。"世界以痛吻我，要我报之以歌。"这世上有很多人很聪明，却缺乏大智慧，因为智慧，不仅需要境界，更需要慈悲。我不能肯定智慧离我有多远，但我懂得，厚德者，天不负。

冥冥中，天意已定。

从来，我的心，只有在孩子、文字、山水之间，才会自在徜徉。而当我在这个秋天，选择在别人面前打开自己的悲伤，无论何时回想，我都是做了最正确的决定。旁观者清。而我，当决定不再爱的时候，却发现原来一直深爱着对方。忘不了以文字相认的你们，载着一个支离破碎的我来到山林，来到一棵1700年的古树面前。在它身边，人世所有的悲欢都那么轻。是啊，时光面前，都是灰烬，争什么得失输赢。不会忘记，在疾驰的合巢高速上，我纷飞的泪水里，年少相识的你们，对我说过的话。你们说，不懂潜规则，不要当主演，生活不会因你的认真而公平；你们说，没有人知道自己的明天，做人要做自己，快乐在自己手中。生活面前，你们是我的老师，谢谢你们带我到异地上了一堂人生的课。是的，世界好大，天高地阔，无论遇到什么，我都要勇敢地走下去，做自己。我有时想，除了善良和真诚，我一无长物，何德何能，拥有如此多的深情厚谊？也许，好人，才会遇到贵人。

在写作的路上走了这么多年，今年一直在努力，给自己的文字做一个小结。我是个追求完美的人，我希望我的第一本书合我心意，不让我失望。我更相信，接下来的日子，在一个全新的环境，我会心无旁骛，写出更多更好的文字，回报那么多真诚和关注的目光。

"体察万物留痕，书写灵魂成长。以文字为药，细烹慢熬，医治时光里温柔的疼痛和生命中隐秘的渴望。笔调清新优美，思想灵动澄明。如同一朵从血液里盛开的莲花，带来抵达人心的温暖和芳醇。"这是《莲心》

的内容简介。其实写字的人，心灵深处都有一处暗伤，可是，不写字的我们，还是感到孤独和寒凉。那么，亲爱的朋友们，我只能祝福我们：尘世那么重，岁月那么轻，好好爱自己，珍惜每一天！

爱有天意，没有假如。离开，从一开始，就是上苍善意的安排。

喜欢杨蓉的最好方式，是喜欢杨蓉的文字。生活里的她蛮不讲理，文字里通情达理，生活里有衰老和别离，文字里的她永远美丽，不离不弃。如果喜欢我，不要跋山涉水去看我。北方很冷，我不想在冷风里反复练习离别。

当一切都已过去

我知道

我会把你忘记

心上的重担卸落

请你　请你原谅我

生命　原是要不断地受伤和不断地复原

世界　仍然是一个

在温柔地等待着我成熟的果园

天　这样蓝

树　这样绿

生活　原来可以这样的安宁和美丽

——席慕蓉《禅意》

从16岁就喜欢席慕蓉的诗，这么多年一直未变。我也相信，古老的亳州会接纳一个怀着善和美的女子，赐给她想要的宁静和祥和。请相信我，有文字，有音乐，有光的生命不孤独。好人不仅平安，也会快乐。祝福所有！

我的支教生活

　　走在黄昏的操场上，看到栅栏外的梧桐树，一身绿装，精神抖擞地守卫在道路旁。想起初来到这里的时候，梧桐宽大的叶片正在转黄。我常常站在宿舍的楼上，看它们在风中飘落，落尽，剩下嶙峋的枝干，伸展在爽朗的阳光里。一转眼，我的支教生活即将画个句号，我就要离开亳州了。

　　还记得刚来亳州九中的时候，喜欢黄昏的时候在操场漫步，一个人一圈圈地走着，走到对面的楼群上亮起灯，星星出来，恍惚自己是在异乡，心里布满着迷惘和忧伤。有生以来第一次在远方，一个人生活和工作。而我，不想虚度这孤独又珍贵的时光，于是为自己制订了异乡计划：教学之余，把阅读和行走定为两大基点，以期丰富自我，扩大视野。亳州是中华文明的发源地之一，一踏进这块辽阔厚重的土地，我就为它浓郁的文化气息和传奇色彩所深深陶醉。况且，还有那完全迥于家乡的风土人情也吸引着我去探寻。

　　亳州九中位于谯城政务新区，左临龙凤新河，右毗万达广场，是一所起步不久却已经迅猛发展的新学校。环境优美，设施先进，更重要的是九中人富有求真务实积极进取的精神,有同心协力打造一个教育名校品牌的信念。

来这里十多天,有一个夜晚不慎在宿舍滑倒摔伤,学校领导立即安排人开车送我去医院治疗,两位素不相识的老师为我办理各项手续,跑上跑下。我所带班级的学生折了千纸鹤,写着祝福的话语,第二天就来宿舍看望我。我捧着那64张卡片,像捧着64颗水晶一样的心。师生们的真情,让我感受到在异乡的温暖。

学校的图书馆藏书丰富,是嗜书的我经常去的地方,图书室和阅览室的管理员总是笑脸相待,且在借阅的数量和期限上为我开了特例。我盘点了一下,在这里每个月阅读量在十本左右,至今写了数万字的支教日记,其中多数篇章已经发表在报刊上。同时,利用假期行走了一些地方。

蒙城的庄子祠,涡阳的老子故里,亳州的一些景点都一一去探访。一个人徜徉在亳州的老街上,领略着老街的醇厚深沉,沉醉不知归路。河南的鹿邑、开封、洛阳、郑州……也留下我的足迹。感受着黄河流域文化的悠久魅力,中原地带的博大神奇。有时候,并没有目的地,就一个人背着包,穿行在古城的街巷。有时候,随意地坐在公交车上,看着窗外碧蓝的天空,天空下古朴庄重的建筑,街道上意态悠闲的行人,神思翩飞。我不担心迷路,因为总有人热情地给你指路,虽然语音有异,交流起来比较吃力,但你能感受到那种发自内心的诚挚。这是源远流长的文明浸染下的古城,被评为"幸福之都""长寿之都"的亳州,人们安居乐业,民风淳朴祥和。

我想起清明去市政公园踏青,路旁遇见的锄草老人。他告诉我,眼前的花圃里种的是牡丹,让我折两支带回家放水里养着,他还用缺牙的嘴唱了几句《牡丹之歌》。当得知我是从芜湖过来支教的教师,他竟然向我竖起了大拇指,一迭声说着"感谢你"。

其实,要表达谢意的是我才对,来亳州支教赋予我太多的体验和收获。从南到北,一个人来来回回,这一路有变幻莫测的风景,有悲欢离合的沧桑。今年春天,送走了外公,一个人在异乡,几乎夜夜失眠,我陷入一场黑色的精神危机里。清晨沿着龙凤新河走,看着柳枝发芽,柔丝披拂,小桥流水,似乎流淌来家乡的消息,误把他乡当故乡。黄昏,在校园的"孔子问礼于老子"的雕像前徘徊,我苦苦思索着"生与死"之类的命题。如同在一所黑暗的洞穴里摸索,渐渐看到了亮光。当终于能端坐桌前平静地读完一部《道德经》,当柳烟含翠时,我写下"回首萧瑟处,一笑作春温"的句子。没有人知道,我的心在这个春天攀过了一道悬崖峭壁,到达一条温暖清澈的河流。我知道,支教生活已成为我生命里一笔宝贵的财富,而亳州,一定会闪耀在我记忆的星空。

明月照我还

午后，靠在床上，笑意漫上嘴角。一上午忙着洗拖晾晒做家务，做到窗明几净。刚刚洗完澡，敷上面膜，开着音乐，翻开一本书，内心宁静愉悦。暖暖的踏实，如阳光映照在粉红的窗帘上，随风漾动着温馨的光影。

我想：此刻，当下，我应该抵达了我所追求的清和自在。

一直以来，我耽溺于自我的世界。孜孜不倦地阅读写作，冥冥中文字的气息融入血液，可后来，我却在一种虚幻中无法自拔。独在异乡，让这种气息发酵成抑郁。可那时那地，心力交瘁的我并不清楚症结在哪儿，却被这种气息囚禁。我在一个唯美的世界里固执地做着自己的梦，却在现实的真相面前找不到突破口。迎面走来一个面目憔悴的女子，像一面镜子，照出我的凌乱和不堪。打败我的，应是多年苦心孤诣建造的信仰的城堡轰然坍塌；而在寻觅重建的路途上，迷失在黑暗中。

这一年多来，我在生活里医治生活。做饭、逛街、打牌、旅行……夏天，能平心静气陪家人练球，秋至，能津津有味和友人酿葡萄酒。几乎背离了文字，淡忘了阅读和写作，那曾无夜不开的电脑也蒙上了一层灰尘。

当然，偶尔兴之所至，也种几个字，亦会翻翻美食、建筑、绘画之类的"杂书"。似乎，放弃了一个"目的"，人从紧绷的状态走了出来。走出来，渐趋开朗、豁达、圆融。原来，我一直用文字隔开了生活，隔离了世界。我走了一段异常艰难的历程，才明白了一个简单的道理：只有先会生活，才能真正去创作。生活，才是所有形式的本质。在洞穿了所有的秘密之后，你还要有热爱世界的勇气，在看清了所有的面目之后，你还要有不动声色呈现生活的智慧。一个人的强大，不是战胜了什么，而是学会了承受什么。

月色清凉，心悠悠走了很远。还记得，在异乡的黄昏，一个人走在河边，听到熟悉的歌，蓦然泪落。而在这清寂的夜，想起那些湿润的日子，却闪烁着露珠的光泽和月光的暗香。当我站在台前水龙头下清洗着蔬果，眼光落到窗外熟悉的街景，心里涌出的是林间清泉一样的悦然。我明白，在肃杀的北方风雪里、在广袤的平原上流浪的我，听到了春风吹绿江南的消息，一路策马奔驰而来。我回来了，但已不是那个离去时的我。她已痊愈，并有了丰盈和温柔。

越来越确信，时光会归还所有属于你的美。一个女人的美，来自爱和善良，岁月会渐渐让她散发光芒，塑造出菩萨相。视野渐宽，胸怀渐阔，神清气宁，才懂得，生活会把所有的伤痕变成酒窝。写作也好，所有的艺术也罢，都不能忘记了生活。唯有你活得好，不再病态与浅薄，你才能用你的"创作"给别人带来更好的生活。"捍卫真善美，传播光和热"不是空洞的口号，在自己身上更不是空中楼阁，而是自身能更努力更坚定，成为你的信仰的载体。我愿用我的文字，我的生活，我自己，去传递一种真实、充实的美好和快乐。回报造物的恩宠，感恩所有的相遇。

当年明月在，曾照彩云归。我走在回来的路上，回到我们最初的宁静与恬淡，平和与安然，愿我能撷一片月光，与你同行在犬牙交错的生活上。

等一个晴天

连续的强降雨袭击江淮大地，我所在的小城也饱受洪灾。一场百年一遇的大水降临，水位不断越过警戒线。雨水如注，漫上圩堤，外涨内涝，白浪滔天，良田被淹，房屋被毁，我们的家园在暴雨和洪涝面前伤痕累累。

一场无硝烟的战争打响了，一道道指令开始传达，全城上下紧张有序投入战争。一辆辆军车急速驶来，铿锵有力的步伐奔赴而来，多处学校成了官兵的临时驻扎点。我所在的学校是二野劲旅的指挥部，傍晚时分，我去参观，在他们寄宿的教室里，矿泉水、馒头，还有席子和帐篷，整齐地摆放在那儿，他们的主人，有的已经奔赴在抗洪抢险的第一线，冒着倾盆大雨，冒着生命危险。

他们夜以继日，奋战在一线，保卫着我们的家园。从报道和图片中，我看到：有浑身泥浆，倒在地上就睡着了的；有沉默地坐在雨水里，就一瓶矿泉水，啃一口馒头的；有泡在齐脖深的洪水里用木盆救出小孩的；有手抓着手趴在沙包上以身躯筑成堤坝的……在无情的天灾面前，我看到了英勇无畏、无私奉献、大爱无疆。那些曾以为遥远的"大词",被眼前的一幕幕场景如此鲜明地诠释和呈现。

有一张照片上是一小组战士蹲坐在路口吃馍。他们满身满脸的泥浆,稚气未脱的脸庞,写满了疲惫,眼神中却透出坚毅。不知有什么,击中了我的心扉,一种热热的液体从眼睛里滑落下来。

他们是英雄,也是孩子,个个十八九岁的样子,更是父母的心头肉啊。他们却出现在最危险最需要的地方,捍卫着军人的天职,奉献着自己的青春,甚至生命。他们是当之无愧的最可爱的人!

我把这张照片放在微信朋友圈里,有朋友留言:

"最可爱的人不是高大上,不是白富美,是眼前这些满身污泥、遍体潮湿,啃着冷馍的人,他们比我的孩子还小,却让我仰望。"

"他们蹲在那里,蹲成了一组雕塑,蹲成了一道最美的风景。他们是真正大写的人,是当之无愧的钢铁长城!"

"最让我动容的细节,触痛了心底最柔软的角落。习惯冷漠的我竟然泪眼迷蒙了。"

……

是啊,在这个只会感慨的年代,我们还是被深深感动了。灵魂在一场洪水里洗涤,发现和绽放着人性的光辉。

村中,妇女小孩自发送饭上圩,她们摇着小船,把热乎乎的饭菜送到几天几夜没合眼的战士手中。男人们在圩堤上,离子弟兵的不远处,握着铁锹,拉着编织袋,也是挥汗如雨地劳作协助。还有志愿者,许多平凡的人,也行走在路上,各种捐助、慰问、招募等活动在热烈又默默地进行着。

我和同事们组成了一个志愿服务队,购买了衣物、食品等去了一处驻点。驻守营长却告诉我们,部队什么都不缺,让我们把物资送给灾民。只一会儿,就有几辆捐资的车辆开进来,都被一一谢绝。我们离开时,一个士兵站在战车旁向我们敬礼,见我们拿出手机拍照,他抿着嘴唇想笑,腼腆地低下头,那样子真是可爱极了。虽然,他们没有接受我们的物资,但一定能感受到我们发自内心的敬意吧,我们互相宽慰着。"军民团结一家亲"的横幅在路上飘扬着,暖流在每个人的心里滚动着。看着车窗外的田野,我想,汹涌的水势一定会很快撤退的,田畴里的庄稼会继续生长,炊烟在村庄袅绕着,连接起一个个清晨和黄昏,岁月静好,家园祥宁。

写这篇小文的时候,雨停了,半个多月没露脸的阳光竟然穿过云层透出来,空中出现了晚霞。从没见过这样灿烂温暖的霞光,就像闪耀着的爱。其实,潮湿的思绪早已经晾干,我们等待着一个晴朗的明天。

年的感言

鞭炮声此起彼伏地响起来,年的味道渲染得浓烈了。

记得以前写《行走在乡间的年》,说年味越来越淡,热闹背后是寂寥,其实现在才知道,年是一种生长在中国人骨子里的情结,不管外在的形式怎样变化,本质上的浓郁是不变的,辞旧迎新,欢聚祝愿。年是一个个分号,串起我们生命的诗行。

日子是过得太快了,这是随着年龄增长越来越多的感喟,也同时说明日子是好的。好日子里的自己是不是也是"好"的呢?年终岁尾总少不了这样的总结反思。翻看日记,重温这一年。这一年走过的路,读过的书,经过的事,遇到的人……翻阅过往的苦乐悲欢、困惑感叹,在时间中沉淀,一一释然,并欣然。把生活的点点滴滴化为原始的日记,记录成长,收藏岁月,多年来保留的这种和自我对话的方式,是我给生命的礼物。

这一年走过的地方不多,但是印象深刻。春天的青海湖,在我的心上写过圣洁和大美;夏日的吴承恩故居的后院,一池睡莲在假山旁开得忘我；秋天的上海影视乐园，散播着老上海华丽而颓靡的气息；一个冬日的清晨，一路穿云破雾去陈瑶湖畔听一场讲座……

这一年读的书更不多，但有幸读到了木心。看完他的《文学回忆录》，就明白中了他的毒。我有多久没有享受到这种阅读的酣畅了？陷入书中，听他娓娓道来，间或一个警句如一道流星，点亮了心空，贯通了思想，大部分时候，他是温和的，温和里有犀利。我狂热地抄录他的语句，他说"快乐是一种智慧，又滋养了智慧。"世有木心，夫复何幸！以前检点一年的读写总会对自己不满，发辜负时光之叹，而现在不了。文字，让人看到更辽阔的天地，遇见更丰富的自己，还能找到精神上的亲人。正如我在"雨耕山1887"的文学沙龙上这样袒露自己的心声：不管能写到什么时候，写到什么程度，写作本身，就已经是足以快乐的事。我愿意，与字相亲，不离不弃，也懂得，健康快乐，才是最大气的事。

这一年，平淡静好。认真工作，享受生活。喜欢一个人在办公室批改作业的时光，中午即至，或黄昏已来，校园里隐约着师者讲课声，或者放学喧闹后的沉寂，有鸟鸣或者桂花的香气让人有片刻的恍惚。暮色渐浓时，钢琴曲《雨的印记》在校园里流淌着，一双双脚踏出教室的门，走在广场上，蓦然发自内心的为自己感动，为这些年轻的脚步感动，他们的青春，我会用心陪走一程。喜欢在下班后去练瑜伽，我热爱它，亦如热爱文字。我享受瑜伽带来的舒展和轻盈、身心的自由宁静，也享受晚饭后两个人出门散步，从家出发，走一个大圈，一边闲谈，不时笑闹。归途时往往买几块面包，或是烤几个羊肉串，带回那个独自在家做功课的九年级少年。他坐在一圈光晕里，小小的专注的身影，已经初步感受到学习的压力。当然，见我们回来后，他会放下笔拍着篮球在墙壁上练习投篮，丝毫不顾及我"扰民"的警告，美其名曰"玉面小郎君放松术"。

"有些人走着走着就散了,有些事看着看着就淡了,有些人想着想着就忘了,有些梦做着做着就醒了"听歌曲《走着走着就散了》,歌曲并不太好听,歌词却写得很好,写出了行年渐长的成熟平和和人生的况味。偶尔,会在雨夜一遍遍听,一些模糊的面容会清晰,一些沉睡的片段会苏醒,会泛起一曾疼痛的怜惜和温柔的喜悦。理解了曾不理解的和不理解自己的,懂得了放下学会了珍惜记住了微笑,岁月即使没有打造出实力还是赠予了我底气的。雨霁天晴,阳光如久别重逢的亲人,我俯首感恩所有相遇的缘分,与温暖相伴,与美好同行。

这一年有很多大事发生,有两件让我震撼不已。一是中国女排重夺桂冠,王者归来,让国人获得了久违的激情与感动。胸怀梦想,不屈不挠,砥砺前行,走向辉煌,一场比赛唤回的不仅是荣耀,还有民族的血性和精神。另一件是夏天的洪涝灾害,连续的阴雨让全国各地多处受灾,我的小城也经历了百年一遇的特大洪灾。天灾面前,我亲眼看见了不怕牺牲、无私奉献,众志成城、万众一心的伟力和强大的凝聚力,处处绽放着人性的光辉。新的一年,一如既往祝愿:天地祥宁、国泰民安!小民的好日子既需要风调雨顺,也需要国家强盛。那么,让我们每个人都能做好自己的分内事情。

年自有着庄严和神圣。我们用辛苦的学习、工作换来成长和丰收,我们从天南海北奔向那个叫"家"的地方,千家万户大扫除,清洁过的器物散发出焕然一新的清气和喜气,如同我们的内心,也清理了灰尘,回归了重生般的洁净丰盈。健康、平安、如意、吉祥,送给爱我和我爱的人,送给所有认识的和不认识的人,送给自己,福慧俱修。

来,让我们一起聆听新年的钟声敲响,放飞美好的憧憬!

爱上瑜伽

如一朵白莲花,漂过熙熙攘攘的人流。身心轻盈,尘世可亲,这是练完瑜伽的感受。

晚风清凉,夜色温柔,行走在状元桥河畔,一天的疲惫和压力早已在瑜伽房消散,此刻眉头舒展,神采烨然。这是瑜伽带给我的恩赐。

除了读书,我推荐给朋友最多的就是瑜伽。从三年前接触到它,我就明白,这一生,它和文字一样,不会离开我了。

我享受瑜伽。换上瑜伽服,站在瑜伽垫上,双手合掌,低头致敬,一个谦卑本真的自我微笑地站在镜子前。

一套太阳致敬式会让全身得到锻炼、伸展,再盘成莲花座,坐在垫子上,微闭双目,脊柱挺直,双手搭放在双膝上,观照内心,调理呼吸,在一呼一吸中感受天地的能量缓缓注入身体,源源不竭。进入瑜伽境界。

瑜伽体式练习,融柔韧与力量于一体。体式动作舒缓,有的看似简单,做到位却很难,有的乍看惊艳,坚持练习下来也能抵达。有时练习体式,尽情舒展后,身体只微微发热出汗;而有时汗水如露珠一样绽放在身,有的顺着脸颊一滴滴滚落在瑜伽垫上,有的在前胸后背汇成一道道小溪。特别是夏日练习,动作的拉伸、延展,力量的支撑、锤炼,呼吸的调和、均匀,相对于别的季节,更多了一份汗水的滋润。看着镜中湿漉漉的自己,洋溢着热力、酣畅和通透。而在强度的体式练习后再进行冥想,在天籁一般的音乐环绕中,任思绪徜徉,很快就会获得一片清凉。或者完全躺在垫子上,聆听瑜伽语音,全身放松,呼吸会渐渐变得缓慢和深沉,身心会进入一种悠远祥和的境界。冥想练习,有两次让我记忆深刻。一次闭上眼睛,在想象中,于清晨登上山巅,朝阳喷薄而出,我张开双臂拥抱太阳,霞光照耀在身,整个人镀上了一层温暖的光芒。另一次仿佛是来到了海边,漫步在海滩上,海浪一层层地漫过来,挠我的脚,远处椰子树随风飘荡,如梦似幻。我在那样美妙的冥想里感受到无比的宁静和美好,再次睁开眼,整个人焕然一新。

瑜伽,和莲花一样,起源于印度那神秘的国度。瑜伽是从印度梵语"yug"或"yuj"而来,其含意为"一致""结合"或"和谐"的意思,是一种达到身体、心灵与精神和谐统一的运动方式,追求身心合一、天人合一。在很多人的理念里,练习瑜伽可以减肥塑形、提升气质、净化心灵。我更加认同的是,瑜伽不仅是一项运动,它也是一种生活方式,更是一种生命修行。它锻炼的不仅是肢体的柔软和强度,心灵的敏锐和平和,平衡调和身心,还能提升我们对于自我、对于生命和世界的认知。坚持练习一段时间,你会发现身体的变化,容颜气质的变化。相由心生,我认为,瑜伽不仅和阅读一样,能塑造人的精神长相,还能带来立竿见影的颜值和风度,更能带来思想深处的纯度和深度。腹有诗书气自华,练习瑜伽体尤佳。由内到外,让你看起来更加有活力,自信从容、淡定优雅。

瑜伽体式多是来自模仿动物的动作,总让人感叹造化的神奇。坚持练习,我们可以做到,像蛇那样柔软,像老虎那样有力,我们的身体变得随心所欲,我们的心灵变得轻盈自在。

瑜伽不止于外在体式的习练,更在于内心的沉淀。瑜伽有禅宗的意味,又不止于此。瑜伽,既让你打开身体,拥抱外物,胸襟广阔,更让你关注内在,关注你的身体和心灵,关注当下每一个细微的变化,倾听心的声音,大自然的声音。练习瑜伽的人看上去年轻,刚柔相济,这种年轻来自纯粹和善良,也来自热情和坚强,更来自对于生命绵绵不绝的爱。"不练瑜伽,怎能笑靥如花。"这朵花应是莲花,正直、高洁、播散爱的清馨。

一个瑜伽修习者,对于自然万物,会怀着敬畏、感恩、悲悯之心,对于生活,会抱着极简主义,简单、素朴、返璞归真。静如处子,动如脱兔。不念过去,不畏将来,享受当下的每一寸安然和幸福,享受宁静而丰厚的时光;不乱于心,不困于情,拥有和平的内心和永恒的力量。面对再沉重的难题,不过是做108套太阳致敬式来化解。

在绣溪桥边荷花池畔,教练带领几个学员,感受室外瑜伽。在清晨,在阳光还没有洒满的天宇下,仰望着浩荡长空,聆听清泉一样的旋律,我们走进瑜伽的境界。真好,一片莲荷的环抱里,在木质的伸向水面的露台上,我们赤脚站立着。柔软、洁净、端庄、深远。在这里,在这一刻,合二为一。万物美好,我在其中。

爱上瑜伽,在这红尘之中,慢慢修炼成一朵莲花。

女人花

徜徉商场，如同来到百花园，满眼姹紫嫣红。浩浩荡荡的女人们穿梭在服装里面，乐此不疲地挑选着。少女着装简单休闲，活力洋溢；徐娘半老者服饰考究，显得雍容华贵。每段年华都展示出各自的美。不禁感慨：女人，何时最美？

想到自己。少时，对美应是懵懂。外在潦草，内心逍遥。可是年轻就是美的资本，无需外物装点，自是明眸皓齿，顾盼生姿。只是那时忙着读书，念着玩乐，于穿着打扮反而迟钝。情窦初开启蒙了美，随即进入"女为悦己者容"的轻狂的逐美阶段。待到结婚生子，历经一番人世沧桑，才恍然发现青春已逝，明媚渐远，遥望前路风烟弥漫，不由心生惶恐。苍茫间惴惴，似乎从未认真地去领悟和发掘过美，就听任着时光和阅读，一同塑造了平凡的自己。

而多数女子，如我一样，似乎很难契合美的节奏，以至于时常奏出不和谐的音调。

不久前在驾校的考试中心，看到两个带队的女工作人员，一个四十多岁，一个二十来岁。身材窈窕，穿着也很时尚，也许是她们暂且拥有了一点点肤浅的权力，说起话来颐指气使，一副高高在上的神气。那个四十多岁的女人，在神气之余动辄扮演烂漫，那种带着表演性质的天真稚嫩就成了庸俗的搔首弄姿；而那个二十来岁的女孩，偏偏盲目地模仿粗豪，那故作的暴戾怎么也发挥不出飒爽和大气。都让人觉得面目可憎，与美绝缘。

我想，每一段岁月都有自己独特的风景。我们除了要顺其自然，还能够提前储备知识、智慧，也可以一路带上清雅和宽厚来修炼。

总觉得，女人过了四十岁，如果还做不到沉静平和，那是很悲哀的。

遇到过许多这个年纪的女人，装扮精致，言辞犀利，举止跋扈。似乎经历了太多的风浪，已磨砺得足够粗糙和强硬，就可以恣睢得像杨二嫂。可是，夸张的言行和浓厚的脂粉，岂能掩盖那缺乏底蕴的心灵呢？很多女人，把时间和情感过度抛洒在其他事物，或者男人们身上，失去了从容恬淡的姿势，忘记了关爱和完善自身，任由时光一层层褪掉了纯净、高贵和华美。

"女人，首先应是人，再是女人"，我由衷地欣赏冰心说过的这句话，清醒而睿智。常常听到，所谓的中年男人是精品极品之类的说法，对此，我从不认同。时间并不专对男人特别眷顾和慷慨，是我们远离了美丽，走丢了自己而已。

曾经遇见一位满头银发的老人，坐在公园一角读书，面容安详，眼神淡定，气质超逸，真有种绝世之美。让站在一旁捧着书本的我，也对前路，莫名地生出几许丰盈的豪迈。

人生最好不相见

十多年未见的同学在一次饭局上偶然遇到。

形貌没多大改变,倒是多了挥洒自如的气宇轩昂。时间似乎比较眷顾男人,不但没有侵蚀他们的容颜,相反,还带来了练达和从容。

他也是一眼就认出了我。彼时,在那所偏僻的乡村中学,我们曾经在一个班同学过一年。他中途辍学后,据说外出打工,后来就没有听到过他的消息。

在一片觥筹交错起坐喧哗中,我们回忆起往事。他说,还记得我向他借课外书的样子。我笑笑。他不知道,对于酷爱读书的我,那时拥有许多藏书的他,曾让我多么地想接近啊!偶尔,那个在窗前把书慷慨地递给我,笑容腼腆的男孩,也会在脑海中一闪而过。

在青涩的少年时光里,我们总会种下一些美丽的秘密,随着岁月的风尘淡淡飘散,也会在某个时刻突然想起时莫名的感动。

周围不知道讨论到什么话题,气氛骤然热烈起来。我看到,每个人都急于表达,似乎语言的密集发射立即能够开疆拓土,赢取胜利。时下,饭局染上了太多功利化的色彩,成了加强感情联络利益的平台,兰亭雅集是遥远的绝响了——我坐在一边想。同学像被惊醒,他站起身,参与进去,语调激昂,神情亢奋。

在他滔滔不绝的论述中,我忽然发现,那个羞涩纯真的男孩早已消失,取而代之的是眼前这个精悍而陌生的男人。才明白,回忆一旦落实,感觉常会变味。人生若不能如初见,不如不见。很多时候,现实不会加深记忆这幅画的颜色,反而会模糊了黑白,甚至会丑化纯洁的底页。世间种种,多是如此。

仓央嘉措说,人生最好不相见。不相见,会让过往的疼痛淡化,也会把往昔的最美定格。不相见,能够省略相对相处的庸常琐碎,免除相连相系的牵绊缠杂。我们容许自己构建一些简单而美好的片段,让它们远离生活的烟熏火烤,在心灵里保鲜,在时空中不朽。

初发表文章的时候,收到过天南海北不少文友的来信。彼时,流行交笔友。拆开一封封信件,有的里面还夹着相片,阅读那些陌生的问候,想象那些远方的关注,有时会回信。其间,一封从北京航空学院寄过来的信,潇洒苍劲的笔迹,渊博而深刻的见识,让我深深折服。毕业之后回到家乡,只和这位笔友继续保留了联系方式。我们在信中谈论文学和音乐,也会向对方倾吐初涉社会的迷茫。在文字里,我们铺展着青春的悲喜和梦想,却从没有询问过对方的模样。两个浪漫的灵魂在遥不可及的空间里,自由放飞着美丽宁静的遐思,战胜了岁月里一段漫长的寂寞时光。

在信中,他寄过写满祝福的枫叶。当我写下想去看海的诗寄给他,他发来了邀请,让我去看北戴河,他诚挚地写道:当我是你的哥哥吧。有过向往,但终未成行。后来他退伍回到南京老家,慢慢就断了联系。多年后路过南京,蓦地想起那个陌生的青年,想起他文字里传递过的气息和温度,便觉得这座城市亲切了许多。而那枚红叶,依然珍藏在我的书页里,永不褪色。

有时候也会想,如果我们见了,会不会像许多俗气的小说情节那样:一见倾心,从笔友升华为情侣,历经艰辛,修成正果;或者,从文字走进生活后,却被生活淹没,幡然醒悟距离让我们美化了彼此。无论是童话般的结局还是直面烟火,我相信,都不会像这样,安然无恙完美无瑕地想起一个人,有一份情谊以绝美的姿态绽放在生命中。

人生最好不相见。不相见,自难忘。

生活处处是修行

　　写作是一种修行，于我，是无需多言的。此外，在一支小小的文字队伍里，大家拥有同样的爱好和追求，一路同行，是朋友，也是竞争对手。这样多好呢！激励着你不能懈怠，保持着奔跑的姿态。我的朋友说，用别人的出色，成就着自身的卓越。我深以为然。

　　喝茶聊天。发现身边各行各业都有越来越多优秀的女性，姹紫嫣红，芬芳馥郁，点缀着世界的斑斓多彩。我为这些不断涌现的优秀而喝彩，为这么多美好而感动。自题一联：学习、学习、再学习；努力、努力、更努力。横批：学无止境自强不息。尊重每一个人的成功，学习每一个人的优秀。任何时候，不能给自己放纵和灰暗的理由，不能停止修炼和完善自我的脚步。在每一缕茶香袅绕里，唤醒和愉悦着我那偶尔疲惫的灵魂。

　　开车。每日需几次穿行在狭窄喧闹拥挤的西大街上，每次都适逢上学放学高峰。当此时，人潮涌动，车辆横流，如同乱世，烽烟四起，一派兵荒马乱。我左冲右突时常陷入重围，偶尔疾行，即为一横冲直撞如入无人之境者紧急刹车。生性急躁的我，渐渐地学会了沉着细心，懂得了时刻保持警醒才不会出现意外,也知道宁可慢一点千万不能"一失足成千古恨",要扎实稳妥"推进"。不由感叹:开车是修行,修一颗平和、恬淡的心。

开会。台上端坐着一排排西装革履之人。坐在第一排的是现任者,坐后排的是已退休了的……还有台下。忽然想,曾坐在第一排的人坐到了后排,当他们凝视着前方的背影时,是否有对往日的回想?想来会有的,那样的风光、端庄。坐在第一排的呢?可会想过自己有一天也会退到后排?可能这样认真去想的人不多吧。

如同坐在台下的人大多是艳羡和梦想着走到台上,却很少有在台上的人甘愿走到台下。可是在人生的舞台上,我们终有一天会从台上走下来的。大幕落下,热闹与繁华隐退,静寂和平淡驾临。希望到那一天,我们依然是清和微笑的。

"也有人主动走下台的。"一位特立独行的姐姐指着台上对我说。那么,那一定是个睿智洒脱之人,洞穿了世俗,想尽早享受自在生活。毕竟,台上的风光,需要背后付出更多的辛劳。这是不言而喻的事实,也是遇合与选择。

有时,枯燥的开会是修行,看台上台下,品世态人情。

会间讨论,是非纷纭。大家痛陈病状,直指弊端……但是听多了问题,则不免心生厌倦。

欣赏一位长辈说过的一句话:问题再多不可怕,关键是要想着怎么去解决问题。在寻找和解决问题的过程中,不断去革除痼疾和弊端,推动社会进步。是的,有想法才会有办法,有问题才会想着怎么去解决问题,一味地抱怨和指责并不能解决问题,不是吗?

也有人言,不说也罢,问题年年提,提了也无法解决。我却不由地想到了孔子,"明知不可为而为之",这是孔子一生的实践概括,或许比《论语》更值得我们去思索。每个时代都有这样的先行者,积跬步,至千里,激励着后来者,改变着历史的进程!那么我想,如果我们暂时无法改变现状,不如努力提升自我吧。

先做好自己的事,再去做更多的事。在这熙熙攘攘的世间,这也是一种修行。

微信上流传过一则感人至深的文章《你不知道有多少人偷偷爱着你》,用图文并茂的方式展现了每个人从出生到死亡的过程中享受到的服务和照顾。其中有很多我们忽视和漠视的场景,例如早晨醒来清洁的街道,晚归的夜路上亮起的灯盏……

参加过两次城市配套建设的视察调研,我对生活了十多年的小城多了一层了解。交通和水利是城市建设的两大命脉,有人在规划设计四通八达的道路和城市的远景,有人在关注如何疏浚环城河让水活起来,并未雨绸缪提出建控制闸排涝防灾……原来一座城的背后,是由多少部门的通力合作,多少人力物力财力的支撑,才保持着正常运转和有序行进,保障着我们的安居乐业。原来世间有许多人,在默默地爱着我们。这是真的。

问题和矛盾并行,美好生活无止境。我们一直走在对美好生活的向往和追求上,希望我们也带着充沛的激情和干劲,这本身也是一种修行。

生活处处是修行。修行并非只在深山密林,绝世高地,浮世红尘里,我们依然能修出一颗慧心。学习,感恩,爱和奉献,笑对这丰富多彩的世界!

拿什么拯救你，孩子

身体健康，心灵阳光。这是我常常对学生说的一句话，也是我最想送给所有孩子的话。而现在，它似乎成了一个美丽的梦想。

近来耳闻目睹一个个类似"观澜园跳楼"的事件，都在揭开一个事实：青少年普遍存在心理问题且日趋严重，这是家庭之痛也是社会之痛。这个问题，出现在任何人身上都受不了，因为输不起。出了问题，大家会分析出家庭、学校、社会种种的责任。这样的悲剧总会有以上原因，可却在日益增多。我在想，我们的孩子到底是怎么了？在当前的环境下，武断一点说，十个孩子九个是存在心理问题的。独生子女的受挫能力下降，活得如此自我又自私，酿成一个又一个悲剧。那么，我们每一个人，到底要去做些什么呢？

也许，这是独生子女的时代隐痛，我们如此深爱我们的儿女，但他们并不爱我们，甚至，他们并不懂得怎样去爱。独一无二的特殊性造就了家庭爱的全覆盖，在这种全方位的爱的包围里，当我们自己也习惯于对他们理所当然的付出，我们如何还指望孩子有懂得感恩的情怀和独立自主的清醒？

况且，为人父母的，又有多少人真正读懂了爱的教育？当孩子的身心健康成了一个靠运气来成全的童话，我们还能有什么样的未来呢？

很多时候，我无限怀恋我们的小时候，兄弟姐妹几个，生活在乡村一片广阔自由的天地，参加农业劳动，也会常常挨父母或者别人的打，吃苦像吃饭一样自然而平常。而我们，却像一棵棵野生植物一样在泥土里生长，蓬勃而旺盛。而现在的孩子应该都是在温室里长大——孤独地长大的，远离伙伴和自然，出现营养不良功能退化等种种问题，家庭、学校、社会，都难辞其咎。

家庭教育缺失是主要因素。有句话说的好"孩子是父母的镜子"，当80、90后普遍走进家庭，让自己还是孩子的孩子去做父母，他们怎能扮演好父母的角色，怎懂得怎么去教育孩子？据说，国外有家长资格考试和培训的做法：首先家长是作为一项专门职业，社会有专业机构对家长进行考试和培训，只有通过考试取得"家长证"才能从事父母这项职业。其次这是一项为之奋斗终身的事业，每年会有跟进培训和理念更新，让家长不仅给了孩子生命，还要具备和完善教育和塑造生命的能力。我赞同这种做法，父母是世界上最伟大的职业，也是一项浩大的事业，我们全力以赴别无选择。

家庭教育是第一位的，这是公认的。问题孩子多是出自于问题家庭。当父母缺少家庭责任感，孩子往往就成了受害者。调查发现，近年来我国离婚率直线上升，离异家庭的孩子数量剧增。从我近二十年的从教经历来说，从过去每个学校仅有几个发展到现在每个班都有几个单亲家庭的孩子，而且生源整体质量呈下滑趋势，单亲孩子、留守儿童的生活和教育缺失形势严峻。这些孩子普遍存在心理问题：脆弱敏感、桀骜不驯，报复心理重。而学校和教师面对这类无人监管的孩子束手无策，并不是危言耸听，这部分特殊群体，在家成了没人要的孩子，在校成了所谓的坏学生，在社会上就会发展为动荡分子，会给社会隐患埋下定时炸弹。

学校教育不够完善。应试教育的大环境下，素质教育其实很难真正落到实处。当全社会都以分数来作为评价学生和学校的标准时，这也带给教育无法弥补的痛苦和遗憾。学校虽是教书育人，不得不正视，后者的功能被弱化，整体片面追求智育教育，而忽视德育美誉等教育。初三和高三是青少年心理问题高发位段，正处于青春期的孩子，加上升学等种种压力，如果得不到及时有效的疏导，往往容易走极端。虽然在很多学校设有心理咨询室，但缺少专业的心理咨询师，多是专职教师兼职，形同虚设。青少年也容易走上犯罪的道路，一步不慎，毁掉终生。青少年犯罪，也让执法机关头疼不已，既没有预防青少年犯罪的体系和部门，也缺少制裁青少年犯罪的科学有效的方式和手段。

社会大环境的功利化。道德信仰的崩塌，人心的浮躁喧嚣，舆论的三观不立，也在恶化着青少年的成长环境，带给他们挥之不去的心理阴影。特别是垃圾信息网络游戏的发达，无时无刻不在侵蚀、引诱着青少年走向不良的道路。可以说，这是一个需要定力和鉴别力的年代，我们没有给我们的孩子营造一个健康文明的社会环境，没有起到良好的引导和熏陶。在他们走得摇摇晃晃的时候，社会缺少正能量的温暖传递，缺少向阳生长的精神滋养。

愿我们每一个人都责无旁贷地尽一份力，发一点光和热。让我们的孩子，能在一个幸福的家庭里起步，在一个美好的学校里成长，在一个文明的社会里生活。生而为人，愿他们葆有人的尊严，懂得感恩，学会珍惜，不惧风雨，无论走在人生的那一段旅程中，都会铭记和表达对生命的爱和敬畏。

给我的孩子们

我的孩子们，再过几日，我们朝夕相伴的三年生活宣告结束，你们将走进考场，走向更加广阔的天地。

我是个不算辛勤的园丁，却守望到了满园芬芳。从教十多年来，这是我第一次慎重地想说几句临别赠言。也许不仅是身为班主任，扮演了多种角色爱发感慨，同时，还是作为一个家长，双重的身份让我对你们更多了一层了解和理解。我们斗智斗勇了三年，有过矛盾、碰撞，甚至冲突，有过遗憾、喜悦和感动。我们面对和化解了一个个问题，品尝成功也感受失败，同甘共苦。必须承认，这三年来，我们是离得最近的人，彼此影响，互相成长，都留下了鲜明的记忆。我最乐意听到的评价是"学生是老师的镜子"。如果你们的气质、个性，有我打上的一点点烙印，那将是我最大的骄傲。而同样，在你们身上，我也学习了很多。感谢你们带给我的惊讶、惊恐和惊喜，让我重温了青春的蓬勃飞扬，体验了生命的丰富多样。

身为一个大家庭的家长，当我面对你们的叛逆抑或是出的种种难题，我首先想到的是，他只是一个孩子。因为我的孩子也和你们坐在一起，双重的身份给了我更客观更全面的理性和特别深刻的体验。例如，当看到他深夜还在一盏灯光下孜孜苦读，小小的身影笼在一圈昏黄的光影里，我会心生怜惜。而在第二日的课堂上，面对你们迷茫或是困惑的脸庞，我会察觉到一份不易。中国的孩子，也许生来不易。要做一个品学兼优的好孩子，更不容易。

画家陈丹青说，他看到美国街上的年轻男女，人人长着一张没受过欺负的脸。对此我心向往之。以教育的名义，我自己也扮演过欺负者的角色，美其名曰"为你们负责"。正如七年级第一天开家长会，我对你们的家长说的那样，我和他们的目标是一致的，希望你们有一个更好的未来。但是扪心自问，我更愿意在世俗的标准之外，尽可能地去保留你们的个性，激扬你们的才情，起码，引导你们先做一个善良正直的人。是你们让我知道，一个为师者在孩子心目中的神圣，一句话、一件事可能会改变一个人的一生，让我知道，塑造生命、传承文明并不是空洞的话语，教育是需要人文情怀的事业。传道授业解惑是为师者的基本，心灵共鸣、唤醒灵魂才是毕生追求的教育境界。

有一堂课，我们上丰子恺的《给我的孩子们》，课堂讨论"当我们成为父母的时候，会对孩子怎么做"。大家畅所欲言，你们说，不需要他们怎么出人头地，多么出类拔萃，只要能做自己喜欢的事情，不管在什么位置上，能实现自己生命的价值就好……听着你们生动的话语，看着你们熠熠的眼睛，我的心里漫卷了一层层的喜悦和感动。也许，这就是教育的意义。

最后一课，听到你们说都被我的外表欺骗了，原来温柔的背后是强悍，你们被我"镇压"了三年，大家哄堂大笑。你们在作文里书写感激和怀念,说告别班主任在后门偷看你们的日子,告别青春。我想对你们说,你们的青春才刚刚起步。青春是多么珍贵和美好啊,连失败和忧伤都那么明亮,拥有青春,就拥有无限可能。不要用怠惰和放纵去挥霍青春,而要用勤勉和奋发去充实青春。你们要坚信:一个饱满厚实的青春,会赢来一个优雅无悔的人生!

我的孩子们,三年来,我始终强调一点,热爱读书和运动。无论走到人生的什么旅程,读书不会让我们迷路。让运动和读书成为你的生活方式,要读万卷书行万里路,去看到更多更美的风景。

还有,一定要有一样自己感兴趣或者喜欢做的事,并把它坚持到底。生命的不同正是由于我们坚持了自我,生活的多彩正来自这些不同个体的创造。有感兴趣的事,我们永远不会孤单。

不管走出考场的你们拿到的是一份怎样的成绩单,请你们永远相信梦想,相信自己。不要用分数和种种标准去评判和禁锢自己,在人生的一次次考验中,你要慢慢学会确立自己的位置。天生我材必有用,你不能辜负这唯一的一次生命之旅,那么,尽你最大的努力,去实现它存在的价值和意义。还有,一定要怀揣着感恩,勇敢地走下去。

栀子花的香气萦绕在校园里,我的心荡漾起淡淡的惆怅和深深的喜悦。亲爱的孩子们,感谢相遇。临别之际,我祝福你们:行走天地,不惧风雨,归来之时,仍有爱意。

蓦然回首

总有一些时刻，会莫名地想起一些过往的岁月，一些渐行渐远的片段……

"今天谷雨，快要立夏了呢。"走在路上，耳边飘来这么一句话，蓦地有一种熟悉的气息萦绕而来，我似乎听到一个苍老的声音，时常感叹着节气的鲁莽，在荏苒的时令里他慢慢老去，离开了大地。那是外公。坐在堂屋门边的小凳子上，垂着头打瞌睡；或者，撕去一张日历，他拿起靠在门后的铁锹，蹒跚地走向河滩上的菜园地。

傍晚的时候下起了小雨，雨一点一点濡湿了地面，滴在脸上，一缕清凉。沿着状元桥一带的河畔散步，三三两两的人擦肩而过，有人打着伞，有人边走边交谈，无视雨的存在。偶尔，遇到熟悉的人，彼此相视一笑，算是打了招呼。安详的小城，温柔的尘世，走在人流里，有时会迎面看到那个十七岁的自己，带着懵懂的好奇和惊喜，撑着油纸伞，走在小城古老的青石板上，走在曲曲折折的雨巷里，想象自己是那丁香一样的姑娘。

路灯在水面拉长了五颜六色的影子，像彩虹的梦。脚边不知名的黄色的野花在绿叶的烘托下明媚清新,空气里散发着湿润的清香。是香樟的香,还是槐花香呢?想起前几日晚上散步,在县政府大院一侧的转角处,被一阵浓郁的幽香牵引住脚步,一路探芳踪。当看到一串串洁白的槐花挂在枝头,我的心中竟充满了愧疚。亲爱的槐花啊,我熟悉的老朋友,曾开在我童年的村庄,开在我记忆的花篮,开在我稚嫩的笔下,我曾写过:槐花香,槐花白,走到天涯不忘怀。却为何,一个转身,我把你忘得如此彻底,对面不相识了呢?是我那在俗世中碌碌的身心远离了优雅和诗意。有一天,是否也会忘了是从哪里出发,那最初的模样?

看到一个头发花白的老奶奶,一个人坐在一个花坛边角,不远处,一群人在跳广场舞。老奶奶不时望望跳舞的人,不时抬头看看前方灰蒙蒙的天,车来车往的街道。我远远地望着她,那是一个寂寥落寞的世界。在这个世界里,也曾绽放着鲜妍的青春,秘密的花园,而今,枯萎凋零,也许还残留一点记忆的芳馨?在老人的面颊上,我看到时光无情,流年沧桑,我看到,我们都会走到的衰败和垂暮。岁月忽已晚,光阴雾时寒。彼时,我们多么渴望一些温暖,帮我们抵挡光阴的侵蚀和无边的寂寞。

想起一个月夜,一个人走在习习清风里,去小城的北门,送几只栀子花给外婆。月光下,心里洋溢着一种诗意的芬芳。外婆打开木门,见到我时,恬淡的笑容,镌刻在我的心房。

卡洛儿的《一尘不染》响起的时候,我想起了在异乡支教的岁月。徜徉在小城的山光水意里,感受着江南四月天的柔曼温润,念起北方支教经历恍如隔世,可是一首歌轻而易举地打通了经脉,连接了时空。一幕幕的镜头在眼前闪现:那个在异乡的街头独自行走的女子,孜孜地寻觅诗和远方,像一朵自由行走的花,在一座古老的城里放逐着自己的孤绝和坚强,却不知道周身漫溢着迷惘的忧伤。那个坐在摇晃的车厢里的女子,去远方,在路上,体验行走的辽阔和苍凉。那车窗外不断退后的原野、村庄、大片的油菜花,在暮色里淡去。那些村庄经过沉睡的灵魂,那些空廓的画面让人落泪。

一个幼儿,噙着泪,小手肉嘟嘟粉嫩嫩,玩着年轻母亲的头发,又摸捏母亲的脸,笑容立刻绽开。世界像个玩具,在孩子面前。这一幕场景却令我惘然若失,那个也曾如此对我温存的孩子,似乎只一眨眼的工夫,已长成比我还高半个头的少年。甚至,连我偶尔的亲昵也拒绝,并不理会我心中汹涌的失落。如果时光愿意暂停,多希望那天真的童年能再次驾临。清澈宁静而完整,没有一丝人世的烦忧,岁月的风尘。

世事浮沉,人间冷暖。时光会带走我们所挚爱的、留恋的、珍贵的,同时又交付了一些什么,丰盈着、沉淀着、温暖着,在失与得中诠释着生活,成全了生命。蓦然回首,灯火阑珊处,光阴却慈悲,是把一切都收藏好了的。把那些隐约的片段打磨成记忆的珍珠,在缅怀中闪耀永恒。

风雪夜归人

　　仿佛是昨天,教他读这首《逢雪宿芙蓉山主人》。他肥嘟嘟的小手摩挲着厚实的古诗辞典上的图画,奶声奶气地跟着念:日暮苍山远,天寒白屋贫,柴门闻犬吠,风雪夜归人……窗外大雪纷飞,阴风怒号,一家人偎在小屋的火炉前,温言细语,看炉子上的水壶"哑哑"地冒着水汽,有一种踏实的稳妥。而只是一转眼的工夫,他已比我高过半个头,背着书包举着伞和我走在雪地上,留下一路深深浅浅的脚印。那个看到雪花就嚷着要出门堆雪人打雪仗的小男孩已经走远,而我,却时常会怀念那一段乡居岁月里,冰天雪地中我们飞掷的欢声笑语。

　　雪总会带来很多回忆,也许是因为我们都出生在雪花漫舞时,和雪情深缘重。雪会领我回到生命的起点。从前的雪,给单薄的乡村和童年铺了一层明亮的底色,我用诗意的笔调在很多篇章里书写过这个精灵:结冰的芦苇荡,外婆的小手炉,从茅屋里飘出的化在雪花里的酒香……可是回首过往,印象最深的一幕,却是寒夜里,父母亲挑着担子披着雪花推门而入,他们笑盈盈地放下担子,张开手臂,一群小儿女围了过去。这两个归人，把一路的风霜和疲惫都丢在了门外，而幼小的我们从他们冰冷的掌心，朦胧感受到了生活的苦涩，贫寒交加里相依为命的温馨。

那是一个雾霾加暴雪的深夜，他开车到巢湖接从亳州归来的我。我们坐在车子里，车灯射出的光映照到前方不足两米，大片大片的雪花向车窗撞来，车两边是黑乎乎一片，仿佛天地之间弥漫着的所有的雪花，都在前赴后继地冲过来，那真是我生平从未见过的奇观！我们在小心翼翼的夜色里缓慢地前行。那个风雪夜，车里的我，心忽然变得好柔软，领悟到什么是风雨同舟。世道崎岖，俗情冷暖，人生实在充满了变数，这一生我们最应该珍惜的，是能陪你一路同行的人吧。风雪中，我们握紧彼此的手，纵然前方有万千险阻，都不会阻挡我们的脚步。

是的，无论你走得多远，走得多久，只要你记得回家的路，总有一间小屋将你等候。只要听到你熟悉的脚步声踏上那条小路，就会有人立在柴门外，迎接你满面的风霜，容你抖落一身的苦辛。有个归处，是你行走尘世的幸福。这个归处，不计较你在这尘世获得的奖赏、受过的屈辱，不在意你归来的步履多迟到多沉重，它只要你能记得来时的路，记得它是你的安身立命之所。

即便再贫白的小屋，也会守候和接纳这一路的风霜雨雪，世间还有什么比这更温暖的呢？趁夜色还未完全笼罩大地，在旷野中茕茕独行的我们，是否都能找到等我们归来的小屋呢？风雪山神庙，北风呼啸，火光冲天，雪下得那么紧，漫舞着英雄末路的悲伤，林冲踏着碎琼乱玉拖着一杆枪，在荒野独行，前路雨雪霏霏。那个风雪夜，林冲和一直循规蹈矩忍辱负重的生活决裂，却还没有找到等候他的小屋。他不知道，梁山是他命运的归属地，在等他归去。"好一似食尽鸟投林，落了片白茫茫大地真干净！"宝玉在梦游太虚幻境时听到这支《红楼梦曲》，他并不懂，这是他自己和所有人命运的预言，家败人亡，各奔东西，富贵荣华，一切皆空。当他在雪地上拜别父亲，随着一僧一道飘然离去，白茫茫一片旷野，只余一道或深或浅的脚印，一会儿，风过无痕。宝玉在雪地里走向远方，其实远方正是他来时的地方。大荒山无稽崖在等他归去，归到生命的原乡。

日暮时分，四野苍茫，老黄狗在袅袅炊烟里摇着尾巴欢快地迎接，风雪夜归人。那样朴素的叙述，道出人间的暖老温贫，救赎我们在尘世中熙熙攘攘的心，回到最初的本真和纯净。在一个风雪夜，推开柴门，有人拎了一壶茶过来，热热地泡在青瓷杯里，在昏黄的灯下，我们相对而坐，细数别后的风尘。

后记：一程山水一程歌

2013年，《莲心》给自己多年的自说自话做了一个小结。

时隔5年，《明月照我还》出来了。

《莲心》是给自己的一个交代，那么这本书呢，是给关注我的读者的一个交代吧？总想能够捧出一份好看一点的果实，却也只是一程流浪的疼痛和歌唱，所化成的忠实的"还乡"记录。

春风又绿江南岸，明月何时照我还。还乡，不仅是地理意义上的回归家园，也是心灵版图上的皈依原乡。

从故乡到异乡，从生活到文字，从出世到入世……那些行走。纸页上的，道路上的。彼时，两个我都是在路上，流离失所、飘飘荡荡。好在，还有文字，给了一丝温情和亮光。这一丝温情和亮光，成了救赎自我的良方。蓦然回首，感谢那段独在异乡的时光，我和文字相依为命，在它的怀抱里，声声召唤那个走失的自己。

千里外，素光同。天上一轮明月，映照着我行走的身影，每一举首，双眸湿润。还有一轮养在心里的叫文字的月亮，也慢慢滋养出浩然之气和莹润之光。让我这个在路上的人，哪怕走得再远，再疲惫，依然能够找到还乡的方向。

是的，面对文字，面对生活，除了感谢，我还能说什么呢？

写作是与自我、与世界、与神灵对话的方式。在我失意的时候，是文字收留了我，给了我美丽和慈悲；在我得意的时候，是文字接纳了我，给了我清醒和敬畏。更多的时候，我们不说话，在时光里深情相拥，各自塑造了对方。缓缓变老，却又永远年轻。

我深深懂得：是写作赏赐和庇佑着我在尘世中自由地歌唱和行走。对于文字，我的收获远远多于付出，天功多于人力。我感恩，自己有一份文学天赋。而这一点灵气纵横，得益于放养的家教与广袤的大自然。那放纵着我烂漫的天性，肆意地生长，当然也有忧伤，共同筑成我生命的底色。

想起小时候，跟在当教师的父亲身后，穿过田间阡陌去上学。归来的夜晚，草木的气息浓郁地播撒着，夜空幽蓝，月光洒在田野，给大地布设下那么多神奇的谜语。月光浣洗的家园安详得让人沉醉！

归去来兮。总有一天，我们不再满足于征服外在，而是回归和关注自己的内心，这种转向是生而为人的必然。但我们无法拒绝，并可以尝试，生命里的种种可能，当它们以凌厉和横绝之势裹挟抑或丰富着生命，更让我体会到，写作以另一种温和而柔情的方式抚慰着灵魂。那种春风般的抚慰，让我从空灵唯美走向平实深沉。温暖，而有力量。

潘军老师在序中说，欣赏的是我的写作姿态。这似乎能让我为自己一直以来的散漫和率性找到理由。我不够专注和勤勉，亦谈不上以文字为信仰或职业。我只是爱着它，纯粹的。

我唯一能确定的是，如果一个人的身体里有很多个"我"，那么写作的那个我，是最美好最温暖最快乐的我。所以，这一生，不论以何种面目和方式行走天地，我都不会丢了那个我，也能找到喜欢的我。

他说的对，"对于一个愿意写作的人，写作其实就是最好的认领方式，这是宿命。"写作，以此区别于我在尘世里的任何身份，保持独立和清醒，畅饮孤独和优雅，以及，对生命的善意、真诚和对美的呵护与追求。

美也是宿命。在路上，以这样的姿态，书写自己的人生，孜孜以求，散发微芒。

曹丕在《善哉行》中有言：

还望故乡，郁何垒垒！

高山有崖，林木有枝。

忧来无方，人莫之知。

人生如寄，多忧何为？

今我不乐，岁月如驰。

当我们走到山穷水尽，被命运或者时光的洪流弃置于荒野，永不会迷路，也不会绝望。还望故乡，家园依然安详。

一程山水一程歌。我们都是走在回家的路上，有明月当空，有清风拂面，还有什么是不可以微笑着的呢？

祝愿，在路上的我们，经过一段又一段艰难的旅程，终会抵达云淡风轻的彼岸。

彼岸，即故乡。

谢谢为这本书的诞生付出辛劳的安徽师范大学出版社！

谢谢所有爱我和我爱的人！

谢谢遇见的你！

是为记。

杨　蓉

2018 年 1 月 12 日